LA VIEILLE FILLE

SÉRIE EMERSON PASS HISTORIQUES
TOME DEUX

TESS THOMPSON

Traduction par
ANNE WORMS

LA VIEILLE FILLE

1

JOSÉPHINE

La lettre de Phillip Baker était écrite sur du papier aussi fin que la glace qui recouvrait notre étang après la première gelée de l'automne. Ce délicat papier aurait peut-être dû me servir d'indice quant à ce qui allait suivre. À quel point ma vie allait changer ! On ne peut pas patiner sur une fine couche de glace. À quel point j'avais raison !

Je lus sa missive à deux reprises en réfléchissant bien à sa proposition. D'un pas léger, qui ne correspondait en rien à mon cœur lourd, je me dirigeai vers la fenêtre du salon de mes parents. Les premières neiges avaient recouvert de blanc la vallée dans laquelle se trouvait le domaine de mon père, entre deux grandes montagnes, au milieu du Colorado. Notre habituel hiver blanc avait tardé à venir cette année. L'automne, ensoleillé, frais et lumineux se prolongeait depuis des mois. Étant donné ce que ces dernières années nous avaient amené, nous profitions avec joie de chaque instant.

Nous avions survécu à des journées entières à nous ronger les sangs en pensant à mes deux frères, partis faire la guerre en France et à la grippe espagnole qui menaçait les troupes. Puis, une deuxième vague de cette terrible grippe, plus mortelle encore que la première, avait fait des ravages dans le monde entier. Une troisième vague cet automne venait encore nous menacer. Notre ville, Emerson Pass, avait réussi à rester suffisamment isolée pour échapper à la maladie.

Enfin, il semblait que le monde allait redevenir comme ce que nous avions connu avant la guerre. Papa et maman avaient semblé pouvoir respirer à nouveau pour la première fois depuis le jour où les garçons s'étaient enrôlés dans l'armée, à peine âgés de dix-sept ans ; ils avaient menti sur leur âge. Notre cher ami Isak Olofsson avait également survécu. Ils étaient tous trois rentrés à la maison maintenant. Ils n'étaient plus les mêmes, mais ils nous étaient revenus, physiquement intacts.

Pourtant, tous nos garçons n'étaient pas rentrés à Emerson Pass. Nous avions perdu Francis Lane. Je ne le connaissais pas très bien, mais il était des nôtres. Une âme perdue, enterrée dans un cimetière de l'autre côté de l'océan. Un jeune homme qui ne connaîtrait jamais la joie de se marier, d'avoir des enfants, de vieillir tout simplement.

Et j'avais perdu Walter Green. Il n'était pas l'un des nôtres. Personne d'autre que moi ne portait son deuil ici, mais j'avais suffisamment de chagrin pour la ville tout entière.

La première lettre de Phillip Baker était arrivée à l'automne 1918. Je m'en rappelais mot pour mot.

Je m'appelle Phillip Baker. Je ne sais pas si Walter m'a déjà mentionné dans ses lettres, mais nous nous sommes brièvement connus enfants, et puis, le destin a voulu que nous soyons affectés à la même unité d'entraînement et envoyés ensemble en France. Je vous écris pour vous informer que Walter a été tué au combat la semaine dernière. Je savais qu'il correspondait régulièrement avec vous et que vous voudriez être au courant. Je suis désolé. Il est mort avec bravoure et n'a pas souffert.

. . .

Un mois seulement avant la fin de la guerre, Walter avait été tué. La promesse de notre avenir commun anéantie avant même d'avoir pu commencer. Je n'avais pu passer que deux semaines avec lui. Deux semaines de pur bonheur. Maintenant, il ne me restait que mes souvenirs. Cela devrait me suffire pour le restant de mes jours. Je resterai vieille fille. Une bibliothécaire célibataire endurcie, et une tante pour les enfants de mes six frères et sœurs.

Je posai les doigts contre la vitre froide. La neige tombait de façon continue de l'autre côté de la fenêtre. Dans le Colorado, nous avions au moins une douzaine de mots pour décrire les flocons de neige. Aujourd'hui, c'étaient des flocons secs et épais. Les meilleurs pour le ski, selon Flynn et Théo. Un nouveau sport dont ils étaient tombés amoureux après leur temps passé en Europe. Ils étaient revenus à Emerson Pass avec la ferme intention d'y ramener la pratique du ski. Le sport du futur, avait déclaré Flynn. Une manière pour notre ville de continuer à grandir et à s'épanouir. On implanterait de nouvelles boutiques pour les visiteurs. Ils avaient vu ça dans les Alpes. Cela fonctionnerait très bien ici aussi, avaient-ils affirmé à notre père. Il avait accepté de les laisser utiliser une partie de leurs réserves d'argent pour investir dans ce projet d'avenir. Ils étaient maintenant joyeusement en train de travailler sur cette nouvelle version de notre ville. Ils avaient fait couper les arbres sur un flanc de la montagne nord, pour y faire les pistes, et avaient fait construire un grand chalet en rondin. Au printemps, ils ajouteraient les dernières touches à cette station. D'ici l'hiver prochain, si tout allait bien, le ski serait parvenu jusqu'à nous pour de bon.

Je revins à la lettre que je tenais à la main, avec son écriture propre et ordonnée.

Le 20 novembre 1919

. . .

Chère Joséphine,

J'espère que vous recevrez cette lettre en bonne et due forme. J'ai aussi espoir que vous vous souveniez de moi. Si tel n'est pas le cas, j'en serais mortifié. Depuis mon retour de la guerre, je suis installé à New York. Malheureusement, l'an dernier j'ai été gravement touché par la grippe espagnole. Au cours de ma convalescence, je me suis souvenu de vos descriptions d'Emerson Pass dans les lettres que vous écriviez à Walter. (Il nous en lisait souvent des passages à moi et aux autres soldats.)

Votre description des fleurs des champs, du ciel et des arbres m'a convaincu de venir vers l'ouest à la recherche d'un lieu où je me sentirais chez moi. J'ai décidé de faire un pas de foi et de venir dans le Colorado, peut-être pour m'installer pour de bon. Je vous écris pour savoir si je pourrais vous rendre visite à vous et votre famille. C'est moi qui ai conservé les lettres et les livres que vous avez envoyés. Je me sens coupable de ne pas vous les avoir renvoyés plus tôt, je suis certain que vous aimeriez les avoir.

Ce voyage et ma demande vous semblent peut-être étranges, mais il n'y a rien ni personne qui me retienne ici. J'ai grandi dans un orphelinat et je n'ai pas d'endroit que je puisse réellement appeler chez moi.

Nous attendions tous vos lettres avec impatience, car Walter partageait de nombreuses histoires vous concernant ainsi que votre famille avec ses camarades qui ne recevaient malheureusement aucune lettre, tel que moi. À cause de cela, j'ai l'impression de tous vous connaître. Je serais honoré de vous ramener vos lettres, romans et photographies et de vous rencontrer ainsi que votre famille.

J'espère aussi que votre père et vos frères pourront me proposer des idées en termes de travail. Avant la guerre, j'étais apprenti ébéniste. S'ils ont la moindre idée, je serais heureux de l'entendre.

Si vous êtes disposée à accepter ma venue, je vous en remercie chaleureusement et attends avec impatience votre réponse.

Sincèrement,

Phillip Baker

SA DEMANDE de nous rendre visite n'était pas ce qui me paraissait étrange. Ce qui était bizarre, c'est qu'il ne mentionnait presque pas Walter, sauf pour dire qu'il avait partagé mes lettres. Je vis soudain une image de Walter qui riait durant l'un de nos pique-niques. Ses doux cheveux blonds et ses yeux bleu clair m'avaient subjuguée dès le départ. Il avait un sourire contagieux qui me faisait tourner la tête. Je l'avais rencontré à Denver, alors que j'assistais à une conférence de bibliothécaires. Il était passé par cette ville, sur son chemin pour aller s'engager. Nous nous étions rencontrés complètement par hasard. Il se trouvait dehors par une belle soirée, tandis que je me promenais dans le parc avec des collègues. À cette époque-là, j'avais pensé que c'était le destin. Je savais aujourd'hui que c'était le jour fatal qui allait mener à l'anéantissement de mon cœur. Aurais-je préféré ne jamais le rencontrer et m'épargner la douleur de sa perte ? Je ne pouvais répondre à cette question.

Je pressai mon front contre la vitre. Si seulement le froid pouvait engourdir tout le reste de mon corps. Ne serait-ce que pour quelques minutes. Si je pouvais redevenir l'ancienne moi, plutôt que cette vieille fille fatiguée et usée. J'allais bientôt fêter mes vingt-trois ans. La plupart des femmes étaient mariées et déjà mère à cet âge.

— Qu'y a-t-il, Jo ? Pourquoi un tel soupir ? me demanda papa de derrière son journal.

Je ne m'étais pas rendu compte que je soupirais. Papa me connaissait trop bien. Après tout ce que nous avions traversé ensemble, cela n'avait rien d'étonnant. Je me détournai de la fenêtre et m'approchai du canapé sur lequel lui et maman Quinn prenaient leur thé.

— C'est une lettre de l'ami de Walter. Celui qui m'avait écrit pour m'annoncer sa mort.

— Oui, je m'en souviens…

Les yeux de maman se teintèrent immédiatement de compassion.

— Pourquoi t'écrit-il ?

— Il voudrait venir ici pour nous rendre visite et peut-être s'installer. Je suppose que mes lettres ont servi de brochure touristique.

Papa déposa le journal sur ses genoux.

— Comme c'est intéressant !

Son accent anglais, à en croire mes amis, demeurait aussi fort aujourd'hui que lorsqu'il était arrivé en Amérique, il y a de cela des années. Quant à moi, je ne l'entendais pas. Je n'entendais que la voix de mon papa chéri.

— A-t-il une femme, une famille ?

Maman croisa ses mains sur ses genoux. Je l'avais tirée de sa lecture. Le roman, *My Antonia*, était ouvert sur le canapé à côté d'elle. Ses cheveux clairs étaient remontés en un chignon bas, posé contre sa nuque. Plus jeune que mon père de quinze ans, elle était dotée de traits délicats et réguliers et d'un joli visage en forme de cœur.

À peine plus de dix ans s'étaient écoulés depuis qu'elle était arrivée pour ouvrir la première école à Emerson Pass et le cœur de mon père par la même occasion. Elle était presque immédiatement devenue le pilier de notre famille. Nous la considérions tous les cinq comme notre mère. Depuis leur mariage, nos parents avaient eu deux autres petites filles, ce qui faisait un total de sept enfants. Papa nous appelait « la bande des sept ».

— Il n'a aucune famille, répondis-je. D'ailleurs, il a grandi dans un orphelinat. J'ai l'impression qu'il est à la recherche d'un nouveau départ. Il pensait que papa pourrait l'aider à trouver du travail.

— C'est si triste. Nous ferons de notre mieux pour l'aider.

Maman posa sa tasse sur la soucoupe et me regarda de ses doux yeux bruns.

— À moins que pour une raison ou une autre tu ne veuilles pas qu'il vienne ici ?

Le regard anxieux qu'elle posait sur moi ces derniers temps me remplissait d'un sentiment de culpabilité. Mes parents et mes sœurs s'inquiétaient pour moi. Je détestais l'idée d'être une source de préoccupation pour eux. Mon rôle était d'être une aînée, stable et responsable, et non pas cet être mélancolique et triste que j'étais devenue.

— Non, pas du tout, dis-je. Devrions-nous l'inviter chez nous ? Jusqu'à ce qu'il sache ce qu'il veut faire ensuite ?

— Oui. Nous pouvons accueillir, tant que cela ne le dérange pas de dormir avec les garçons.

Papa but la dernière gorgée de son thé avant de déposer sa tasse.

— Je serais heureux de pouvoir aider tout homme qui a participé à cette terrible guerre.

— Il dit qu'il a appris l'ébénisterie.

Je passai les bras autour de ma taille tout en me dirigeant vers la cheminée où ronronnait un bon feu.

— Il dit que Walter partageait le contenu de mes lettres avec lui et les autres soldats. Je trouve cela… déconcertant.

— Dans quel sens ? demanda maman.

— Le fait qu'il ait partagé mes écrits. Ces lettres étaient intimes, elles n'étaient destinées à n'être lues que par lui.

Je baissai les yeux afin d'éviter de me mettre à pleurer.

— Chérie, ce n'est pas si grave, dit papa doucement. Si tes lettres leur ont apporté un peu de bonheur, n'est-ce pas un honneur ?

— Je suppose que oui.

Je m'assis dans l'un des fauteuils et regardai le feu. Le bout d'une des bûches ressemblait au museau d'un renard.

Maman passa les mains sur le haut de sa robe en organza pourpre.

— Phillip doit rester pour Noël.

— Oui, tu as raison, ajouta papa. Il ne devrait pas rester seul pendant les fêtes. Nous nous occuperons de lui, jusqu'à ce qu'il puisse se débrouiller. Les garçons pourront lui faire visiter la ville, l'emmener un peu faire la fête.

— Alexander, la fête ?

Maman souleva les sourcils, l'air outré.

— Nos garçons ne sont pas des *fêtards*.

Papa ne répondit rien, mais son œil étincela lorsqu'il la regarda. J'avais le cœur rempli d'autant de gratitude que de chagrin. J'étais émerveillée par leur amour, mais cela faisait aussi remonter à la surface ce que j'avais perdu. J'avais espéré que Walter et moi pourrions partager une vie telle que la leur.

Maman se tourna à nouveau vers moi.

— Ma Joséphine, qu'as-tu sur le cœur ?

— Nous ne connaissons pas ce Phillip, dis-je. Et si c'est une personne horrible ?

— J'en doute, ma chérie, dit maman. Il a eu la gentillesse de t'écrire au sujet de la mort de Walter.

— C'est vrai. S'il était ami avec Walter, c'est que ce doit être une bonne personne, dis-je.

— On ne connaissait pas Walter si bien que cela, remarqua papa.

Je me mordis la lèvre pour ne pas répliquer. Je n'avais jamais eu la moindre dispute avec mes parents. Cependant, ils n'avaient pas approuvé mon engagement si rapide envers Walter. Ce n'était en rien sa faute. Il n'avait pas eu le temps de venir ici avec moi pour rencontrer ma famille.

— Il était là pour si peu de temps. Il n'a pas eu l'occasion de me faire la cour convenablement. Il voulait le faire, après son retour de la guerre.

— Bien sûr, nous comprenons ma chérie, dit maman d'une voix apaisante.

— Oui, oui, c'est vrai, ajouta papa, un peu trop hâtivement.

Personne ne voulait me contrarier ces derniers jours. Le

temps où ma famille me traitait normalement me manquait. Maintenant, j'avais l'impression d'être une fragile assiette en porcelaine que tout le monde craignait de casser.

— Puis-je lire la lettre ? demanda maman.

Je hochai la tête et la lui tendis par-dessus la table basse. Elle déplia la lettre et se mit à lire.

— Ma chérie, prends donc un biscuit, me proposa papa. Tu as l'air bien trop mince.

J'obéis, car je n'avais pas l'énergie de protester. Je pris un cookie, que papa appelait biscuit, et le posai sur une assiette. Il me versa une tasse de thé qu'il déposa devant moi. Papa pensait que la plupart des problèmes pouvaient être résolus après une bonne tasse de thé. Étant donné la manière dont ma mère, une femme malade, était morte lorsque j'avais neuf ans, cela faisait longtemps que je savais qu'il n'en était rien.

Maman replia la lettre et la remit dans son enveloppe. Elle avait une expression étrange sur le visage, à la fois perplexe et intriguée.

— Je pense que ça pourrait être bon pour toi qu'il passe du temps ici.

— Tu veux dire pour me raconter des histoires concernant Walter ?

— Non, pas exactement. Mais il a à peu près le même âge que toi. Peut-être deviendrez-vous amis.

Maman et papa échangèrent un regard que je ne pus déchiffrer.

— Je n'ai pas besoin de nouveaux amis. J'ai Poppy et mes sœurs.

Poppy et moi avions grandi ensemble. Ses parents étaient morts lorsque Poppy était petite et son grand frère, Harley, l'avait élevée tout en travaillant pour nous comme gardien et jardinier. Poppy était partie il y a presque deux ans pour étudier et devenir vétérinaire pour bétail. Elle me manquait tellement.

Elle avait toujours été auprès de moi, et maintenant elle était partie vivre ses propres aventures.

— Poppy revient dans quelques semaines. Mais ne t'en fais pas, je serai une bonne hôtesse.

— Quoi qu'il en soit, nous ne pouvons pas laisser un héros de guerre seul pendant ce qui doit être la période la plus joyeuse de l'année.

Maman avait toujours eu un cœur si généreux, égalé seulement par celui de ma sœur Fiona qui semblait penser que son rôle était de s'occuper de chaque personne dans le monde.

— Je lui écrirai ce soir pour lui demander s'il veut loger chez nous, dis-je.

Mes quatre sœurs déboulèrent toutes en même temps dans la pièce. Ceux qui pensaient que seuls les garçons étaient bruyants n'avaient jamais rencontré mes sœurs. Harley les avait amenées en ville cet après-midi avec le traîneau pour aller faire du patin à glace sur l'étang. Il était situé au centre de la ville et avait enfin formé une couche de glace suffisamment solide pour y patiner la nuit dernière.

Sans se soucier d'interrompre la conversation des adultes, Cymbeline lança :

— Vous ne devinerez jamais ce que Delphia a fait !

Delphia, qui se préparait à recevoir des reproches, arracha le bonnet pour libérer une explosion de boucles blondes et jeta un regard noir à sa grande sœur.

— J'ai rien fait du tout !

À seize ans, Cymbeline régnait sur ses petites sœurs. Fiona, treize ans, était la protectrice. Adelaïde, ou Addie comme nous l'appelions, était calme et timide et elle obéissait généralement aux ordres de Cymbeline. Du haut de ses quatre ans, Delphia était faite du même bois que Cymbeline. Dès qu'elle put parler, elle refusa catégoriquement la mainmise de sa grande sœur.

— Elle a voulu faire la course avec un garçon deux fois plus âgé qu'elle, dit Cymbeline. Et quand elle a perdu, elle l'a poussé par terre.

La lèvre inférieure de Delphia se mit à trembler.

— C'est même pas vrai.

— Tout ça n'était qu'un accident.

Fiona plaça sa main sur la tête de Delphia.

— Elle lui est rentrée dedans parce qu'elle allait très vite. De toute façon, elle a appris ça de toi, Cym. Tu fais toujours la course contre les garçons.

— C'est différent !

Le visage de Cymbeline prit des couleurs, ce qui la rendait encore plus belle. Dieu nous protège, elle était magnifique et ressemblait plus à une femme qu'à une jeune fille. Maman disait toujours qu'il n'y avait que deux types dans notre famille. Pâle et blond, comme elle, moi et les deux petites dernières ou brun avec des yeux d'un bleu profond, comme papa, les garçons, Cymbeline et Fiona.

— Viens là ma puce, dit papa à Delphia.

Elle se jeta dans ses bras et il la fit monter sur ses genoux.

— Raconte-moi ce qui s'est passé.

Elle leva vers lui des yeux angéliques.

— Comme a dit Fiona. J'allais très vite, je m'imaginais qu'un monstre me poursuivait et je suis rentrée dans le garçon.

— T'es-tu excusée ? demanda maman.

— Oui, le problème n'est pas là, dit Cymbeline en prenant un cookie. Elle s'est excusée et tout de suite après, elle lui a planté un bisou sur la joue.

Je dus me couvrir la bouche de la main pour cacher mon sourire.

— Ses joues ressemblaient à de grosses pommes, se défendit Delphia. Il fallait que je lui fasse un bisou.

Je surpris le regard de maman. Elle semblait se retenir de rire, mais elle réussit à se maîtriser suffisamment pour dire :

— Delphia, tu ne dois jamais embrasser un garçon.

— Mais pourquoi ?

Delphia ouvrit grand ses beaux yeux bleus.

— Parce que ce n'est pas correct, répondit maman.

Je remarquai qu'Addie frissonnait.

— Viens là, ma belle. Je vais te réchauffer.

Elle se glissa dans le fauteuil à côté de moi et je frottai ses mains froides entre les miennes. Addie était calme et sérieuse comme moi. Je l'aimais de tout mon cœur.

— Papa et maman s'embrassent tout le temps, répliqua Delphia.

— Ils sont mariés. Tu ne comprends vraiment pas comment fonctionnent les choses dans ce monde.

Cymbeline se laissa tomber dans un fauteuil à côté de moi.

— Ne dis pas ça, Cym. Elle est trop petite, c'est tout.

Fiona vint se placer devant le feu, les mains croisées derrière son dos.

Delphia leva les yeux vers notre père.

— Je suis ton bébé, n'est-ce pas papa ?

— Oui, mais cela ne te donne pas le droit d'embrasser les garçons.

Papa posa le menton sur sa petite tête et me regarda avec des yeux pleins d'humour. Maman disait toujours que c'était l'étincelle dans son regard qui l'avait attirée. Je comprenais très bien de quoi elle parlait.

— Tu es *mon* bébé, alors je suis le seul garçon que tu as le droit d'aimer.

— Je ne le ferai plus, dit Delphia en poussant un long soupir, comme si on venait de lui interdire tout ce que le monde avait d'amusant à offrir.

— Mis à part le malheureux incident du bisou, que s'est-il passé d'autre ? demanda maman.

— Cet imbécile de Viktor Olofsson a patiné avec toutes les filles, l'une après l'autre.

Cymbeline secoua ses boucles brunes.

— Il a même eu l'audace de me demander de patiner avec lui.

— Et que lui as-tu répondu ? demandai-je.

Je connaissais très bien la réponse, mais j'aimais la taquiner.

— Jo, ne sois pas bête, répliqua Cymbeline. Je ne laisserais jamais ce gros balourd me toucher la main.

C'était un homme costaud, certes, mais il n'avait rien d'un balourd. Bien que ses épaules soient grandes et larges comme les montagnes du Colorado, c'était une âme douce et intelligente, que je suspectais d'avoir le béguin pour Cymbeline depuis longtemps.

— Je trouve qu'il ressemble à un héros de roman. Fort et courageux.

Un jour, je l'avais vu soulever une charrette qui était tombée sur les jambes d'un homme lorsque les chevaux s'étaient cabrés et enfuis en laissant leur propriétaire coincé sous les roues. Avec ses cheveux presque blancs et ses yeux vert clair, il ressemblait aux Vikings qui peuplaient les livres d'histoire que j'avais à la bibliothèque.

Le regard de Cymbeline se durcit tandis qu'elle serrait les lèvres pour montrer qu'elle boudait. Étrangement cette expression ne gâchait en rien son incroyable beauté.

— C'est un m'as-tu-vu ! Il fait toute sorte de galipettes sur la glace pour se faire remarquer.

— Toi aussi tu fais des galipettes sur la glace, fit remarquer Fiona, sans malice, mais plus comme un fait. Exactement les mêmes que Viktor d'ailleurs.

Elle avait raison. Si Viktor apprenait une nouvelle figure sur la glace, Cymbeline s'entraînait jusqu'à pouvoir la reproduire.

Maman m'avait souvent confié sa peur que Cymbeline ne soit jamais satisfaite de vivre dans un monde d'hommes tel que celui qui nous entourait. Si elle avait eu l'âge, je suis certaine qu'elle se serait engagée pour être infirmière de guerre outre Atlantique.

— Hé bien, quoi qu'il en soit, dit maman, nous avons d'excellentes nouvelles. Une connaissance de Jo, Phillip Baker, va venir passer les fêtes avec nous.

— C'est celui qui t'a écrit au sujet de Walter ? demanda Fiona.

— Oui, c'est lui, dis-je. Comment t'en rappelles-tu ?

Fiona haussa les épaules.

— Je me rappelle tout ce qui concerne ma famille. De toute façon, ce n'est pas comme si je pouvais oublier ce jour-là. Je souhaite ne plus jamais te voir dans cet état, Jo.

Une larme brilla au coin de son œil.

Je lui tendis la main.

— Viens là, ma tendre sœur.

Elle s'assit sur l'accoudoir du fauteuil et je posai la main sur son genou.

— Ne t'inquiète donc pas. Plus jamais je ne donnerai mon cœur à qui que ce soit. Je suis la vieille fille de cette famille.

2

PHILLIP

Le train avançait si péniblement le long de cette pente escarpée que j'étais persuadé qu'il n'arriverait pas à rester sur ses rails. En face de moi, un bébé pleurait dans les bras de sa mère. Pour m'empêcher de penser à ma peur de tomber dans le vide absolu qui s'étendait en dessous de nous, je sortis la lettre de Joséphine. Je respirai la faible odeur de son parfum qui émanait du papier. Était-ce mon imagination ? Peut-être. Mais au moins, celle-ci m'appartenait, contrairement à la pile de lettres que j'avais pourtant lues trop de fois pour les compter. Des lettres qui ne m'étaient pas adressées, écrites par une femme qui n'était pas la mienne.

Quel sentiment terrible que de haïr un homme mort !

Pourtant, je connaissais sa vraie nature. Je l'avais rencontré lorsque j'étais enfant à l'orphelinat et j'avais très vite compris la manière dont il utilisait son charme pour obtenir ce qu'il voulait. Même les nonnes se faisaient avoir par son petit numéro. Lorsqu'il s'était enfui à l'âge de douze ans, je pense vraiment que cela leur avait brisé le cœur. Les femmes, même celles qui avaient donné leur cœur à Jésus, ne pouvaient s'empêcher de tomber amoureuses de Walter Green.

Un faible espoir luisait en moi, qui me poussait à entreprendre cette quête absurde. Après avoir une seconde fois échappé à la mort et m'être remis de la grippe espagnole, je ne pouvais trouver le repos tant que je n'étais pas venu dans l'ouest pour dire à Joséphine la vérité concernant l'homme à qui elle avait choisi de vouer un amour éternel. Sans moi, je savais qu'elle resterait attachée à un fantôme, peut-être pour le reste de ses jours. Joséphine Barnes était une femme loyale. Rien ne la dissuaderait de rester attachée à Walter, sauf si elle comprenait quel genre d'homme il était vraiment, derrière le charme indéniable de sa tignasse blonde et de ses yeux bleus. Je ne pouvais supporter l'idée d'une femme comme elle passant le reste de ses jours à pleurer un homme qui n'avait jamais réellement existé. Walter Green n'était pas l'homme qu'elle croyait. Et j'étais la seule personne encore vivante qui pouvait lui révéler la vérité.

Il ne l'avait jamais vraiment aimé. Bien d'autres femmes lui écrivaient. Et elles pensaient toutes qu'il les épouserait à son retour de la guerre. Elles avaient toutes été choisies pour leur richesse. Il ne faisait que multiplier ses chances, m'avait-il souvent expliqué. Plus il suscitait de demandes, plus il était sûr d'épouser une femme riche. Il faisait cela pour assurer son avenir. Ces innombrables batifolages avec des infirmières n'étaient qu'un amusement.

Oui, je voulais qu'elle sache la vérité. Mais ce n'était pas seulement par pur altruisme. Je la voulais pour moi. Pendant que je me remettais de la grippe, j'avais lu les lettres qu'elle avait envoyées à Walter des centaines de fois. J'avais regardé sa photo jusqu'à mémoriser les moindres détails de son beau visage. Les histoires qu'elle écrivait au sujet de sa famille et des magnifiques montagnes dans lesquelles elle vivait m'avaient ému plus que de raison. En réalité, j'étais tombé amoureux d'elle. Souffrais-je de la solitude ? Oui. J'avais été seul toute ma vie. Mais cette fois-ci, c'était différent. En plus de mon désir de famille et de ma nature romantique, j'avais cette étrange sensation qu'il existait entre nous un lien profond. J'avais été traversé par la pensée du destin, voire même celle d'âme sœur. Existait-il une raison qui dépassait notre entendement de simples mortels pour laquelle j'étais celui qui s'était retrouvé avec toutes ces lettres ?

Pouvais-je me souvenir du moment exact où j'avais décidé de lui écrire pour lui demander si je pouvais lui rendre visite ? Pas vraiment. Ça avait été un processus progressif, la pensée grandissante de ce qui pourrait peut-être se passer. Même si je savais que mes sentiments avaient bien peu de chances d'être réciproques, je me devais d'essayer. Un homme comme moi ne séduirait jamais une riche et belle jeune fille comme elle. J'étais pauvre et sans éducation. La seule chose que je savais faire, c'était travailler le bois. Pourtant, je gardais espoir. J'avais échappé à la guerre et à la grippe. Il fallait que je tente ma chance.

Je regardais à nouveau la lettre pour la lire une énième fois.

Cher Phillip,

Ma famille et moi serions ravis de recevoir votre visite. Que vous choisissiez de rester ensuite à Emerson Pass ou non, nous serions honorés si vous acceptiez de passer les fêtes avec nous.

J'espère que vous ne trouverez pas ma grande et bruyante famille trop envahissante. Je leur ai tous demandé de bien se tenir, mais cela ne garantit rien. Vous partagerez une chambre avec mes frères jumeaux. Ils ont aussi participé à la guerre. Je suis sûr que vous deviendrez bons amis rapidement.

Papa et mes frères seront heureux de vous aider à trouver un emploi si vous décidez de vous installer ici.

Dans l'attente de vous rencontrer bientôt,

Sincèrement,

Joséphine Barnes

. . .

Je repliai la lettre et la remis dans son enveloppe, puis avec le doigt, je traçai les lettres de mon nom, écrites par sa main.

Walter, pensai-je, *tu en as de la chance, mon salaud*. Lui qui avait tenu cette main dans la sienne.

Le train avait fini par arriver au sommet. Je regardai par la fenêtre la neige qui scintillait au soleil. Joséphine n'avait pas exagéré en parlant de la teinte éclatante du bleu du ciel.

L'enfant s'arrêta enfin de pleurer. Sa mère, une jolie femme blonde qui portait une robe de voyage grise assortie à son chapeau s'excusa pour le bruit.

— L'altitude lui fait mal aux oreilles.

— Ne vous excusez pas, Madame. Nous avons tous été bébé un jour.

Elle m'observa intensément, visiblement curieuse.

— Vous connaissez quelqu'un à Emerson Pass ? La plupart des gens qui viennent par ici rendent visite à de la famille ou à des amis.

— Je viens voir la famille Barnes.

Son visage s'éclaira d'un grand sourire.

— Les Barnes sont de très bons amis à moi. Je m'appelle Martha Neal. J'ai été la deuxième institutrice d'Emerson Pass, mais je suis maintenant mariée au docteur de la ville. Il est venu d'une autre ville pour reprendre le cabinet de notre ancien docteur, et il s'est débrouillé pour faire de moi sa femme.

Tout en montrant la petite fille qu'elle tenait dans ses bras, qui avait une jolie fossette au menton, elle continua :

— Elle, c'est Quinn. Nous l'avons nommée d'après la première institutrice d'Emerson Pass qui est maintenant mariée à Alexander Barnes. Mais je suppose que vous savez tout ça.

Devais-je lui répondre honnêtement ? J'avais naturellement tendance à être plutôt taciturne. Quand on avait une histoire comme la mienne, le fait de la partager générait généralement de la pitié ou de la peur, comme si le fait d'être orphelin et pauvre était contagieux.

— J'ai servi pendant la guerre avec le fiancé de Joséphine, Walter Green. Il a laissé quelques objets après sa mort que je pensais qu'elle voudrait récupérer. Cela m'a pris un peu de temps pour réussir à venir jusqu'ici. Je m'appelle Phillip Baker.

Ses yeux s'agrandirent.

— Vous étiez ami avec Walter ?

Ami était un bien grand mot.

— C'est exact. Vous le connaissiez ?

— Non, non. J'ai juste entendu Joséphine parler de lui. Celles d'entre nous qui ont été à l'école ensemble sont restées très proches. Nous nous retrouvons autour d'un thé au moins deux fois par mois pour parler livres et potins. Seigneur ! Où sont passées mes bonnes manières ? Je suis heureuse de faire votre connaissance, M. Baker, et je suis vraiment désolée pour Walter. Nous avons aussi perdu un gars du village, et la ville tout entière a pleuré pendant une semaine. Je ne peux imaginer ce dont vous avez dû être témoin.

Martha berça Quinn sur ses genoux. Le bébé gazouillait tout en se mordillant le poing.

— Merci. Walter et moi n'étions pas si proches que ça. Nous étions dans la même brigade, voilà tout.

Notre wagon fit un mouvement brusque qui nous projeta tous les deux sur le côté. Je m'agrippai à mon siège des deux mains.

— Notre pauvre chère Joséphine. Sa mort lui a brisé le cœur. Nous espérions tous qu'elle arriverait à passer à autre chose, mais pour le moment il n'en est rien.

— Comment cela ?

Je ne pus m'empêcher de demander. Quelle chance d'avoir rencontré Martha ! J'allais rassembler une foule d'informations sur Joséphine. Les nonnes nous disaient souvent que plus on avait de connaissances sur un sujet, mieux on pouvait prendre une décision ou convaincre les autres de notre point de vue.

— Elle s'est jurée de ne jamais se marier et de s'occuper

exclusivement de la bibliothèque. C'est une grande déception pour tous les jeunes hommes célibataires de la ville. S'ils en avaient la possibilité, la plupart d'entre eux n'hésiteraient pas à l'épouser. C'est une femme remarquable. Saviez-vous que c'est elle qui a fait construire la bibliothèque en obtenant des fonds de la part de Andrew Carnegie ?

Je hochai la tête. Elle avait parlé en détail dans ses lettres de la construction et de l'ouverture de sa bibliothèque. Comme si cela intéressait Walter. Je n'étais pas certain qu'il ait jamais lu un livre.

— Oui, Walter m'en avait parlé.

— Puis-je vous demander ce que vous ramenez à Joséphine ?

Martha installa Quinn sur son autre genou.

— Les lettres qu'elle lui a écrites. Il y en a pas mal et je pensais qu'elle serait contente de les avoir. Je cherchais également une excuse pour venir ici. Je pense peut-être rester.

— J'espère que ce sera le cas, me dit-elle en souriant. Nous sommes accueillants ici à Emerson Pass. Je pense que vous y serez aussi heureux que nous tous. Et c'est tellement gentil de votre part d'avoir ramené les lettres. Jo se rendait au bureau de poste tous les lundis et vendredis avec une lettre pour lui. Sans faute, même s'il ne lui répondait que très rarement. Savez-vous pourquoi il écrivait si peu ?

Il était trop occupé à coucher avec les infirmières pour répondre aux magnifiques lettres de Joséphine.

— Je n'en ai aucune idée. Je suppose qu'écrire n'était pas son truc.

— Avez-vous aussi ramené les livres qu'elle a envoyés ?

Elle savait pour les livres ?

— Oui, je voulais les ramener pour la bibliothèque. Ils m'ont amené tant de joie dans les moments difficiles. Je voulais m'assurer que d'autres pourraient en profiter.

— Vous aimez les livres ?

Martha me regardait avec un visage très sérieux.

— Plus que tout au monde.

— Et Walter ?

— Pardon ?

— Est-ce qu'il aimait les livres ? demanda Martha.

— Je ne crois pas, non.

Il me les avait toujours refilés dès qu'il en trouvait un dans un paquet envoyé par Joséphine. Les bonbons en revanche, il les gardait pour lui. Il aimait tout ce qui était sucré.

Elle se tourna pour regarder par la fenêtre.

— Comme c'est étrange !

— Madame ?

— Joséphine m'a dit qu'il lui avait écrit deux fois à quel point il aimait les livres qu'elle lui envoyait. Il avait même parlé de certains passages ou personnages en particulier. Elle était ravie, bien entendu.

Je rougis. C'était moi qui lui avais dit quoi écrire dans ses lettres afin qu'elle continue à le voir comme un érudit. Les deux fois, il m'avait piégé en me faisant raconter l'histoire du livre que je venais de lire. Je ne pouvais m'empêcher de discuter de mes lectures avec enthousiasme.

Martha me fixa avec les sourcils froncés.

— Puis-je être franche avec vous ?

— Bien sûr.

Où voulait-elle en venir ?

— J'ai toujours soupçonné qu'il y en avait peut-être d'autres. Des femmes, je veux dire.

Je ravalai une exclamation de surprise. Martha était loin d'être idiote. J'affichai un sourire presque triomphant.

— Qu'est-ce qui vous fait penser ça ?

— Lorsque mon mari me faisait la cour, il était déjà bien occupé par son travail de médecin, mais cela ne l'empêchait pas de m'écrire des lettres d'amour toutes les semaines, alors que nous vivions dans la même ville. Pour me dire bonjour, il n'avait qu'à faire quelques pas jusqu'au magasin de mes parents. C'est ce qui me donne l'impression que les sentiments de Walter n'étaient pas ceux qu'il avait proclamés. Que dit l'adage ? Les actes parlent plus fort que les mots.

— Je suis désolé, mais je ne suis pas en position d'en parler.

— Vous ne devriez pas jouer au poker.

— Au poker ?

La petite se mit à nouveau à pleurnicher. Martha plongea la main dans le sac à côté d'elle et en sortit ce qui ressemblait à un biscuit sec qu'elle tendit à Quinn.

— Je peux voir rien qu'à votre visage que Joséphine ne savait pas tout sur ce Walter.

Je détournai les yeux, déstabilisé par cet interrogatoire, et regardai par la fenêtre. Nous étions désormais sur la terre ferme, au milieu d'une dense forêt de sapins et de pins. Si Martha représentait ce à quoi j'allais devoir faire face à Emerson Pass, j'avais intérêt à ne pas flancher.

Je n'avais que quatre ans lorsqu'ils étaient morts de la fièvre jaune, alors j'avais peu de souvenirs de mes parents. Dans l'un d'entre eux, ma mère me disputait pour avoir menti après avoir pris un cookie sans demander la permission. *Dis la vérité Phillip, même quand tu sais que tu pourrais t'en sortir par un petit mensonge.*

Cependant, je ne connaissais pas Martha. Je ne voulais pas que Joséphine soit blessée sans raison. Si elle devait apprendre la vérité concernant Walter, je préférais que cela vienne de moi.

— M. Baker ?

Je me retournai vers Martha.

— Les hommes parlent peu de leurs histoires de cœur.

— Et qu'en est-il des hommes qui font face à la mort chaque jour ? Ne confessent-ils pas leurs peurs ? Leurs amours ?

Je commençai à ressentir un peu de compassion envers le mari de Martha.

— Je ne suis pas sûr de comprendre de quoi vous parlez.

— Vous comprenez très bien.

Je ne répondis rien.

— Je vais être plus claire, dit-elle. Walter aimait-il Joséphine ? Avait-il prévu de l'épouser comme elle le pensait ?

— En toute honnêteté, Mme Neal, je ne suis pas sûr de connaître la réponse à cette question, et même si c'était le cas, serait-ce mon rôle d'en parler ?

Elle souleva un sourcil en disant :

— Je vois.

C'était bien ce dont j'avais peur.

Je ne savais trop comment poser la question, mais elle sortit tout de même :

— Puis-je vous demander ce que vous me conseilleriez de dire à Joséphine si les intentions de son fiancé n'étaient pas celles qu'elle pensait ?

Elle me fixa pendant quelques secondes. Même le bébé avait cessé de mâchouiller son biscuit pour me regarder.

— Je suppose que cela dépend de vos intentions. Êtes-vous venu pour lui faire du mal ?

— Bien sûr que non ! Plutôt le contraire.

Elle me gratifia d'un sourire satisfait.

— Me permettez-vous, M. Baker, d'essayer de deviner vos réelles intentions ?

— Bien sûr.

Malgré la fraîcheur qui régnait dans le train, ma chemise me collait au dos.

— Vous êtes tombé amoureux de sa photo. Et peut-être que vous avez lu ses lettres, qui vous ont montré son intelligence et sa bonté. Il est certain que c'est vous qui avez soufflé à Walter le contenu des livres.

Je toussotai avant de me remettre à fixer le paysage.

— Vous êtes venu pour la rencontrer, continua Martha. Pour voir si vos intuitions à son sujet ne vous ont pas trompé.

— Si tel est le cas, allez-vous me dénoncer ?

Je fis à nouveau face à mon inquisitrice.

Elle me retourna le même sourire satisfait que tout à l'heure.

— C'est une vraie chance que nous nous soyons rencontrés aujourd'hui.

Je déglutis et attendis le coup final. Comment pourrait-elle interpréter autrement mes actes ? Je n'allais pas gagner des points si on pensait que j'avais gaiement traversé la moitié du pays parce que je croyais être amoureux d'une fille que je n'avais jamais rencontrée.

— Joséphine est une très bonne amie à moi et je l'aime beaucoup. Cependant, je sais bien juger du caractère des gens et j'ai toujours trouvé qu'il y avait quelque chose de pas clair chez ce Walter. Joséphine a toujours eu un esprit pratique et stable, mais à cette occasion précise, je pense qu'elle s'est laissée emporter par l'idée de l'amour.

— Ne sous-estimez pas son charme, dis-je sèchement. Il avait perfectionné son art avec le temps.

— Vous le connaissiez depuis combien de temps ?

Je pris une grande inspiration. De toute façon, j'en avais déjà trop dit.

— Je l'ai connu assez brièvement quand nous étions enfants. Nous étions dans le même orphelinat pendant environ un an. Jusqu'à ce qu'il fugue.

Cette fois-ci, ses deux sourcils se soulevèrent.

— Une fugue ? Mais pour aller où ?

— En toute franchise, je n'en ai pas la moindre idée.

Il s'était enfui à l'âge de douze ans, incapable de se plier aux règles dictées par les nonnes. Même pendant toutes ces heures que nous avions passées ensemble à la guerre, il ne m'avait pas expliqué exactement où il était allé et comment il avait survécu jusqu'au moment de s'engager dans l'armée. J'avais l'impression qu'il avait dû être impliqué dans des activités criminelles.

— Alors y avait-il d'autres femmes ? Était-il un imposteur ? En voulait-il à son argent ? me demanda Martha. Je vous en prie M. Baker, dites-moi la vérité.

— Je crois en effet que tout cela est vrai.

— Vous croyez ou vous savez ?

— Je sais.

— Et les autres ?

— Toutes issues de familles riches. Il s'assurait d'avoir un avenir radieux à son retour.

Elle ne dit rien pendant un moment. Ses joues étaient devenues rouges et elle frappait du pied par terre comme si elle avait l'intention de creuser un trou dans le plancher. Finalement, elle leva à nouveau les yeux vers moi.

— Voici ce que vous allez faire, M. Baker. Laissez s'écouler quelques jours avant de lui parler des réelles intentions de Walter. Autrement, je crains qu'elle ne vous rejette. On a souvent tendance à tirer sur le messager, comprenez-vous ?

— Oui.

— Passez du temps avec elle. Peut-être pourriez-vous user un peu de votre propre charme pour l'aider à se détendre, lui montrer tout ce que la vie a encore à lui offrir.

— Je ne suis pas vraiment du genre charmeur. En réalité, je n'ai pas grand-chose à offrir.

— Mais vous êtes tout de même venu jusqu'ici, n'est-ce pas ?

— L'espoir fait vivre.

— Vous êtes un beau jeune homme. Ça ne peut qu'aider.

Je me retins de rire.

— Vous croyez vraiment ?

— Bien sûr que oui. Vous êtes-vous regardé dans un miroir récemment ? Une mâchoire carrée. Des pommettes hautes. Des yeux couleur saphir et une chevelure abondante. Je peux vous assurer que mon mari tuerait pour avoir des cheveux comme ceux-là.

— Walter, lui, était beau comme un dieu grec, au moins, dis-je. Avec ses cheveux dorés.

— Oui, je vois bien son genre.

Elle essuya la bave sur le menton de Quinn avec un mouchoir avant de continuer.

— Si je peux vous donner un conseil, faites-vous adopter par sa famille et la moitié du travail sera fait. Ils sont tous très proches.

Je hochai la tête.

— C'est en effet ce qui ressortait de ses lettres.

Elle émit un petit bruit qui ressemblait à un cri de triomphe.

— Alors vous les avez lues ? J'en étais sûre !

— J'ai honte de l'admettre, mais c'est vrai. Il les rangeait toutes dans une boîte. Je les ai prises après sa mort.

— Ne receviez-vous pas de lettre vous-même ?

— Non. Je n'ai personne. Je n'ai jamais eu personne.

— Ce n'est pas normal !

C'était à mon tour d'étudier Martha d'un peu plus près.

— Qu'est-ce qui vous fait dire que je suis différent de Walter ?

— Mes parents gèrent l'épicerie de la ville. J'ai passé toute ma vie à observer les gens de derrière le comptoir. Je sais reconnaître un homme honnête quand j'en vois un.

Je ne savais vraiment pas ce que j'avais pu faire pour lui donner l'impression que j'étais honnête, mais je ne posais pas la question. Elle allait comprendre tout le reste très bientôt.

— La famille de Joséphine m'a invité à passer les fêtes chez eux, dis-je. Cela m'a vraiment surpris.

— Préparez-vous, M. Baker. Ce n'est que le début. À Emerson Pass, personne ne peut rester un étranger très longtemps. D'ici quelque temps, vous aurez l'impression d'avoir toujours été ici.

Comme pour marquer son approbation, le train ralentit doucement à l'approche de la gare.

— Bienvenue à Emerson Pass, me dit Martha. Ici, il suffit de demander pour faire partie de la communauté.

3

JOSÉPHINE

La maison était calme en cette après-midi où nous attendions l'arrivée de Phillip Baker. Après le déjeuner, je me dirigeai vers le salon où je trouvai Théo assis devant l'une des fenêtres.

Papa était à son bureau en ville. À part Delphia, mes sœurs étaient à l'école. Maman et Jasper étaient en bas, en train d'organiser avec Lizzie le festival de Noël de notre ville. La tradition avait été interrompue pendant la guerre, mais nous étions heureux de la reprendre depuis l'année dernière. Cette fête allait être la plus belle que nous ayons jamais eue. Cette année, pour la première fois, nous allions avoir des illuminations. Malgré leur prix exorbitant, papa avait commandé des guirlandes lumineuses à accrocher autour de notre étang gelé, et pour décorer le grand sapin qui trônait à côté du kiosque à musique. Il y aurait de la nourriture, de la musique, du patin à glace et un père Noël pour les enfants.

— Théo ? l'appelai-je depuis la porte.

Il sursauta un peu, car il ne m'avait pas entendu arriver, puis il se tourna vers moi.

Je me dirigeai vers lui et lui pris les mains.

— Comment vas-tu ? As-tu besoin de quelque chose ?

Il porta ma main à sa poitrine.

— Je vais bien. Je profite simplement du calme.

Je plongeai le regard dans ses yeux, qui paraissaient immenses sur son visage fin. Il avait l'air si jeune et si vieux à la fois. Il avait dans le regard une lassitude qui n'y était pas avant la guerre. Mais je me souvenais qu'il avait déjà eu ce regard lorsqu'il était enfant. C'était lui qui avait retrouvé notre mère. Elle souffrait de maladie mentale et était sortie dehors par une nuit glaciale où elle était morte de froid. Pendant les années qui avaient suivi, Théo était resté silencieux, le regard hanté. Je me rappelais encore ses yeux cernés. Tout cela avait disparu lorsque maman Quinn s'était jointe à notre famille. Pourtant, aujourd'hui... Je ne savais pas si quoi que ce soit pouvait nous ramener le Théo d'avant. Il m'arrivait de me réveiller pendant la nuit et de l'entendre crier dans son sommeil, souvent suivi par des paroles apaisantes de Flynn.

— Lorsque j'étais là-bas, il m'était devenu impossible d'imaginer qu'un lieu puisse être aussi paisible.

Théo lâcha ma main et se dirigea vers la cheminée.

— Je ne savais pas si nous pourrions revenir un jour.

— As-tu regretté de t'être engagé ?

Flynn et lui avaient dit au recruteur qu'ils avaient dix-huit ans, alors qu'ils n'en avaient même pas tout à fait dix-sept.

— Je ne pouvais pas laisser Flynn partir sans moi. Ça aurait été pire de m'inquiéter sans cesse à son sujet que d'être là-bas avec lui.

— Tout ça est terminé maintenant. Tu es chez toi, là où tu dois être.

— Ce n'est pas complètement terminé. Pas là-dedans, en tout cas.

Il se tapota la tempe.

— Oh, Théo, ne dis pas ça. Tu finiras par oublier, n'est-ce pas ? Avec le temps ?

Je regrettai mes paroles dès qu'elles passèrent le seuil de ma bouche. Il ne devrait pas avoir à faire semblant d'aller bien pour moi.

— Oui, bien sûr.

Théo saisit une bûche sur le tas et la jeta dans le feu. Son ton trahissait sa pensée. Il ne croyait pas une seconde qu'il pourrait un jour oublier ce qu'il avait vécu. Je l'avais bien vu faire semblant d'aller bien pour maman ou pour nos sœurs à de nombreuses reprises depuis son retour. Je le connaissais presque aussi bien que moi-même. Quelque chose s'était brisé en lui là-bas.

Flynn entra en courant, les joues rougies par le froid extérieur. Il se débarrassa prestement de son manteau. Il n'arrêtait pas ces derniers jours. En plus de travailler dur sur la station de ski, il passait beaucoup de temps dans la grange avec les chevaux, sortait faire de longues balades en traîneau avec eux. Il trouvait aussi le temps de taquiner ses sœurs et de jouer à chat avec Delphia. Parfois, je me demandais si ses démons le rattraperaient le jour où Flynn ralentirait ses activités suffisamment longtemps pour réfléchir. Aurait-il le même regard hanté que celui de Théo ? Où serait-il toujours capable de garder une longueur d'avance sur les fantômes de cette horrible guerre ?

Au cours de l'été et de l'automne dernier, les jumeaux avaient commencé à travailler sur leur station de ski en dégageant une partie du flanc nord de la montagne pour y installer des pistes de ski. Bien qu'ils se soient associés dans l'affaire, il s'agissait plus du rêve et de la passion de Flynn. Comme pour la guerre, Théo ne le laisserait pas s'engager seul.

— Exactement les deux personnes que je cherchais, dit Flynn.

— Tiens, donne-moi ton manteau, dis-je. Je vais aller le ranger dans l'armoire pour toi.

— Merci, ma sœur chérie.

Il m'embrassa sur la joue.

Mes talons claquèrent contre le plancher en bois tandis que je traversais le couloir. Lorsque je revins, mes frères s'étaient servi une tasse de thé et dégustaient un scone préparé par Lizzie.

Flynn m'interpella.

— Assieds-toi donc avec nous, Jo. Discutons.

Je fis ce qu'il me demandait.

— Je n'ai rien de mieux à faire aujourd'hui.

J'avais récemment embauché quelqu'un pour s'occuper de la bibliothèque quelques jours par semaine, afin de libérer du temps pour me concentrer sur la recherche de fonds. Depuis que j'avais obtenu les fonds nécessaires à la construction de la bibliothèque de la part de M. Carnegie, j'avais été très occupée. Mais ces derniers temps, je n'avais plus grand-chose à faire. Aucun homme à qui écrire. La bibliothèque fonctionnait souvent sans moi. Maman n'avait pas vraiment besoin de mon aide avec les petites. Fiona et Cymbeline avaient bien grandi et elles étaient maintenant souvent prises par leurs études et leurs amis. Il y avait des jours où je me sentais proprement inutile.

Je me servis une tasse de thé et m'installai dans un coin du canapé.

— Quels sont vos projets à tous les deux pour aujourd'hui ?

Ils étaient vêtus de pantalons et de vestes en laine.

— On va emmener papa à la montagne pour lui montrer les pistes de ski, m'expliqua Flynn. Maintenant qu'il neige enfin, nous voulons lui montrer notre système de poulies.

Lorsqu'ils avaient fait du ski en Europe, ils avaient étudié les systèmes qui permettaient aux gens de remonter en haut des pistes. Théo, qui était doué en ingénierie, avait réussi à réutiliser une partie du matériel abandonné dans les mines pour en faire un système de cordes destiné à tirer les skieurs jusqu'au sommet. Tout ce qu'ils avaient à faire, c'était de tenir la corde et de laisser la machine faire le reste.

— Il veut tester lui-même la piste.

Je souris en entendant la fierté dans sa voix. De nous tous, Flynn était celui qui désirait le plus recevoir l'approbation de papa. Celui-ci n'était pourtant pas avare de compliments. D'ailleurs, on pouvait même dire que papa nous admirait un peu trop. Selon lui, il n'y avait rien que sa bande des sept ne pouvait pas accomplir.

— J'ai bien du mal à comprendre pourquoi des gens voudraient se coller des planches aux pieds pour descendre une montagne à toute allure, dis-je.

— Jo, je t'assure que c'est très amusant, répliqua Flynn. Nous avons hâte de vous apprendre à tous.

— Et toi, Théo ? Es-tu aussi tombé amoureux de ce sport ?

— Oui. Pas au point de défier des Français à la course comme mon frère, bien sûr.

— C'est exactement ce que fera Cymbeline dès l'instant où elle tiendra sur ses skis, dis-je en riant.

— C'est bien ma sœur, s'exclama Flynn. Je suis très fier d'elle.

— Delphia va être aussi terrible qu'elle, dis-je. Hier à l'étang, elle est rentrée dans un garçon et l'a embrassé.

— Cette petite me fait un peu peur, dit Théo.

— C'est une fripouille, ajoutai-je. Une sauvage comme Cymbeline et toi.

— Je ne sais absolument pas de quoi tu parles.

Flynn afficha un large sourire avant de mordre dans son scone.

Théo posa sa tasse de thé.

— Comptes-tu être accompagnée au festival cette année, Jo ?

— Tu veux dire par un homme ?

— Est-ce une idée si étrange ? demanda Flynn.

— Tout cela ne m'intéresse pas, dis-je. Personne n'arrivera jamais à la cheville de Walter.

— Tu as passé si peu de temps avec lui, dit Théo doucement. Ne penses-tu pas qu'il est temps de recommencer à vivre ?

— Mais je vis. J'ai mon travail, la bibliothèque.

Je me mis immédiatement sur la défensive.

— On ne dirait pas que tu as tourné la page.

Flynn avait emprunté son ton le plus affectueux, ce qui m'adoucit quelque peu.

— Comment suis-je censée me comporter ? Devrais-je courir après tous les hommes célibataires de cette ville ? Agir comme une délurée ? J'ai connu le vrai amour et maintenant j'ai décidé de me consacrer à mon travail.

Théo pencha la tête sur le côté, dans une tentative évidente de tempérer ce qu'il s'apprêtait à dire.

— Deux semaines me paraissent un peu courtes pour savoir si tu aimes quelqu'un ou non.

— Ça a été les deux plus belles semaines de ma vie.

Je m'interrompis, craignant de me mettre à pleurer.

— Il était tout ce que j'ai toujours voulu. Intelligent et drôle. Il me faisait rire, et tu sais très bien que je n'ai pas un grand sens de l'humour.

— C'est faux, dit Flynn. Tu ris tout le temps de moi.

— Rire *de* quelqu'un c'est différent de rire *avec* quelqu'un, frérot, dit Théo.

— Aujourd'hui nous serions mariés s'il n'était pas mort, dis-je en ignorant leurs efforts pour me faire sourire.

— Mais Jo, il ne t'avait même pas officiellement demandée en mariage, dit Flynn. Et il n'avait pas demandé ta main à papa.

— Ça, c'est quelque chose qui ne nous a pas plu, dit Théo.

— Pas du tout, ajouta Flynn.

— Il voulait le faire, mais il n'a pas eu le temps. Le devoir l'appelait.

L'ombre sournoise d'un doute jaillit au fond de moi. Ce n'était pas la première fois. J'y pensais aussi lorsqu'en pleine nuit, je fixais le plafond sans arriver à dormir. Je ne l'avouerai jamais à personne, mais le fait qu'il ne m'envoyait que de rares lettres m'avait blessée. Un jour, je m'étais énervée contre la pauvre Martha lorsqu'elle m'avait interrogée sur cette question.

Je sais qu'elle ne faisait qu'exprimer son inquiétude, mais cela m'avait profondément agacée. Et puis, qui pouvait savoir dans quelles circonstances il vivait là-bas ? Des tirs constants, des tranchées… je ne pouvais pas lui demander de passer ses journées à m'écrire. Peut-être n'avait-il pas voulu me faire peur. Il était clair aujourd'hui que j'aurais dû être plus consciente du danger. J'étais tellement certaine qu'il me reviendrait.

— Papa n'était pas d'accord pour que tu l'épouses, dit Flynn.

— Pourquoi dis-tu cela ?

Je le fixais avec des yeux ronds, choquée par ce que je venais d'entendre.

— Il nous a dit dans l'une de ses lettres qu'il pensait que tu avais simplement peur de finir seule, ce qui te rendait particulièrement sensible à ses charmes. Toutes les filles autour de toi étaient mariées et tu ne l'étais pas.

Je soufflai bruyamment et croisai les bras sur ma poitrine.

— C'est ridicule ! Je n'étais pas pressée de me marier. Pas du tout.

C'était là un mensonge criant. Lorsque Martha avait épousé le docteur Neal et qu'ensuite Elsa s'était mariée avec un dentiste rencontré à Denver, je m'étais sentie terriblement jalouse. Leurs fêtes de mariage avaient été superbes. Elles étaient si belles dans leur robe de mariée. J'avais regardé autour de moi en me demandant quand mon tour viendrait.

— Quoi qu'il en soit, cela n'a plus aucune importance. Maintenant je vais rester célibataire, que l'idée m'ait effrayée ou non.

Flynn se mit à rire.

— Jo, c'est impossible que tu finisses vieille fille. Tu es trop jolie.

— Et trop intelligente aussi, ajouta Théo.

Je les regardai. Ils me souriaient tous les deux. Je n'avais jamais eu de difficultés à les différencier, et pas seulement à cause de la cicatrice de Flynn. Ils avaient des personnalités opposées. Sous le coup de la colère, il m'était déjà arrivé de traiter Flynn, mon frère plein d'entrain et sans pitié dans la compétition, de crapule. Alors que Théo était plutôt un intellectuel, avide de lecture, qui se tenait généralement en retrait.

— Je vais consacrer ma vie à la bibliothèque. Plus jamais je ne laisserais mon cœur être brisé ainsi.

— Laisse faire le temps, dit Théo. Quelqu'un d'autre se présentera.

— Je viens de te dire que je ne suis pas intéressée.

Je resserrai mes doigts sur mes coudes.

— Et vous deux ? Vous avez l'œil sur quelqu'un ? demandai-je dans une tentative désespérée de changer de sujet.

— Nan, je suis trop jeune pour ça, dit Flynn.

— Tu n'es pas trop jeune pour aller faire la guerre, mais tu n'es pas en âge de te marier ? demandai-je.

— Je ne pense pas que je vais me marier, dit Flynn.

— Tu as bien dû penser à quelqu'un quand tu étais là-bas ? As-tu écrit à quelqu'un ? Et toi, Théo ?

— Non, je n'ai écrit à personne, mais j'aurais aimé le faire.

Les oreilles de Théo devinrent toutes roses.

— Mais je sais bien qu'elle n'aurait pas voulu recevoir du courrier de ma part. De Flynn peut-être, mais pas de moi.

Flynn grommela.

— Pas encore cette histoire. Il pense qu'il est amoureux de Louisa et que Louisa est amoureuse de moi.

— Louisa ?

L'histoire de Louisa Kellam Lind avait quelques liens avec notre famille. Lorsque Quinn avait ouvert l'école, Louisa y venait sans la permission de son père. Nous avions appris plus tard que celui-ci la battait. Après la mort de M. Kellam, le pasteur Lind et sa femme, Pamela, avaient pris Louisa chez eux, pour l'élever comme leur fille. Depuis, elle avait bien grandi, passant d'une petite fille maigre et misérable à une très jolie jeune femme. Je ne savais pas qu'elle plaisait à Théo. Avait-elle le béguin pour Flynn ? J'espérais que non, pour le bien de Théo.

— Depuis quand tu t'intéresses à elle ?

— Laisse tomber, dit Théo. On ne va pas parler de ça.

— Sait-elle que tu l'aimes bien ?

— Je lui ai dit après que nous nous soyons engagés, dit Théo. Elle n'avait pas de sentiments pour moi.

— Elle est partie pour étudier dans une école de bienséance, dis-je, mais Mme Lind dit qu'elle va rentrer pour les fêtes et qu'elle ne repartira pas. Ils ont adopté Louisa quand elle avait déjà neuf ans, alors ils tiennent à passer plus de temps avec elle.

— N'est-ce pas ce que nous désirons tous ? demanda Théo. Plus de temps ?

Des bruits de pas dans l'entrée attirèrent notre attention. Harley apparut dans l'encadrement de la porte, son chapeau à la main.

— Je m'excuse de vous interrompre, mais je voulais vous dire que je pars à la gare chercher M. Baker.

— Merci, Harley, dis-je. Je serai là.

— Que sais-tu de ce mystérieux Baker ? me demanda Flynn après le départ de Harley.

— Pas grand-chose, répondis-je. Si ce n'est qu'il a eu la gentillesse de m'écrire lorsque Walter est décédé.

— J'espère qu'il est beau comme un dieu et qu'il saura te ramener dans le monde des vivants, dit Flynn.

— Ne sois pas ridicule, dis-je. Nous ne sommes pas dans un roman d'amour ou un étranger débarque en ville et vient conquérir le cœur d'une jeune femme en détresse.

4

PHILLIP

Dès que je pénétrai chez les Barnes, une odeur de cookies vint me chatouiller les narines. Je n'eus pourtant pas le temps de m'attarder dessus, car Joséphine apparut. Sa photo ne reflétait pas la réalité. Elle était encore plus jolie en vrai. Je ne pensais pas que cela était possible. Elle portait une robe de laine verte qui flattait sa silhouette élancée. Cependant, elle était plus petite que ce que j'avais imaginé, de taille moyenne, avec des épaules étroites et un petit buste. Ses yeux étaient couleur émeraude et leur courbure remontante donnait l'impression qu'ils souriaient. Ses cheveux dorés, ramenés en chignon sur le dessus de sa tête, brillaient sous la lumière du plafonnier.

Mon estomac se noua tant j'étais nerveux lorsqu'elle s'approcha en me tendant la main. Je posai brièvement les lèvres sur sa main gantée. Je n'osai pas tenir sa main dans la mienne trop longtemps.

— Phillip, bienvenu à Emerson Pass, me salua Joséphine.

— Merci.

Comme cela arrivait souvent, mes paroles semblaient coincées au fond de ma gorge. Walter aurait su quoi dire, lui. Les mots auraient coulé de sa bouche comme du miel sur un gâteau. Personne ne pouvait résister à ses manières charmantes. Voilà son arme secrète, celle qui lui avait apporté tant de victoires dans la guerre de l'amour.

— Vous êtes charmante… je veux dire, votre maison. Je suis désolé. Je ne voulais pas me montrer cavalier.

Elle sourit, ce qui m'éblouit.

— Merci pour le compliment. Les compliments. Comment s'est passé votre voyage ?

— Éprouvant. Cela dit, j'ai croisé une amie à vous. Mme Neal et bébé Quinn étaient assises en face de moi.

— Oh, quel heureux hasard ! Vous a-t-elle raconté quelques histoires concernant notre petite ville ?

Je déglutis en riant nerveusement.

— Oui, je suppose qu'on peut dire ça.

De derrière Joséphine, un jeune homme pénétra dans l'entrée depuis une pièce adjacente.

— Voici mon frère Théo, expliqua-t-elle.

Nous échangeâmes une poignée de main. En observant son regard sombre, je sentis que nous avions beaucoup en commun. Il y avait beaucoup de sérieux dans son attitude ainsi qu'une certaine timidité et une évidente sensibilité. Je me demandais comment il s'en était sorti pendant la guerre. Une part de lui avait-elle été brisée comme chez moi ?

— Heureux de faire votre connaissance, dit Théo. Flynn et moi avons hâte de te montrer les alentours.

— J'en serais reconnaissant, dis-je.

Un homme vêtu d'un sobre costume noir apparut.

— M. Baker, je suis désolé ! Je ne m'étais pas rendu compte que vous étiez déjà là.

Un accent anglais. Je savais grâce aux lettres de Joséphine que son père était venu d'Angleterre et que la personne qui venait d'entrer était leur fidèle majordome, Jasper.

— Ne vous en faites pas, Jasper, dit Joséphine. Il vient tout juste de passer la porte.

— Puis-je vous montrer votre chambre ? demanda Jasper.

— Oui, et ensuite nous prendrons le thé, dit Joséphine en s'adressant à moi. Lizzie nous a préparé des sandwichs et des petits gâteaux.

Je hochai la tête, mais ne dis rien, de peur de me mettre à bégayer. Jasper se saisit de ma valise et se dirigea vers l'escalier qui était fait en bois sombre. Je le suivis à l'étage et le long d'un couloir jusqu'à une chambre dans laquelle se trouvaient deux lits superposés.

— Vous dormirez ici avec les jumeaux, la salle de bain est juste là.

À travers une porte, je distinguai une baignoire sur pieds et un sol blanc carrelé.

— Ça ne vous dérange pas de partager la chambre ?

— Pas du tout.

— Voulez-vous que je range vos vêtements ? me demanda-t-il en montrant ma valise.

— Non, je préfère m'en occuper moi-même. Mais je vous remercie.

Je ne voulais pas que qui que ce soit voie mes maigres possessions.

— Comme l'a précisé Miss Joséphine, la famille Barnes prend le thé tous les jours aux environs de seize heures. Toutes les personnes présentes sont invitées à y prendre part. C'est une famille pleine de vie et bruyante, M. Baker, et cela peut être un peu étourdissant parfois, alors n'hésitez pas à prendre un peu de repos dans votre chambre si vous en ressentez le besoin. Personne ne vous en voudra. J'espère que vous me le ferez savoir si vous avez besoin de quoi que ce soit. Si vous avez besoin d'aller en ville, quelqu'un pourra vous y emmener en traîneau. Dès les premières neiges, nous rangeons les voitures à moteur et nous utilisons les chevaux. C'est plus prudent ainsi.

Vous avez rencontré Harley. Sa femme s'appelle Merry et elle m'aide à gérer la maison. Ma femme se nomme Lizzie et elle s'occupe essentiellement de la cuisine, accompagnée de Mme Wu. Nous avons tous des enfants qui passent leur temps à entrer et sortir de la maison, mais je vous en prie, faites-le-moi savoir s'ils vous embêtent en quoi que ce soit.

— J'ai grandi dans un orphelinat. Je vais me sentir ici comme chez moi.

L'expression sérieuse de Jasper laissa paraître un léger sourire.

— Je plaisante souvent avec Lord Barnes en disant que notre maison est un orphelinat. Pour vous dire la vérité, si l'on compte tous les enfants Barnes, même ceux qui sont grands maintenant, il y a une douzaine de jeunes. Bien que je suppose que Joséphine et les jumeaux ne comptent plus parmi les enfants. Mais lorsque vous vivez avec une famille depuis aussi longtemps que moi, il est difficile de les voir autrement que comme des enfants.

— Puis-je vous demander la tenue exigée pour le thé et le dîner ?

— Pour le dîner, vous devrez porter un costume, mais pour le thé, vous pouvez rester comme vous êtes.

Jasper s'éclaircit la gorge.

— Je voulais aussi vous dire : nous sommes tous très reconnaissants pour ce que vous et vos camarades avez fait pour nous là-bas. Je vous le dis en tant qu'Anglais et Américain. C'est un honneur de vous recevoir.

— Bien, monsieur. Je vous remercie.

Jasper fronça les sourcils.

— Le voyage pour venir de l'est est terriblement long. Si vous voulez prendre un bain avant l'heure du thé, prenez votre temps. Les Barnes ne sont pas trop à cheval sur les horaires. Ils ont tendance à avoir chacun leur propre vision du temps, alors sentez-vous libre d'en faire autant.

— Je vous remercie grandement.

Je n'avais fait que dire merci depuis que j'étais arrivé.

— Puis-je aussi vous demander de remettre ceci à Joséphine pour moi ?

J'ouvris mon sac et en sortis la boîte contenant ses lettres à Walter. J'avais gardé la photo d'elle dans la poche de ma veste. Je devrai la lui rendre plus tard. Je n'étais pas encore prêt à me séparer de l'image qui m'avait apporté tant d'espoir ces derniers mois.

— Avec plaisir, et encore bienvenu à Emerson Pass.

Jasper s'éloigna, le bruit de ses talons sur le sol aussi précis et régulier que sa manière de parler.

J'allai d'abord voir la salle de bain. De l'électricité et de l'eau courante ? C'était une maison luxueuse. Je n'avais pas vraiment ma place ici. Je n'avais pas la moindre chance avec une femme comme Joséphine. Pour la centième fois de la journée, je me demandais ce qui m'avait pris. Comment avais-je pu penser que cela pourrait être une bonne idée de venir ici ?

Crois en toi. Personne d'autre ne le fera pour toi. Les hommes comme nous doivent se bagarrer pour y arriver.

C'était le conseil que m'avait donné Walter.

Je ressentis un nouveau pincement de culpabilité. Bien sûr, Walter s'était montré malhonnête et fourbe, mais il était mon ami. Il nous considérait comme semblables. Le genre d'hommes qui n'étaient pas invités au club et qui ne pouvaient que se frayer un chemin par des moyens pernicieux. Mais moi, je n'étais pas comme ça. Malgré ma situation, ou peut-être à cause d'elle, l'intégrité et l'honnêteté étaient deux qualités que je chérissais par-dessus tout. Sans cela, qui étais-je ? Un homme pauvre et aussi un menteur ? Je devais m'accrocher à ce dont je pouvais être fier. Mon caractère était tout ce que j'avais.

Je tentai de repousser mes inquiétudes pour profiter d'un bon bain chaud et du savon qui sentait si bon. Ensuite, je me rasai devant le miroir. Je n'avais pas l'air si mal, malgré les longues heures passées dans le train. Mes cheveux foncés avaient retrouvé leur forme après avoir été lavés. Pour ce qui était des cernes noirs sous mes yeux, elles étaient apparues depuis mon départ à la guerre et je ne pouvais pas y faire grand-chose. Mon sommeil était souvent perturbé par des cauchemars. Peut-être que le calme de ce lieu me permettrait de mieux dormir.

Pourtant, j'avais repéré les mêmes cercles noirs autour des yeux de Théo. Peut-être que le calme n'aidait pas tant que ça.

Lorsque j'eus terminé, j'enfilai une chemise et mon costume gris clair. Quelques minutes avant seize heures, je descendis l'escalier.

Je peux le faire, me dis-je en pénétrant dans le salon. Des murs lambrissés et un ameublement coloré donnaient à la pièce une ambiance joyeuse, tout comme le feu qui crépitait dans la cheminée et l'odeur de cannelle qui flottait dans l'air.

Un homme grand et plutôt intimidant se tenait à côté du feu. Assise sur le canapé, une petite femme blonde lisait un livre ouvert sur ses genoux. Deux petites filles jouaient avec des poupées sous un grand bureau.

— Bonjour, vous devez être Phillip. Je suis Lord Barnes, le père de Joséphine. Nous sommes très heureux que vous soyez là.

Il traversa la pièce à grandes enjambées et me serra la main avec enthousiasme avant de me donner une tape sur l'épaule. Son accent britannique lui donnait l'air encore plus distingué à mes yeux.

La belle femme assise sur le canapé s'était levée et avancée jusqu'à nous pour se présenter.

— Je suis Quinn Barnes, la mère de Joséphine. Mais je vous en prie, appelez-moi Quinn. Nous n'aimons pas les solennités ici, sauf Jasper, bien sûr.

Elle rit. Elle n'avait pas l'air beaucoup plus âgée que Joséphine. Je savais par les lettres que Quinn Barnes était sa belle-mère et qu'elle était beaucoup plus jeune que Lord Barnes.

Cependant, je ne m'attendais pas à une beauté aussi radieuse. Le genre de beauté qui venait de l'intérieur.

— Merci, Quinn.

— Venez donc vous asseoir, m'invita-t-elle. Vous devez avoir faim. Nous avons du choix aujourd'hui.

Elle désigna la table basse sur laquelle était disposé un impressionnant petit festin.

— Des sandwichs et des petits gâteaux. Lizzie est toujours ravie d'accueillir un nouvel invité, et comme souvent, elle en a fait trop.

Je m'assis dans l'une des chaises, regardant la nourriture avec envie. Quinn me tendit une petite assiette. Il y avait quelque chose chez elle qui vous mettait immédiatement à l'aise.

— Servez-vous. Prenez ce que vous voulez. Je me rappelle encore la première fois que je suis arrivée ici. Après ce très long voyage en train, je ne pensais qu'à manger. Il faut dire que j'étais plutôt affamée à l'époque.

— Elle se limitait à un repas par jour, expliqua Lord Barnes. Depuis, j'essaye de l'engraisser.

— Chéri, on dirait que tu parles d'une vache que tu prépares pour la vente, s'esclaffa Quinn.

— Ses tentatives de vous engraisser n'ont clairement pas fonctionné, dis-je. Vous êtes très belle.

Pourquoi avais-je dit cela ? Quel idiot je faisais !

— Eh bien, merci, Phillip. C'est très gentil de votre part.

— Je suis d'accord, dit Lord Barnes en se penchant pour embrasser sa femme sur la joue.

Il se redressa de toute sa hauteur.

— Les femmes vont prendre le thé, mais je pensais plutôt à un whisky. Cela vous tente-t-il ?

— Non, merci, monsieur. Je ne bois pas de whisky.

Ce n'était pas entièrement vrai, mais je voulais faire une bonne première impression.

— Je vais vous servir un thé, dit Quinn. Dans cette maison

nous prenons le thé tout le temps. Je suis bien obligée de céder face à tous ces Anglais.

— Une tasse de thé chaud me convient très bien.

Je remplis mon assiette de six petits sandwichs coupés en parfaits carrés. Ils avaient l'air d'être au jambon et au fromage.

— Mangez, je vous en prie, dit Quinn. Jo et les autres seront là dans quelques minutes, mais nul besoin de les attendre. Premier arrivé, premier servi.

Je ne fus que trop heureux d'obéir. Le pain était moelleux et au lieu du fromage, je découvris qu'il s'agissait d'une épaisse couche de beurre.

— C'est absolument délicieux !

Quinn sourit et hocha la tête avec approbation.

— Lizzie est la meilleure cuisinière que le monde ait jamais portée.

— Oh, Seigneur, ce n'est pas vrai, s'exclama une voix derrière moi.

Je me retournai pour voir entrer une femme aux cheveux roux, chargée d'un nouveau plateau de sandwichs.

— Je vous présente Lizzie, dit Quinn.

— Bienvenu, bienvenu, dit Lizzie. Il faudra que vous me disiez ce que vous aimez manger et je vous préparerai ça.

— Ce n'est pas nécessaire, dis-je. Je ne veux pas vous rajouter du travail.

— Ne dites pas de bêtises. C'est toujours une joie pour moi.

La figure comme la silhouette de Lizzie étaient rondes. Ses joues roses reflétaient la bonne humeur et la santé.

— Ce sont les meilleurs sandwichs que j'ai jamais mangés, dis-je.

— Je sens que je vais bien vous aimer. Maintenant, il faut que je retourne en cuisine. Je voulais juste vous voir de plus près, Phillip Baker.

Elle jeta un coup d'œil vers Quinn.

— Il sera très bien, vous ne pensez pas ?

— Lizzie, motus et bouche cousue, répondit Quinn d'un air complice.

— Oui, oui, vous avez raison.

Lizzie fit une petite révérence et sortit précipitamment de la pièce. Je me demandai si elle laisserait derrière elle une traînée de poussière de fée.

Tandis que je mangeais, Lord Barnes s'installa à côté de sa femme sur le canapé. Les petites filles s'approchèrent, en me jetant des regards à la fois curieux et timides.

— Ah oui, venez donc faire la connaissance de notre invité, s'exclama Lord Barnes.

Quinn leur fit signe de s'approcher.

— Voici Delphia, notre plus jeune fille, et Adélaïde, qui a sept ans. Les filles, je vous présente Phillip Baker, un ami de Jo.

— Ravi de faire votre connaissance, dis-je.

Delphia me regardait fixement. C'était une enfant particulièrement jolie, avec de grands yeux bleus et des cheveux couleur de paille.

— Est-ce que tu es venu de très loin ? demanda-t-elle.

— Oui, je suis venu de New York.

— Papa et maman ont déjà été là-bas une fois, dit Adélaïde, avant de rougir comme si elle était gênée d'avoir parlé.

Elle avait aussi la peau pâle, mais n'avait pas l'air aussi robuste que sa sœur. Un peu trop mince, et son regard très sérieux donnait l'impression qu'elle avait plus que sept ans. Ses yeux avaient le même bleu profond que ceux de sa sœur, mais ses cheveux étaient si blonds qu'ils en étaient presque blancs.

— Papa déteste New York, dit Delphia. Il y a trop de monde.

— Delphia, dit Lord Barnes en riant. Quand m'as-tu entendu dire une telle chose ?

Delphia haussa les épaules et tourna son attention vers les gâteaux.

— Je ne sais pas. Tu dis beaucoup de choses. Je peux prendre un gâteau ?

— Ta sœur et toi allez d'abord manger un sandwich. Ensuite vous pourrez prendre un gâteau, dit Mme Barnes.

Elles grimpèrent toutes les deux sur un grand fauteuil et s'assirent côte à côte. Les jambes de Delphia étaient trop courtes pour dépasser, tandis qu'Adelaïde était sagement assise, les mains posées sur ses genoux. Mme Barnes leur donna à chacune un sandwich. Pendant qu'elles grignotaient, elles m'observaient.

Quinn leur fit remarquer :

— Les filles, ce n'est pas poli de fixer quelqu'un.

— Pourquoi ? l'interrogea Delphia.

— Parce que cela peut mettre les gens mal à l'aise, répondit Mme Barnes.

— Ça veut dire quoi « malalaise » ?

— Je t'expliquerai plus tard, dit Adélaïde à sa petite sœur. Pour le moment, tiens-toi tranquille.

Le regard de Delphia devint noir, mais elle ne répondit rien.

— Comment s'est passé votre voyage ? me demanda Mme Barnes. Je me souviens à quel point le train entre Denver et ici m'avait effrayée la première fois que je suis venue. J'étais persuadée que nous allions tomber dans le vide.

— J'ai eu exactement la même pensée.

Nous fûmes interrompus par l'arrivée de Joséphine. Elle entra précipitamment, un peu essoufflée et s'installa sur une chaise à côté de moi. Je sentis l'odeur de son parfum qui me rappela celle du jasmin. C'était la même odeur que celle de sa lettre. J'avais raison.

— Je suis désolée d'être en retard. Je me suis laissée emporter dans la lecture d'un livre et je n'ai pas vu l'heure passer.

Delphia avait fini son sandwich et réclama un gâteau.

— Je vous donne un gâteau chacune et ensuite vous irez jouer ailleurs pour laisser les adultes discuter, dit Quinn.

— Je m'en fiche tant que j'ai droit à mon gâteau, dit Delphia.

— Delphia, ce n'est pas une manière de parler, réagit sa mère.

— Pardon, maman.

Dans les minutes qui suivirent, nous discutâmes encore un peu de mon voyage. Je fis mention de ma rencontre avec Martha Neal.

— C'est une petite ville ici, expliqua Lord Barnes. Cela n'a rien de surprenant. Dites-nous Phillip, que pouvons-nous faire pour vous aider à vous installer ici ? Quel genre de travail vous intéresserait ?

— Avant la guerre, j'ai reçu une formation en ébénisterie. En dehors de cela je ne sais pas faire grand-chose.

— Voudriez-vous ouvrir un atelier ? demanda Lord Barnes.

— À terme, certainement. Mais j'aurais besoin d'un capital pour cela. En attendant, je suis prêt à faire n'importe quel travail disponible. D'ailleurs, si vous avez besoin de réparer quoique ce soit, je peux aider.

— Mais vous êtes notre invité, protesta Joséphine. Nous ne pouvons pas déjà vous mettre au travail.

— Non, je préfère travailler, dis-je précipitamment. Ce sera ma manière de vous remercier. Ainsi, je n'aurai pas l'impression d'être un fardeau pour vous. Votre offre de me laisser rester chez vous est probablement la chose la plus gentille que personne ait jamais faite pour moi.

Je fus titillé par une pointe de culpabilité.

— Vous êtes quelqu'un de bien, affirma Lord Barnes. Tout le monde dans cette famille travaille d'une manière ou d'une autre. Il y a une place pour chacun à Emerson Pass. Lorsque vous serez un peu plus installé, nous pourrons reparler de votre futur atelier.

— Merci bien, monsieur.

J'aurais pu me mettre à pleurer sur place. Avais-je enfin trouvé le lieu où je me sentirai chez moi ?

Le reste du thé se déroula paisiblement. Vers dix-sept heures, Joséphine me demanda si je voulais me couvrir pour aller faire un tour à la grange.

— Je pourrais vous montrer les animaux.

— Je peux venir aussi ? demanda Delphia d'un coin de la pièce.

Elle avait placé sa poupée face contre le mur, comme si elle était punie. J'eus le sentiment que Delphia avait dû elle-même se retrouver face au mur quelques fois.

— Non, ma chérie, dit Lord Barnes en tapotant ses genoux. Toi et moi allons lire un livre ensemble pendant que Jo fait visiter la grange à Phillip.

— D'accord, papa.

Delphia grimpa sur ses genoux et s'installa confortablement.

Joséphine se leva.

— Phillip, voudriez-vous que je vous fasse visiter ou souhaitez-vous plutôt vous reposer ?

Je sautai sur mes pieds, à la fois excité et terrifié à la perspective de passer du temps seul avec la belle Joséphine.

— Je serais ravi de faire un tour avec vous. Je vous suis.

— Nous vous verrons au dîner, dit Mme Barnes.

Je les remerciai pour le thé et suivis Joséphine vers l'entrée. L'idée de me retrouver seul avec Joséphine me rendait nerveux. Une part de moi avait envie de partir en courant. Cependant, la partie de moi qui savais faire preuve d'audace, mais qui ne se réveillait que rarement, me pressait de ne pas faire demi-tour. J'avais fait tout ce chemin, ce n'était plus le moment de changer d'avis.

— Avez-vous un manteau ? me demanda-t-elle.

— Non, seulement la veste que j'ai sur moi.

Elle ouvrit les portes du placard et en tira une grosse veste de chasseur à carreaux vert et noir.

— C'est un ancien manteau de Théo ou de Flynn, vous le voulez ? Il ne neige plus, mais il va faire froid dehors.

— Oui, je veux bien.

Mon premier réflexe aurait été de dire non, mais cela aurait été idiot. Le temps était glacial ici. J'aurais fini complètement gelé entre la gare et ici si Harley n'avait pas prévu des couvertures en laine dans le traîneau.

Je commençai par l'aider à enfiler son manteau. Elle posa son chapeau en fourrure sur sa tête tandis que j'enfilais la veste.

— Elle me va, dis-je.

— Oui, vous faites presque la même taille que mes frères. Regardez dans les poches, il y a probablement une paire de gants et un bonnet dedans.

Je plongeai les mains dans mes poches. Comme prédit, j'y trouvai un bonnet en laine et une paire de gants. Après avoir mis les deux, je lui demandai si elle était prête.

— Oui, nous devrions y aller avant qu'il ne fasse complètement noir.

Nous sortîmes sur le porche d'entrée. Si elle ne pensait pas qu'il faisait noir maintenant, je me demandais à quoi cela ressemblait quand il faisait complètement noir. Elle me montra la grange au loin, puis elle appuya sur un interrupteur près de la porte. Les lanternes qui étaient alignées le long de l'allée s'allumèrent, m'éblouissant par leur clarté.

— C'est beau ! soufflai-je.

— N'est-ce pas ? Papa les a fait poser juste l'année dernière. Elles donnent un petit air de fête à cette période de l'année.

Nous nous engageâmes dans l'allée qui avait été dégagée jusqu'à la grange. Je la laissai passer devant.

— Notre famille adore les animaux, m'expliqua Joséphine. Ne soyez pas surpris si au dîner ils vous demandent comment vous avez trouvé nos chevaux.

— Que devrais-je répondre ?

Je me concentrai pour ne pas tomber sur le sol gelé.

— Dites que ce sont les chevaux les plus magnifiques que vous ayez jamais vus. Ils le pensent déjà de toute façon.

— Alors je m'assurerai de le leur confirmer.

Elle rit et son haleine forma un nuage de buée dans l'air froid tandis qu'elle ouvrait en grand la porte de la grange en me faisant signe de rentrer en premier.

C'était un grand espace, haut de plafond, avec des boxes pour une vache, un cochon et plusieurs chevaux. Des poules étaient installées dans leur nid. Le coq nous regardait d'un œil méfiant.

— Ça, c'est Rico, dit Joséphine. Faites attention à lui, il est méchant.

Elle me montra le grenier à foin au-dessus de nos têtes.

— Quand j'étais plus jeune, je grimpais là-haut lorsque j'avais envie d'être seule. J'adore mes frères et sœurs, mais parfois j'avais besoin d'un peu de paix et d'un coin tranquille pour lire.

— Ça a l'air chouette. J'aurais aimé avoir un endroit comme ça à l'orphelinat.

Là-bas, je ne pouvais jamais être seul. Nous dormions dans des petits lits tous alignés et nous mangions tous nos repas ensemble.

— La seule chose qui me permettait de m'échapper un peu, c'était la lecture.

Nos regards se croisèrent pendant quelques secondes.

— Je comprends très bien.

Elle ramassa deux pommes dans un seau à côté de la porte.

— Est-ce que vous voulez donner une pomme aux chevaux ?

— Pourquoi pas ?

J'aurais aimé dire non. Les chevaux me faisaient un peu peur avec leurs grandes dents.

Lorsque nous nous approchâmes d'eux, ils se mirent à hennir en voyant Joséphine.

— Là, ce sont deux femelles, Lucy et Pearl. Elles sont un peu plus âgées que les deux autres alors nous les utilisons pour tirer le petit traîneau.

Elle désigna deux autres chevaux.

— Ces deux-là ont seulement trois ans. Voici Willie et ça, c'est Oz.

Elle tendit sa pomme à Willie.

Je fis de même devant Oz.

— Va-t-il juste la prendre ?

— Approchez la main.

J'approchai timidement et je sursautai lorsqu'Oz aspira la pomme de ma main.

— Vous n'avez pas l'habitude d'être avec les chevaux, n'est-ce pas ?

— Non, c'est vrai, répondis-je.

— Ces deux-là sont adorables. Ils ne vous feront pas de mal.

Elle prit ma main et la posa sur le museau d'Oz.

— Caressez-le avec votre pouce, il adore ça.

J'aurais préféré caresser le nez de Joséphine, mais je fis comme elle m'avait dit. Oz secoua la queue.

— Il vous aime bien, dit Joséphine.

— Comment le savez-vous ?

— Il sourit, vous voyez ?

Elle montra sa bouche, qui selon moi n'avait absolument pas bougé.

— Est-ce que Walter vous lisait vraiment des passages de mes lettres ? demanda Joséphine.

— Nous aimions tous beaucoup entendre les facéties de votre famille. Tout est exactement comme je l'avais imaginé en écoutant vos descriptions.

— Peut-être que ma famille est plus intéressante sur le papier qu'en réalité.

— Moi je les ai trouvés très intéressants jusqu'à maintenant.

— Alors, attendez de rencontrer Cymbeline... Est-ce réellement mes lettres qui vous ont donné envie de venir ici ? demanda Joséphine.

— Oui. J'avais envie de sortir de la ville. Comme dit votre père, il y a trop de monde. Lorsque j'étais malade, je me suis promis que si je survivais, je viendrais ici pour voir tout ça de mes propres yeux.

Et vous. Mais je gardais ces dernières paroles pour moi-même.

— J'espère que vous ne trouverez pas notre ville trop calme.

Joséphine s'appuya contre le mur.

— Je ne pense pas, dis-je. J'ai un aveu à vous faire.

— Oui ?

— J'ai lu toutes vos lettres pendant ma convalescence. Elles m'ont aidé à me remettre. Je sais que ça semble probablement ridicule.

— Non, ce n'est pas ridicule.

Elle me regarda avec attention, comme si j'étais un mystère qu'elle cherchait à élucider sans réellement y arriver.

— En réalité, c'est adorable. Lire les lettres d'une femme que vous ne connaissiez pas semble plutôt romantique.

— Elles m'ont apporté de la joie au moment où j'en avais le plus besoin. Comme peut le faire un bon livre.

— Je peux m'imaginer faire la même chose dans votre situation. Vous étiez seul et effrayé et vous aviez besoin de quelque chose pour vous distraire.

Joséphine prit une grande inspiration et leva les yeux vers les poutres du plafond.

— Mais, il y a des passages qui n'étaient destinés à être lus que par Walter. J'ai un peu honte en repensant à ce que j'ai écrit. J'ai dû passer à vos yeux pour une jouvencelle énamourée.

— Vous m'avez donné envie de rencontrer quelqu'un qui aurait de tels sentiments pour moi.

— Ne soyez pas ridicule, dit-elle. Je n'écris pas si bien que cela.

— Je suis obligé de vous contredire.

Elle resta silencieuse un instant.

— J'ai été un peu déconcertée lorsque vous m'avez dit qu'il lisait des parties de mes lettres aux autres hommes. J'imaginais qu'il lisait mes lettres comme je lisais les siennes. Savourant chaque mot, les lisant encore et encore et les gardant précieusement près de moi. Comme un amour secret.

— Nous avions tellement besoin de vos histoires de famille ordinaires. Vous n'avez pas idée à quel point. Il y avait des jours... où les choses allaient si mal que j'étais persuadé qu'aucun de nous ne rentrerait jamais chez lui.

Je m'interrompis pour réfléchir à ce que je voulais réellement lui dire. À quel point voulais-je me montrer honnête avec elle ?

— Cela nous rappelait les possibilités qu'offre la vie. Si seulement j'arrivais à m'en sortir vivant, il y aurait peut-être une femme pour m'aimer comme vous aimiez Walter. Puis plus tard, lorsque j'étais malade, vos lettres étaient comme une promesse. La promesse d'un avenir meilleur.

— Je suis heureuse que cela vous ait aidé à tenir le coup. Après avoir reçu votre lettre concernant la mort de Walter, j'étais tout aussi perdue que vous. Je cherchais le moindre petit horizon qui me permettrait de continuer à avancer. Le fait que mes lettres vous aient donné une perspective et de la joie dans des moments aussi difficiles, cela donne un sens à ma vie.

Sa voix trembla.

— J'ai encore du mal à comprendre pourquoi certaines choses me sont arrivées et quelle est censée être ma place maintenant. Dois-je me consacrer entièrement au travail à la bibliothèque ? Cela doit-il me suffire ?

— Mais vous serez capable d'aimer à nouveau, n'est-ce pas ? De quelqu'un qui en vaut la peine ?

— Mon père a réussi. Après la mort de ma mère, il a pu retomber amoureux. Mais moi ? Je ne suis pas sûre de le pouvoir. Je n'ai jamais ressenti ce sentiment pour personne d'autre.

Une jalousie amère me remplit le cœur. Si seulement elle savait à quel point mon ami ne méritait pas son affection.

— Et vous, Phillip Baker ? Vous ne devez pas avoir une petite amie là-bas à New York, sinon vous l'auriez amenée avec vous.

— Vous avez raison, je n'ai personne.

— Est-ce que vous cherchez quelqu'un ? demanda Joséphine.

— Je désire avoir une femme et une famille plus que tout au monde.

Son regard s'adoucit.

— Oh, comme c'est charmant. Et vous l'aurez. Une merveilleuse et très chanceuse jeune fille croisera bientôt votre chemin.

— Pour l'instant, je n'ai pas grand-chose à offrir à une femme.

— Vous êtes très bien, comme vous êtes.

Elle sourit et balaya le col de mon manteau du bout de ses doigts.

— Je suis certaine que les jeunes filles d'Emerson Pass feront la queue pour rencontrer notre nouveau jeune et beau célibataire. Je vous dirai de qui vous devez vous méfier et qui est intéressant.

Mais je connaissais déjà la fille que je voulais. Elle se tenait là, juste devant moi. Maintenant, je n'avais plus qu'à gagner son affection.

5

JOSÉPHINE

Ce soir-là, nous dînâmes avec mes parents. Les petites avaient déjà mangé et avaient été couchées, mais Fiona et Cymbeline furent autorisées à se joindre aux adultes. Mes frères étaient restés en ville et avaient mangé au café avant de retourner travailler au bureau de papa.

Le lustre diffusait une lumière tamisée autour de la table de la salle à manger. Papa et maman s'asseyaient toujours à chaque extrémité de la table, avec mes frères et sœurs et moi sur les côtés. Ce soir, Cymbeline et Fiona étaient assises l'une en face de l'autre à côté de papa, tandis que Phillip et moi nous faisions face du côté de maman.

Phillip s'était habillé pour le dîner d'un costume sombre avec une chemise blanche et un nœud papillon. Je ne m'attendais pas à ce qu'il soit aussi séduisant. Je ne sais pas exactement pourquoi, mais avant de le rencontrer, je n'avais jamais pensé à son apparence, seulement attachée au fait qu'il avait été ami avec Walter. Il avait traversé beaucoup d'épreuves, et je devais paraître à ses yeux comme une enfant gâtée. Que pensait-il de moi ? Je fus surprise de constater que j'espérais être à la hauteur de mes lettres pour lui et que je voulais vraiment qu'il m'aime bien.

Avant que nous entamions l'entrée, une soupe de courge, papa leva son verre.

— À Phillip. Bienvenue dans notre humble demeure.

— Merci, monsieur. Je suis heureux d'être ici.

Nous levâmes tous nos verres pour trinquer. Mes sœurs étaient ravissantes dans leur tenue du soir. Fiona portait une jolie robe bleu clair, et celle de Cymbeline était dorée et ornée de petits motifs en perles. Il s'agissait là de sa première robe de soirée en tant que jeune fille de seize ans. Cela faisait déjà plusieurs années qu'elle faisait la même taille, et il était probable qu'elle ne grandirait plus. Elle avait plus de courbes que Fiona et moi, et elle avait une force herculéenne. Un jour, il y a quelques années, je l'avais surprise devant un miroir. Elle pleurait parce que ses seins s'étaient soudain développés, comme par surprise.

— Je n'en veux pas, pleurnichait-elle. Ils me font pencher en avant quand je cours ou que je fais du patin.

Je dus me mordre l'intérieur de la lèvre pour ne pas éclater de rire. Il n'y avait que Cymbeline pour être désespérée à la vue de sa poitrine naissante, alors que moi je rêvais d'être mieux dotée à ce niveau-là. Ma sœur était décidément bien différente des autres filles.

S'adressant à notre père, elle dit :

— Papa, raconte-nous à quoi ressemble la piste de ski. J'ai tellement hâte d'essayer ce nouveau sport.

Le regard de notre père s'éclaira tandis qu'il ajustait ses lunettes pour lui répondre.

— La corde m'a tiré jusqu'en haut de la piste sans le moindre effort. Le système construit par Théo est très ingénieux.

— Est-ce que tu es allé vite pour redescendre ? Était-ce effrayant ? demanda Fiona, les yeux écarquillés.

— Je n'avais pas peur, mais souviens-toi qu'enfant, j'avais

déjà pratiqué le ski en Suisse pendant mes vacances, expliqua papa. J'avais oublié à quel point c'était grisant.

— Seigneur ! J'espère bien que tu ne t'attends pas à ce que je fasse du ski, dit maman. Je n'aime ni la vitesse ni la hauteur.

Papa lui adressa un sourire indulgent.

— Toi, mon amour, tu resteras au chalet à siroter un bon grog chaud et à regarder ton mari chéri conquérir la montagne.

— Cette idée me plaît, dit maman en lui souriant en retour.

Elle était très jolie dans sa robe beige décorée de perles, avec ses épais cheveux blonds ramenés sur le dessus de sa tête. De fines manches blanches recouvraient toute la longueur de ses bras.

— À quoi ressemble le chalet ? demanda Fiona. Est-ce qu'il sera luxueux ?

— Je l'imaginais plutôt dans un style rustique, intervint Phillip. Avec de larges poutres et de hauts plafonds.

Nous nous tournâmes tous pour le regarder en même temps.

Cette soudaine attention le fit rougir. J'eus le sentiment qu'il n'avait pas voulu parler à voix haute.

— Vous y connaissez-vous en chalet de ski ? demanda maman.

— Pas vraiment, dit Phillip. C'est simplement ainsi que je les imagine.

— Vous vous intéressez à l'architecture ? demanda papa.

— Non, c'est un peu trop compliqué pour moi, répondit Phillip. Les placards et autres meubles me conviennent.

— Nous n'avons pas d'atelier d'ébéniste en ville, dit Cymbeline, l'œil brillant.

Elle avait hérité de l'enthousiasme de notre père pour les affaires. Si elle avait été un homme, je l'aurais aisément vue lancer sa propre affaire. Pour le moment, si tout se passait bien, ce qu'elle pouvait espérer de mieux était de travailler pour mes frères. Elle était faite pour diriger, mais il lui fallait une activité sur laquelle se concentrer pour éviter qu'elle n'ait des ennuis.

— C'est tout à fait vrai, confirma papa. J'aimerais que nous en ouvrions un afin de devenir aussi indépendants que possible par rapport à Denver. Pour le moment, les gens doivent fabriquer leurs propres meubles ou les faire venir à grands frais par le train. Peut-être que vous pourriez fabriquer quelque chose pour nous dans la grange, pour nous montrer un échantillon de ce que vous pouvez faire. Si j'aime votre travail, nous pourrons discuter d'un prêt pour vous lancer.

Je jetai un rapide coup d'œil vers Phillip. Il s'était légèrement penché en avant, tenant sa cuillère au-dessus de son bol.

— Je ne suis pas du genre à me vanter, Lord Barnes, mais je suis plutôt doué. Où pourrais-je trouver du bois ?

— Nous en avons une forêt entière à portée de main, dit papa avec un geste vers la fenêtre. Du cèdre, du sapin, du tremble. Tout arbre que vous abattez sur mes terres est à vous.

— Je ne suis pas bûcheron, je n'ai jamais coupé d'arbres, dit Phillip.

— Moi si, dit Cymbeline. Avec une hache, ce n'est pas très compliqué.

Papa continua :

— Cym, tu pourrais y aller avec lui et lui montrer comment on fait ce genre de chose dans le Colorado.

— Avec plaisir, répondit Cymbeline. Il faut faire preuve de patience, entailler le tronc petit à petit, un coup de hache à la fois.

— La patience, ça me connaît, dit Phillip.

— N'oublie pas la partie avec le triangle, dit Fiona.

— Oui, c'est vrai. Il faut faire une entaille à quarante-cinq degrés dans le tronc, expliqua Cymbeline. Je te montrerai.

— Les filles abattent des arbres ici dans le Colorado ? demanda Phillip, surpris.

Son regard passa de Cymbeline à moi, puis à papa.

— On sait faire tout ce que savent faire les garçons ici, rétorqua Cymbeline, un éclair de rébellion dans les yeux. Si on en a envie, bien entendu. Jo n'aime pas les travaux rudes, mais moi oui.

— Moi, le bruit que font les arbres en tombant me fait peur, dit Fiona. Mais j'essaye d'être courageuse pour ne pas exaspérer Cymbeline.

— Bien sûr, cela m'inquiète parfois pour leur sécurité, intervint maman. Mais ses jeunes filles connaissent la forêt aussi bien que leur père. Cependant, il me semble qu'une visite à la scierie, où ils ont des planches de bois déjà coupées serait peut-être plus efficace, non ?

Lord Barnes se mit à rire.

— Comme d'habitude, c'est toi qui as raison ma chérie.

— Les femmes Barnes construisent des bibliothèques, abattent des arbres, connaissent la forêt comme leur poche, et quoi d'autre ?

Une étincelle brillait dans les yeux bleus de Phillip tandis qu'il me regardait de l'autre côté de la table.

Un léger bourdonnement se mit à agiter ma poitrine. Il était beaucoup trop charmant et aimable. Il avait déjà réussi à s'attirer les grâces de mes sœurs. Si je n'y prêtais pas garde, je finirais moi aussi par l'aimer. Non, mon cœur appartenait à mon cher soldat décédé. Je le lui avais promis.

— Ma femme a été la première institutrice de ce village, dit fièrement papa.

— Et vous, Miss Fiona ? interrogea Phillip. Que ferez-vous ?

— Je chante et je joue du piano, répondit Fiona. Peut-être deviendrais-je institutrice comme maman, avant de me marier et d'avoir beaucoup d'enfants.

— Fiona est une excellente chanteuse, dit Cymbeline, avec fierté. Elle va chanter à l'église ce dimanche.

— Voudriez-vous venir m'écouter ? demanda Fiona à Phillip.

— J'en serais plus qu'heureux.

Phillip se concentra à nouveau sur sa soupe.

Maman me regarda avec un sourire avant de continuer elle aussi à manger.

— En parlant des commerces de notre ville, j'ai parlé avec les gars qui s'occupent du saloon, dit papa. Ils sont inquiets pour janvier.

La prohibition devait prendre effet en janvier. Le café, tel que nous l'appelions maintenant, continuerait probablement à servir de l'alcool, mais en secret. Heureusement pour eux, les membres de nos forces de sécurité locales étaient des clients réguliers du saloon. Papa était persuadé qu'ils ne séviraient pas. Il avait choisi de ne pas partager son sentiment concernant le dix-huitième amendement, celui qui instituait la prohibition, de peur de s'aliéner un bord ou l'autre de l'échiquier politique. C'était un homme d'affaires qui s'était lui-même désigné comme le « père » d'Emerson Pass. Selon lui, son rôle était plus de soutenir et d'inspirer que d'encadrer la population par des règles.

— Que pensez-vous de la prohibition ? demanda maman à Phillip. Les jumeaux y sont fermement opposés. Je suppose qu'après leur temps en Europe, l'idée leur paraît bassement provinciale.

— Je ne peux pas dire que je penche vraiment d'un côté ou de l'autre, répondit Phillip.

— Voilà une réponse très diplomatique, dit papa en s'esclaffant.

— Moi, je suis plutôt pour, affirma maman. Il ne se passe jamais rien de bon entre les murs d'un saloon.

— Comment le sais-tu ? demanda Cymbeline.

— Tu es déjà entrée dans un saloon ? ajouta Fiona.

— Non, je n'ai jamais mis le pied dans un tel endroit. Cela dit, il y a des choses qu'une femme sait, répliqua maman. Phillip, est-ce que vous buvez ?

— Cela m'est déjà arrivé par le passé, dit Phillip.

Toujours en riant, papa tança gentiment maman :

— Quinn, cesse donc d'interroger notre nouvel ami. S'il a envie de prendre un whisky avec moi après le dîner, personne ne l'en privera.

— Je ne voudrais pas contrarier la maîtresse de la maison, dit Phillip en souriant. Alors, quels que soient les conseils qu'elle me donne, je les suivrai.

— Voilà qui est très sage, dit Fiona de sa voix la plus innocente. Maman ne veut que ce qu'il y a de mieux pour nous.

— Vous avez beaucoup de chance d'avoir une mère comme elle, dit Phillip.

— Oui, nous le savons, répondit Cymbeline. Notre autre maman est morte.

— Et Dieu nous a envoyé maman Quinn, ajouta Fiona.

— Nous ne nous souvenons pas vraiment d'elle, continua Cymbeline. Mais nous avons vu son portrait. Jo lui ressemble beaucoup.

Mon estomac se noua. Je n'aimais pas lorsque les filles parlaient de ma ressemblance avec notre mère, même si cela était vrai. Elle nous avait laissés quand nous avions besoin d'elle. Je n'arrivais pas à le lui pardonner. De toute façon, nous étions bien plus heureux avec Quinn comme maman. Mais tout de même, quand je pensais à la manière dont mère était morte, cela me remplissait de colère. Comment avait-elle pu nous laisser ainsi ? Elle était consciemment sortie marcher dans le froid glacial sachant qu'elle y perdrait la vie. Elle avait laissé papa seul avec cinq enfants à élever. Me laissant, moi, , seulement âgée de neuf ans, prendre son rôle de mère et en conséquence mettre un terme à mon enfance. Je savais pourquoi tout cela était arrivé. Elle était malade. Son sens des réalités était altéré. Pourtant, cela ne changeait rien. La colère bouillonnait toujours au creux de mon ventre.

Je levai les yeux de ma soupe pour constater que papa m'observait. Je lui souris, comme pour lui assurer que j'allais bien. Pourtant, il connaissait mes pensées, il savait où elles me menaient parfois. Nous avions traversé tout cela ensemble. Il était maintenant plus rare que je le vois repenser à ces temps sombres de notre vie. Tout comme Théo. Les autres étaient sortis de cette période sans les dommages permanents que nous avions subis tous les trois.

— Tu as tout à fait raison mon cher mari, dit maman en revenant à notre conversation de tout à l'heure. Je ne faisais que vous taquiner, Phillip. Faites donc comme il vous plaira. Je veux que vous vous sentiez chez vous ici.

Phillip fronça les sourcils.

— En parlant de cela, pensez-vous qu'il y a en ville un endroit que je pourrais louer ? Une chambre quelque part ?

— Il y a la pension, répondit papa. Mais il n'y a pas de raison que vous alliez là-bas. Nous avons suffisamment de place ici.

— Nous aimerions vraiment que vous restiez ici, ajouta maman. Je vous promets de poser moins de questions aux prochains dîners.

— Ça ne me dérange pas, dit Phillip. Je suis heureux de vous répondre. Les nonnes avaient l'habitude de me taquiner en disant que j'étais incapable de mentir. Même lorsque j'avais fait une bêtise et qu'un petit mensonge aurait pu m'inviter des coups de règles sur les doigts.

— Des quoi ? demanda Fiona.

— Pour nous punir, elles nous frappaient le dos de la main avec une règle, expliqua Phillip. Je peux vous assurer que personne n'aimait cela.

— Vous arrivait-il souvent d'avoir des ennuis ? demandai-je.

— Pas très souvent, répondit Phillip. Je voulais réellement être bon envers les femmes qui consacraient leur vie à prendre soin d'enfants dont personne ne voulait. Les seules fois où j'ai été puni, c'était à cause de Walter. Il ne cessait d'inventer de nouvelles idées pour s'échapper ou voler de la nourriture.

— Walter ? Vraiment ?

Je n'arrivais pas à l'imaginer en petit garçon indiscipliné.

Pendant les quelques jours que nous avions passés ensemble, il s'était comporté en parfait gentleman. Bien élevé et poli, il se pliait volontiers à mes désirs.

— D'après ce que je sais de lui, il était plutôt du genre à suivre les règles.

— Vraiment ? demanda Phillip. Peut-être que c'est vous qui avez fait ressortir un tel comportement chez lui.

— Les garçons peuvent être de vrais chenapans, mais devenir tout de même des jeunes hommes bien sous tous rapports, dit maman. Flynn passait son temps à se mettre dans le pétrin quand il était enfant.

Je jetai un regard à papa. Il avait les yeux fixés sur Phillip, avec un intérêt évident. Je connaissais cette expression. Il essayait de comprendre ce que Phillip avait voulu dire lorsqu'il avait évoqué les bêtises dans lesquelles l'avait entraîné Walter. Je ressentis une légère irritation. J'aimais mon père de tout mon cœur, mais son attitude envers Walter m'énervait. Il ne l'avait pas connu. Qui était-il pour le juger ainsi ? Maman et lui étaient tombés amoureux très rapidement. En quoi mon expérience différait-elle de la leur ?

— Combien de temps Walter et vous avez passé ensemble à l'orphelinat ? interrogea papa.

— Seulement quelques années, répondit Phillip. Lorsque nous avions douze ans, l'une de ses tentatives pour s'échapper a fini par réussir. Je ne l'ai recroisé qu'une fois dans l'armée.

— Pourquoi voulait-il tant s'enfuir ? demanda maman.

— Je ne sais pas, dit Phillip. Les nonnes étaient gentilles avec nous. Ce n'est pas comme si nous avions quelque part où aller.

— N'est-ce pas étrange que vous vous soyez retrouvés à l'armée ? demanda maman.

— Oui, madame, très étrange. J'en croyais à peine mes yeux.

Phillip posa sa cuillère sur la table tandis que notre bonne, Lila, apportait le plat principal, un rôti de bœuf avec des carottes et des pommes de terre. Elle présenta d'abord le plat à maman, puis à moi. Une odeur de romarin et d'oignon s'éleva du plat tout en nous servant de petites portions.

— Merci, Lila, ça sent très bon, dit maman.

Le visage de Phillip s'éclaira lorsque vint son tour d'être servi.

— Je n'ai jamais aussi bien mangé qu'aujourd'hui, et ça ne fait que six heures que je suis là.

Lorsque tout le monde fut servi, je fus amusée de regarder Phillip s'attaquer à son assiette. J'aimais l'humilité et la douceur dont il faisait preuve envers mes sœurs, et son attitude polie envers mes parents. C'était un homme bon. Cela lui ferait du bien de passer du temps ici. Tout le monde avait besoin d'une communauté, d'avoir un sentiment d'appartenance.

Il avait besoin d'un peu de chance après tout ce qu'il avait traversé. Mes lettres l'avaient mené jusqu'ici. Au moins, quelque chose de bon était sorti de ma correspondance. Cela m'apportait un peu de soulagement. Je ne pouvais pas retrouver Walter, mais au moins j'avais fait une différence dans la vie d'un homme qui en avait réellement besoin.

❄

CELA FAISAIT quatre jours que Phillip était arrivé. Je ne l'avais pas vu autant que je pensais. Il passait la plupart de ses journées avec Harley dans la grange ou dans l'abri à bois, essayant de se rendre utile. J'étais moi-même occupée par la bibliothèque, et je ne le voyais qu'au dîner. Cela dit, j'avais déjà l'impression qu'il avait toujours été avec nous. Il parlait avec enthousiasme des animaux et de tout ce qu'il apprenait avec Harley. Un soir, en montant l'escalier, il avait avoué qu'il était physiquement épuisé à la fin de la journée et qu'il s'endormait comme une bûche.

En cette quatrième après-midi, je rentrai tôt du travail, et plutôt que d'aller directement à la maison, je fis un détour par la grange, à la recherche de Phillip. Nous n'avions pas eu beaucoup l'occasion de parler, et je voulais lui poser des questions au sujet de la mort de Walter. Je le trouvais en train de remettre du foin dans les boxes des chevaux. Oz et Willie mangeaient déjà. Pearl et Lucy attendaient patiemment leur tour.

— Bonjour, lançai-je.

Il se retourna d'un coup et me sourit.

— Jo, salut.

Je me rapprochai de lui.

— Comment se passent les choses ? Te donnent-ils trop de travail ? J'espère que ça ne te dérange pas que je te tutoie.

— Pas du tout ! Au contraire. Quant au travail, j'adore ça. Je commence même à m'habituer à ces magnifiques animaux.

Il tapota le museau d'Oz.

— Et ça ne te dérange pas de partager la chambre avec les garçons ?

— Absolument pas ! C'est plutôt amusant. Cela me rappelle quand j'étais enfant avec les autres garçons à l'orphelinat. Sauf qu'ici, on ne se fait pas punir quand on parle après vingt-et-une heures.

— Je suis contente. Je voulais m'assurer que tu savais que tu étais invité au festival avec toute la famille.

— Ta mère, m'a déjà dit que je devais venir, dit-il. J'ai vraiment hâte de voir ça.

Avant que je puisse lui poser d'autres questions, Théo et Flynn déboulèrent dans la grange, excités et parlant fort. Ils s'arrêtèrent tous les deux lorsqu'ils nous virent.

— Tu es justement celui que nous cherchions, s'exclama Flynn.

— Phillip, nous nous demandions si tu pouvais venir avec nous en ville demain matin, dit Théo. Nous allons donner un coup de main pour tout installer pour le festival et une autre paire de bras costauds ne serait pas de trop.

— Bien sûr, je serais ravi de vous aider, dit Phillip.

— Sais-tu faire du patin à glace ? lui demanda Théo.

— Non. Je n'en ai jamais fait, répondit Phillip. De toute façon, je n'ai pas de patin, alors je vous regarderai.

— Nous en achèterons une paire ce soir, dit Flynn. Tout le monde à Emerson Pass fait du patin à glace.

— Est-ce que ça coûte cher des patins ? demanda Phillip en regardant ses pieds.

Évidemment, il se préoccupait du prix d'un article qui ne faisait pas partie des nécessités. Nous aurions dû avoir honte de notre insensibilité. Nous aurions dû y penser avant de lui annoncer qu'il était obligé de venir faire du patin à glace avec le reste de la ville.

— Nous te les offrons, dit Flynn, qui avait visiblement eu la même idée que moi. En échange de ton aide pour demain.

— Oui, ajouta Théo. C'est notre cadeau pour toute l'aide que tu nous apportes. Papa nous a dit que tu travailles bien. Flynn et moi sommes occupés par notre domaine skiable et nous n'avons pas beaucoup de temps pour aider ici, comme nous le devrions.

— D'accord, j'accepte.

Un coin de la bouche de Phillip se souleva en un demi-sourire.

— Je vais passer pour un idiot, mais si je veux m'intégrer dans cette ville, je suppose qu'il faut que je me mette au patin à glace.

— Tu as tout compris, dit Flynn. Nous n'avons qu'à aller en ville maintenant. Mme Johnson devrait avoir ta taille de patin.

— À plus tard alors ? dit Phillip en se tournant vers moi.

— Tu peux y compter.

Je les saluai de la main et me tournai vers les poules. Lizzie aurait peut-être besoin de plus d'œufs pour les desserts qu'elle comptait préparer pour le festival. Elle aimait tellement voir les gens se battre pour acheter ses gâteaux plutôt que ceux des autres.

Il y avait trois œufs tout frais, dans les nids. Je les plaçai avec soin dans un panier que nous gardions ici pour cela.

Rico s'approcha de moi en se pavanant tandis que je me dirigeais vers la porte. L'espace d'une seconde, je pensai à Walter. Qu'est-ce qui chez Rico m'avait fait penser à lui ? Je mis cette pensée de côté en fermant la porte de la grange.

Le temps d'arriver jusqu'à la maison, j'étais complètement gelée. Jasper, comme s'il était en train de m'attendre, se tenait à côté du placard de l'entrée.

— Vous allez bien, Miss Joséphine ? me demanda-t-il. Vous avez des yeux fatigués aujourd'hui. J'espère que vous n'êtes pas en train de vous enrhumer.

— Je n'ai pas très bien dormi, mais je vais bien. Merci de vous en inquiéter.

Je m'étais retourné dans mon lit toute la nuit sans raison particulière.

— Votre mère a demandé à vous voir, elle est dans le salon, dit Jasper.

Je le remerciai et me dirigeai vers le salon où maman était installée au bureau, en train d'écrire. Elle leva les yeux lorsqu'elle m'entendit approcher et me sourit.

— Bonjour, ma chérie. Tu rentres tôt aujourd'hui.

— Il n'y avait pas beaucoup de monde aujourd'hui. J'ai laissé Dolly seule.

— As-tu faim ? Tu as l'air fatigué. Est-ce que tu as mangé aujourd'hui ?

— Oui, maman. Je vais bien. Tu avais besoin de moi pour quelque chose ?

— Non, rien en particulier. C'est juste que je ne t'ai pas beaucoup vu cette semaine.

Elle se leva du bureau et me demanda si je voulais bien me joindre à elle près du feu. Ce n'était pas encore l'heure du thé. Le feu crépitait tandis que je m'installais dans un fauteuil. Un bâillement m'échappa avant que je puisse le retenir. J'ignorai le regard inquiet de maman.

— Je reviens juste de la grange, dis-je. Phillip semble bien s'adapter à la vie à la campagne.

— Je suis enchantée par ce jeune homme. C'est un travailleur. Et rien ne semble le décourager. Il aborde chaque tâche avec joie.

— Oui, on dirait qu'il se plaît bien ici, dis-je.

— Il est plutôt beau garçon, non ? demanda maman.

— Vraiment ? Je n'avais pas remarqué.

— Le mensonge ne te sied pas, Jo.

— Maman, je ne mens pas. Pourquoi dis-tu cela ?

— J'ai vu la manière dont tu le regardes.

— Je ne le regarde d'aucune manière en particulier, sinon comme l'ami de Walter.

— Ne trouves-tu pas étrange que Walter se soit enfui de l'orphelinat ? Pourquoi a-t-il fait cela ?

— Peut-être que c'était un endroit horrible.

Où voulait-elle en venir avec ses questions ? J'essayai de ne pas m'irriter, mais c'était trop tard.

— Phillip a dit que les nonnes étaient gentilles avec eux, répliqua maman.

— Tu as dit toi-même que Phillip avait tendance à voir les choses d'un œil très positif.

— N'est-ce pas une merveilleuse qualité ?

— Maman, qu'essayes-tu exactement de dire ? demandai-je, une pointe d'impatience dans la voix.

— Rien, ma chérie. C'est juste que vous avez tous les deux beaucoup en commun. Il faudrait être aveugle pour ne pas remarquer des yeux pareils.

— Eh bien moi, je n'ai rien remarqué. Walter était l'amour de ma vie. Je n'ai aucun besoin d'un Phillip !

— *Un* Phillip ?

— Ne me fais pas dire ce que je n'ai pas dit. Je t'explique simplement qu'il n'est rien pour moi, si ce n'est l'ami de l'homme que j'aimais et que j'ai perdu.

— Beaucoup de gens tombent amoureux à travers des lettres, sans avoir rencontré l'autre en personne.

Tomber amoureux ? Avait-elle perdu l'esprit ?

— À la différence près que ces lettres n'étaient pas pour lui. Il les a simplement lues pour se *distraire* pendant sa convalescence. Pas parce qu'il existait quoi que ce soit de réel entre nous, puisque je ne savais même pas qu'il était en train de me lire. Il a dit lui-même qu'il les avait lues comme un bon livre.

— Je pense qu'il n'est pas seulement venu ici pour le bon air, dit maman.

— Pardonne mon impertinence, mais cela est ridicule.

— N'es-tu pas le moins du monde curieuse de comprendre ce qui te pousse à rester aussi loyale à Walter ?

— Je n'ai pas besoin d'être curieuse. Je sais très bien pourquoi.

— La peur de perdre quelqu'un d'autre n'est pas une raison suffisante. Jo, tu vas passer toute ta vie à t'accrocher à un fantôme. Tes sœurs et toutes tes amies seront mariées et auront des familles, et toi, que feras-tu ? Tu passeras ton temps à t'échapper dans les livres plutôt que de vivre ta vie ?

J'aurais aimé pouvoir prétendre que les paroles de maman ne me touchaient pas, mais ce n'était pas le cas. Elle avait raison. Je me destinais à me tenir dans un coin de la pièce, comme un pot de fleurs, tandis que mes sœurs, et même Poppy, tombaient amoureuses et se mariaient.

— J'ai fait une promesse. Cela n'a-t-il pas d'importance ?

— Bien sûr que si. Mais le fait de promettre de consacrer le reste de ta vie à un homme mort n'a pas le moindre sens, et tu le sais très bien. Joséphine Barnes, je ne t'ai jamais vu reculer devant rien. Jusqu'à aujourd'hui.

Je me levai avec lassitude.

— Je ne sais pas bien ce que tu essayes de faire, maman, mais en essayant de me forcer à oublier Walter, tu n'arriveras nulle part. Je l'aimais de tout mon cœur. Comment réagirais-tu si c'était toi qui devenais veuve après la mort de papa ? Est-ce que tu pourrais simplement *passer à autre chose,* comme tout le monde semble attendre de moi ?

— Walter n'était pas ton mari.

Je la fixai avec de grands yeux, la bouche entrouverte pendant quelques secondes.

— Il allait le devenir.

— Es-tu sûre de cela ? Car il n'a jamais clairement posé la question à ton père. Il ne t'écrivait pas plus d'une fois par mois.

Elle leva la main, pour m'empêcher de répondre.

— Ne lui cherche pas d'excuse. Il était simplement trop paresseux ou ne se préoccupait pas suffisamment de toi pour t'écrire à chaque fois qu'il recevait tes lettres. Est-ce ce que tu aurais voulu en tant qu'épouse ? Un homme qui faisait les choses à moitié ? Ne t'avise pas d'essayer de me faire croire que tu n'étais pas blessée qu'il ne t'écrive pas.

— Ça ne sert à rien de spéculer sur ce que notre avenir aurait été, maman. Je ne saurai jamais ce que la vie aurait été avec lui. Comme tu l'as si bien dit, il est mort.

— Nous ne t'avons pas élevé pour te contenter du second choix, Joséphine.

— Walter était un homme de premier choix. La fréquence d'écriture ne dit pas tout du caractère d'un homme.

Sur ce, je me dirigeai en trombe vers la porte et montai les escaliers en courant. Dès que je fus dans ma chambre, je me jetai sur le lit et éclatai en sanglots.

6

JOSÉPHINE

Le soir du festival, mes sœurs et moi étions tout emmitouflées dans nos manteaux les plus chauds, avec d'épaisses couvertures sur nos genoux dans le grand traîneau. Papa et maman étaient devant, aussi serrés que possible l'un contre l'autre. Au-dessus de nos têtes, les étoiles nous comblaient de leur sublime beauté. Une lune argentée brillait au-dessus de la montagne nord. Dans le calme du soir, même les chevaux semblaient silencieux. On n'entendait que le léger bruit de leurs sabots sur la neige encore tendre. Tout au long de la matinée et jusque dans l'après-midi, une neige fine avait dévalé des cieux. Vers quinze heures, les nuages s'étaient dissipés, laissant place à un ciel plus violet que bleu, jusqu'à ce que cette courte journée ne voie la nuit arriver.

Les deux petites étaient à côté de moi. Une épaisse couverture nous recouvrait toutes les trois, créant ainsi une poche chauffée par la chaleur de nos corps. La douce odeur de leurs cheveux fraîchement lavés, dissimulés sous leurs chapeaux bleus assortis, se mêlait à celle des pins de la forêt.

L'excitation de Delphia était palpable. Elle se penchait en

avant en tendant tous les muscles de son cou, pour voir devant maman.

— Je ne vois pas encore la ville, Jo.

— Tu la verras bientôt. Sois patiente, lui dit maman.

— Regarde plutôt les étoiles, dis-je à Delphia.

Elle bascula sa tête en arrière, soulevant sans le vouloir la couverture, ce qui fit pénétrer un courant d'air glacé.

— Les étoiles, soupira Addie en levant les yeux vers le ciel.

Elle frissonna, peut-être de froid, ou peut-être face à l'indicible beauté de cette nuit. Je passai le bras autour de ses minces épaules et la serrai contre moi. Parfois avec mes sœurs, j'avais l'impression de pouvoir entendre leurs pensées, même quand elles ne disaient rien, mais cela était encore plus vrai avec ma douce Addie. Comme moi, elle était subjuguée par la beauté de cette nuit étoilée. Il y avait dans ce monde des choses qui ne pouvaient être expliquées, des bonnes comme des mauvaises. J'espérais qu'Addie ne connaîtrait que des nuits comme celle-ci, mais je craignais au fond de moi que ce ne soit pas le cas. Cependant, une vérité profonde restait : malgré les pertes et les déceptions, il fallait continuer à avancer, car le bonheur reviendrait. La douceur était plus forte que l'amertume, le courage plus fort que la peur.

— Fiona, chante-nous un petit quelque chose, demanda papa depuis le siège conducteur.

— Sainte Nuit, s'il te plaît, ajouta maman.

La merveilleuse voix de Fiona résonna derrière nous, où elle était assise avec Cymbeline.

— Ô nuit de paix, Sainte nuit.

Je me retournai pour les observer. Fiona était assise, aussi droite que possible, la nuque allongée tandis qu'elle chantait. Cymbeline regardait le ciel, inhabituellement calme, comme hypnotisée par la voix de sa sœur. Elles étaient aussi radieuses que les étoiles au-dessus de nous.

Les lumières de la ville apparurent alors que Fiona chantait le dernier couplet. Alors que nous approchions du centre ville, Delphia se mit à pousser des petits cris de joie à la vue de tout le monde présent.

— Je ne pensais pas que nous retrouverions un jour ces belles soirées, dit maman. Tout cela paraissait si loin pendant la guerre.

— Nous sommes tous sains et saufs, et ce soir nous allons célébrer notre bonne fortune.

Papa s'arrêta devant le kiosque à musique pour nous laisser descendre.

— Allez-y, les filles. Je vais aller m'occuper des chevaux et je vous retrouverai là-bas.

— Dépêche-toi papa, dit Cymbeline. Tout le monde t'attend.

— Ne t'inquiète pas, lui répondit papa. Je ferai aussi vite que possible.

Cymbeline et Fiona prirent chacune l'une des petites par la main et partirent en courant devant nous. Maman et moi nous étions montrées polies l'une envers l'autre depuis notre dispute de la veille, mais nous n'en avions pas reparlé.

— Jo, je suis désolée pour hier.

Je la pris dans mes bras en disant :

— Moi aussi je suis désolée.

— C'est seulement que je veux que tu sois heureuse. Tu as toujours été une fille merveilleuse qui se préoccupait des autres avant toi-même. Je ne veux pas que tu fasses la même chose pour Walter. Qu'il ait été ce que tu espérais ou non, il n'est plus là. Comprends-tu cela ?

— Oui. Mais cela ne change pas le fait que je ne suis nullement intéressée par Phillip Baker. Je t'en prie, ne te mets pas à espérer juste parce que le reste d'entre vous semble être tombé amoureux de lui en quelques jours.

— Très bien, je ne t'en parlerai plus.

— Bon, alors tout va bien.

Nous échangeâmes un sourire et elle me prit le bras pour

nous diriger ensemble vers la foule. J'observai les gens, cherchant Phillip, et je le vis avec Théo, à côté de l'étang. Tout près l'un de l'autre, ils étaient en grande conversation.

— Voilà Phillip, dis-je discrètement. Là-bas avec Théo.

— Est-ce que tu le cherchais ? demanda maman.

— Quoi ? Non. Je veux dire, oui. C'est notre invité et je veux m'assurer qu'il va bien. Peut-être que les garçons l'ont épuisé.

— Il a l'air d'aller bien, dit maman. Mais tu devrais passer du temps avec lui, lui faire visiter la ville, le présenter aux autres jeunes gens. Peut-être quelques jeunes filles ? Puisque tu n'es pas intéressée.

Je n'aimais pas cette idée. Pourquoi donc ? *Oh, peu importe,* me dis-je. *Ne sois pas bête.* Je ne voulais pas de lui. Je ne devais pas l'empêcher de rencontrer d'autres jeunes filles.

— Bonne idée, maman. C'est un homme adorable. N'importe quelle femme aurait de la chance de l'avoir.

Fort heureusement, nous rejoignîmes la foule juste à ce moment-là, ou la conversation aurait pu à nouveau mal tourner. Je ne m'étais jamais disputée avec maman auparavant et je n'aimais pas ça. Par ailleurs, je me disais qu'elle avait peut-être raison. Ma loyauté indéfectible cachait peut-être un profond manque de courage.

Je mis cette pensée de côté et regardai autour de moi. La mère et la sœur de maman, Annabelle, étaient en train d'aider le mari de Annabelle, Clive Higgins, qui possédait la boucherie du village, à distribuer des saucisses à une longue file de clients affamés. Ils avaient installé un stand provisoire d'où ils tendaient aux gens des saucisses crues enveloppées dans du papier. Chacun avait amené un bâton de bois pour faire griller ses saucisses au-dessus d'un grand feu.

Une longue table débordait de toutes les gâteries imaginables : des cookies, des gâteaux et des tartes. Papa avait payé le boulanger du village, M. Cartwell, pour qu'il produise suffisamment de petits pains pour tout le monde. Cartwell avait l'air aussi joyeux qu'un bon vieux Saint-Nicolas, avec son ventre rond et ses joues dodues et roses. Les Johnson avaient commandé des porcs rôtis qui cuisaient à la broche sur le feu depuis l'aube. Je n'aimais pas penser aux pauvres cochons qui avaient sacrifié leur vie. Cependant, je ne pouvais nier qu'il flottait une odeur délicieuse.

Au fil des années, les Johnson avaient agrandi leur magasin en même temps que les besoins de notre ville s'amplifiaient. Ils étaient devenus riches grâce à leur bonne pratique commerciale et à leur service client impeccable. Si certains dans leur situation avaient tendance à devenir avides et à en vouloir toujours plus, eux étaient restés des gens reconnaissants et généreux. Ce soir, ils avaient fait don de suffisamment de bonbons pour tous les enfants, qui seraient plus tard distribués par le pasteur Lind, déguisé en père Noël. J'avais tellement hâte de voir la tête de mes petites sœurs.

Un bac rempli de cidre chaud aux épices était suspendu au-dessus d'un feu plus petit. Isak Olofsson s'occupait de distribuer le cidre, armé d'une louche avec laquelle il remplissait les verres que les gens avaient ramenés de chez eux.

Flynn et un groupe d'hommes s'étaient rassemblés autour du kiosque à musique et se faisaient passer une flasque pour rajouter du whisky à leurs verres de cidre.

— Seigneur ! J'espère que tout le monde va bien se tenir ce soir, s'exclama maman.

— Ne t'en fais pas, maman. Amuse-toi.

— Oui, oui. Tu as raison. C'est juste que je n'aime pas quand les hommes boivent alors qu'il y a tous les enfants ici.

— Les enfants ont bien d'autres choses à faire que de regarder ce que font les adultes.

La famille Cole, qui possédait le café de la ville, avait préparé des marmites de chili. La queue d'amateurs de haricots épicés était aussi longue que pour les saucisses.

Delphia, Addie et Fiona firent demi-tour pour nous rejoindre. Fiona demanda :

— Est-ce qu'on peut avoir une saucisse, maman ?

— Oh non ! J'ai oublié les bâtons dans le traîneau, dit maman.

Au même moment, papa apparut avec à la main les branches que les filles avaient soigneusement taillées hier. Il les leur distribua en disant :

— Voilà pour vous. Allez-y, les filles. Où est Cymbeline ?

Je parcourus la foule du regard. Je repérai Harley et Merry avec leurs petits, qui faisaient la queue pour les saucisses. Jasper et Lizzie étaient tous les deux assis sur un banc et regardaient leur fils jouer avec ses amis. Même Mme Wu avait accepté de prendre une soirée de congé pour venir en ville. Li était parti étudier la musique à Chicago. Fai, sa petite fille, était sûrement quelque part par-là, mais je ne l'avais pas encore vue.

Je trouvai enfin Cymbeline. Elle se tenait avec un groupe de filles de sa classe, gesticulant dans tous les sens.

— La voilà, dis-je à maman.

— Elle va encore s'attirer des ennuis ce soir, celle-là, dit maman. Je peux le sentir d'ici.

— Mais non, ne t'inquiète pas, dit papa.

— C'est pour les autres que je m'inquiète, pas pour elle, répondit maman. Elle est de plus en plus indomptable.

— Peu importe, dis-je. Le monde est suffisamment grand pour l'esprit de Cymbeline. Et quoi qu'il en soit, nous sommes là pour nous amuser et célébrer notre deuxième Noël dans la paix.

— Elle a raison, dit papa. Oublions tous nos soucis ce soir, ma femme chérie.

— Oui, vous avez tous les deux raison. Je ne sais pas ce qui me prend en ce moment, je m'inquiète pour un oui ou pour un non.

— Je suppose que c'est le lot d'une mère de sept enfants, dit papa. Il y en a toujours un pour qui s'inquiéter.

Théo, toujours accompagné de Phillip, s'approcha de nous. Je me surpris à sourire timidement à Phillip. Il avait des yeux magnifiques. Même à la faible lumière des lanternes qui entouraient le kiosque, j'étais attirée par leur profondeur.

Phillip nous salua d'un mouvement de la tête.

— Content de vous voir ici.

— Toi aussi, dit papa. Merci d'avoir aidé les garçons cet après-midi.

— Nous avons passé un très bon moment, dit Théo.

— Absolument, monsieur, confirma Phillip.

— Phillip et moi sommes devenus de très bons copains, s'enthousiasma Théo. Nous n'y serions pas arrivés sans lui.

Phillip rayonnait.

— Papa, nous avons tout préparé pour toi.

Théo fit un geste à l'attention de Flynn, pour qu'il nous rejoigne.

— Merveilleux, dit papa.

Flynn vint vers nous en courant, affichant le même sourire que celui qu'il avait enfant.

— C'est bon, on peut se lancer. Si tout va bien, les lumières devraient s'allumer les unes après les autres.

— D'abord celles de l'étang, dit Théo, puis celles de l'arbre.

Nous suivîmes les garçons jusqu'au kiosque, qui était situé entre l'arbre et l'étang gelé. Un groupe de musiciens devait s'y installer pour jouer après la cérémonie des lumières.

Phillip se pencha à mon oreille :

— Tu es magnifique ce soir.

— Merci. Comment s'est passée ton après-midi ?

— Je me suis amusé comme un petit fou. J'avais presque l'impression d'avoir vécu ici toute ma vie.

— J'en suis ravie.

En effet, il avait l'air si heureux que je ne pus m'empêcher de l'être aussi. Cet homme me rappelait l'importance d'apprécier les nombreux aspects positifs d'une famille et d'une communauté, que j'avais tendance à prendre pour acquis. Il était si facile à contenter. Sa joie presque enfantine me remplissait d'humilité.

La foule se tut au moment où papa monta sur scène.

— Bonsoir, Emerson Pass, dit papa de sa voix retentissante. Je suis content de vous voir si nombreux. Je ne vais pas vous ennuyer avec un long discours, mais je tiens à vous souhaiter à tous un joyeux Noël. Je ne voudrais pas oublier de vous dire à tous combien je suis reconnaissant pour ce temps de paix que nous vivons aujourd'hui. Que la nouvelle année soit une source de bonne fortune pour nous tous. Sans plus tarder, que la lumière soit !

Dans les secondes qui suivirent, les guirlandes lumineuses qui avaient été installées au-dessus de l'étang s'allumèrent, suivies par celles qui décoraient l'arbre. La foule applaudit.

Sans que je comprenne pourquoi, les larmes me montèrent aux yeux. J'étais profondément émue en regardant la ville entière se réjouir. Le rêve de papa de former une communauté s'était réalisé.

Je regardai Phillip. Il fixait mon père avec dans le regard un mélange de respect et d'admiration. Puis, je repensais à ce que maman m'avait dit plus tôt. Avait-elle raison ? Était-il venu ici chercher autre chose que le bon air ?

— À présent, mangez, buvez et réjouissez-vous, cria papa à l'intention de la foule.

Les gens se dispersèrent vers les différentes attractions du festival. Les porcs avaient été sortis du feu et coupés en morceaux, ce qui avait attiré une foule d'hommes. De nombreux jeunes gens enfilèrent leurs patins à glace et se mirent à glisser sur l'étang. Cymbeline avait déjà fait au moins une demi-douzaine de tours avant que j'aie pu attacher mes patins.

Maman avait conduit Phillip jusqu'à un banc pour l'aider à enfiler ses patins. Je fis un tour avant de m'arrêter près d'eux, tout essoufflée.

— Es-tu prêt ? Maman, tu veux bien l'accompagner sur la glace avec moi ?

— Mais oui, bien sûr. Il ne faut pas que tu t'en fasses si tu n'y arrives pas tout de suite, dit maman en s'adressant à Phillip. Cela m'a pris deux hivers entiers avant de pouvoir rester debout.

Papa, qui tenait mes deux petites sœurs par la main, passa devant nous.

— Coucou Jo, coucou maman, lança Addie en passant.

— Regardez-moi. Regardez-moi, dit Delphia.

— Tu patines comme une pro, dis-je.

Nous nous plaçâmes chacune d'un côté de ce grand jeune homme tandis qu'il essayait difficilement de se lever. Je pouvais sentir la force de ses bras et de son torse tandis qu'il avançait prudemment.

— C'est très bien, des tout petits pas pour commencer, dit maman.

Tous les trois, nous arrivâmes ainsi à parcourir la moitié de l'étang avant que ses pieds ne glissent sous lui et que nous tombions tous sur la glace. À mon grand embarras, mes jambes s'emmêlèrent avec les siennes. Ma jupe se souleva au-dessus de mes genoux. Je me reculai aussi rapidement que je pus tout en rabattant ma jupe par-dessus mes bas.

— Mesdames, je suis désolé.

Phillip était assis par terre, les jambes écartées en V et les mains posées devant lui.

— Vous êtes-vous fait mal ?

Maman s'esclaffa.

— Il en faut plus qu'un peu de glace pour nous faire mal. Nous sommes des femmes d'Emerson Pass.

Papa vint vers nous. Il avait laissé les filles avec Fiona, et elles patinaient toutes les trois de l'autre côté de l'étang. Il tendit la main pour aider maman à se relever, puis en fit de même pour moi. Le pauvre Phillip était toujours sur la glace, et me regardait l'œil brillant. Des mèches de cheveux sombres s'échappaient de son bonnet et ses joues étaient rosies par le froid. Mon cœur tressaillit dans ma poitrine.

— J'aimerais patiner un peu avec ma femme maintenant, déclara papa. Mais je te laisse avec ma fille, Phillip. Elle t'enseignera tout ce qu'elle sait.

Mes parents échangèrent un regard amusé avant de repartir main dans la main. Je n'aurais su dire ce qui les faisait rire ainsi, mais j'avais le sentiment d'être le dindon de la farce.

J'eus pitié de Phillip, malgré la honte que j'avais ressentie lorsque nos jambes s'étaient entremêlées. Je lui tendis les deux mains.

— Laisse-moi t'aider.

Il leva vers moi un regard quelque peu sceptique, mais plaça ses mains gantées dans les miennes. Je les serrai aussi fort que je pus en essayant de le relever, mais sans succès. Ses pieds glissèrent à nouveau, et cette fois-ci, j'atterris tout droit sur sa poitrine. L'espace d'un instant, je restai aussi gelée que l'étang en dessous de nous, le regard plongé dans le sien. On aurait pu se perdre dans ses yeux et y rester coincé pour toujours.

Sa poitrine fut agitée par un profond rire. Je le sentais, même à travers toutes nos couches de vêtements.

Je roulai sur le côté pour me retrouver à genoux à côté de lui.

— Comment diable allons-nous faire pour te sortir de la glace ?

— Comment appelle-t-on ça quand quelqu'un glisse gracieusement sur les fesses ?

Je ris.

— Ça n'a pas de nom, mais c'est peut-être notre seule option.

Il plia les genoux et en se servant de ses mains, se mit à glisser petit à petit vers le bord de l'étang où un banc vide nous attendait. Quand il arriva enfin, j'étais déjà là à l'attendre.

Je plantai mes deux pieds dans plusieurs centimètres de

neige. D'une main j'agrippai fermement le dossier du banc, et je lui tendis l'autre main. Sans savoir comment, je réussis à le tirer hors de la glace.

— Seigneur ! C'était affreux.

Il respirait bruyamment, mais une lueur brillait dans son œil.

— Pourquoi les gens s'infligeraient-ils cela à dessein ?

Il arracha son bonnet de sa tête.

— Crois-le ou non, j'ai chaud maintenant.

Ses cheveux ondulés étaient tout ébouriffés, comme ceux d'un petit garçon au réveil. Je fus choquée de constater que j'avais bien envie de savoir ce que cela ferait de plonger les doigts dans cette masse de boucles.

Je me forçai à détourner le regard.

— On s'y habitue après un moment.

Je m'assis à côté de lui, m'assurant de respecter une bonne distance entre nous. Je n'étais pas près d'oublier la sensation de sa poitrine puissante et de ses cuisses contre les miennes. Je me sentais plus vivante que jamais depuis que j'avais reçu la nouvelle de la mort de Walter. *Non, non*, me dis-je à moi-même. *C'est l'ami de Walter*. Je fus soudain submergée de honte. Comment pouvais-je trahir Walter ainsi ? Je venais tout juste de rencontrer Phillip, et déjà je m'extasiais sur ses cheveux. Quel genre de femme étais-je ?

— Il est hors de question que je retourne sur la glace.

Les coins de ses yeux se plissèrent tandis qu'il se mettait à rire.

Martha Neal apparut avec deux verres de cidre fumant à la main.

— Bonjour vous deux. J'ai pensé que vous apprécieriez une boisson chaude.

— Martha, quel plaisir de vous revoir ! dit Phillip.

— Vous de même, dit Martha. Phillip t'a-t-il dit que nous nous étions rencontrés dans le train ?

— Oui, il nous en a parlé, dis-je en lui prenant un verre des mains.

— Alors comment vous en sortez-vous jusqu'à maintenant ? demanda Martha à Phillip.

— C'est difficile à dire, répondit Phillip. Si ce n'est le fait que je suis incapable de tenir sur des patins.

— Pas encore, dit Martha. Ça prend un peu de temps.

Il se pouvait que ce soit mon imagination, mais j'eus l'impression qu'ils échangèrent un clin d'œil complice. À quel sujet, je ne pouvais en être sûre. Martha n'était tout de même pas en train de jouer les entremetteuses. Elle savait que j'avais juré de rester fidèle à Walter. Je faisais peut-être preuve de paranoïa, mais j'avais l'impression que Martha et mes parents étaient en train de comploter.

— J'espère que votre mari sait réparer les os brisés, dit Phillip. Je ne suis pas sûr de m'en sortir ce soir sans un bras ou une jambe cassée.

Martha rit comme s'il s'agissait de la blague la plus drôle qu'elle avait jamais entendue.

— Mon mari sait en effet réparer les fractures. Mais ne vous inquiétez pas, Joséphine va s'assurer que vous ne vous blessiez pas. C'est une amie très loyale.

Martha m'adressa un sourire charmant, que je lui retournai, même si je trouvais qu'elle agissait bizarrement.

— Amusez-vous bien, dit-elle. Je dois aller retrouver ma mère. Nous nous occupons de gérer la table des bonbons pour être certaines qu'aucun enfant ne se rende malade en mangeant trop de sucre. Vous pourrez me rendre les verres quand vous aurez fini.

Elle nous salua de la main, puis se dirigea vers la table des desserts.

Je pris une gorgée de mon cidre et faillis m'étouffer. Il y avait du whisky dedans.

— C'est alcoolisé, dis-je.

Qu'est-ce qui n'allait pas chez Martha ? Je ne l'avais jamais vue boire de l'alcool de toute ma vie. Lors de notre club de lecture mensuel, elle refusait toujours le sherry qui était proposé, même si d'autres femmes en buvaient. Jusqu'à maintenant, il semblait que l'imminence de la mise en place du dix-huitième amendement n'avait fait que soulever l'intérêt des citoyens du village pour la boisson, dont les jeunes hommes que j'avais vu se partager une flasque de whisky dans leur cidre. Mais Martha ? Là j'étais vraiment étonnée.

Il regarda son verre, puis leva à nouveau les yeux vers moi.

— Je ne serais pas contre le boire quand même, si ça ne te dérange pas.

— Ne te retiens pas pour moi.

— Penses-tu que ça fera de moi un meilleur patineur ?

Je ris.

— Probablement pas.

Il prit une gorgée de son verre et émit un petit grognement d'appréciation.

— C'est délicieux !

Nous restâmes assis en silence pendant quelques minutes, regardant les couples et les groupes d'enfants passer devant nous en patinant.

Sa boisson semblait avoir détendu Phillip. Ses épaules s'étaient un peu relâchées. Il me sourit paresseusement et reprit une gorgée de cidre. Il y avait chez lui un côté presque mignon, malgré sa masculinité évidente.

— C'était comment de grandir dans un orphelinat ? demandai-je. Est-ce que tu y as toujours vécu ?

— J'y ai été envoyé lorsque j'avais environ quatre ans. À la suite de la mort de mes deux parents de la fièvre jaune à quelques jours d'intervalle. Je n'avais pas d'autre famille, alors il n'y avait que ça pour moi. Les sœurs étaient gentilles avec nous.

Le ton mélancolique de sa voix me donna la chair de poule.

— Je pense toujours à elles à cette époque de l'année. D'une manière ou d'une autre, elles arrivaient toujours à trouver un cadeau de Noël pour chacun de nous. Nous étions en général plus ou moins une trentaine. Parfois, un bébé ou un des plus jeune était adopté, mais les plus âgés restaient jusqu'à leur majorité.

— As-tu des souvenirs de tes parents ?

— Quelques-uns. Il y a surtout des images dans ma tête, certains moments qui sont gravés pour toujours dans ma conscience.

Il plongea la main dans sa poche et en sortit un morceau de papier de la taille d'une carte postale. Le visage d'un homme et d'une femme y étaient dessinés à l'encre.

— J'ai dessiné ce portrait d'eux, une nuit pendant la guerre. J'ai soudain eu peur que l'horreur de ces moments n'efface leur visage de ma mémoire. N'est-ce pas étrange ? Les choses qui se sont passées là-bas, ce que nous avons vu, ça vous change un homme.

— Mes frères ne sont plus les mêmes depuis qu'ils sont revenus. Ce sont des choses subtiles, mais je peux le voir dans leurs yeux quand ils pensent que personne ne les regarde.

Je lui pris le papier des mains pour mieux le regarder. Je l'observai à la lueur de la lanterne qui pendait au-dessus de nos têtes. Sa mère avait un menton délicat et de grands yeux.

— Tu dessines bien.

— Pas vraiment, mais j'aime bien, ça me détend. Ça m'aide à oublier mes soucis.

— Tout le monde a besoin de ça de temps en temps.

— Et toi tu fais comment ?

— Je lis, dis-je. C'est pour cela qu'il était tellement important pour moi de construire cette bibliothèque. Je voulais que tout le monde puisse vivre la même chose que moi lorsque je m'échappe à travers les livres, aussi bien les riches que les pauvres.

— C'est quelque chose, ce que tu as réussi à faire.

— Papa et maman m'ont beaucoup aidée. Et ce n'est rien comparé à ce que vous avez vécu à la guerre.

Je lui rendis son dessin.

— Honnêtement, je ne pensais pas que je rentrerais. Je n'ai jamais eu beaucoup de chance dans la vie. Lorsque nous avons perdu tous ces gars ce soir-là… je ne pensais pas que je ferais partie des survivants.

Il rangea le dessin dans la poche intérieure de son manteau.

— C'est cette nuit-là que Walter est mort ?

— Oui. Un jour tu regardes autour de toi et tu te dis, comment se fait-il que je sois encore là alors que tous les autres sont partis ? J'ai alors juré de ne jamais me satisfaire de simplement survivre. Je veux vivre avec audace. Comme ton père.

— Comment ça ?

— Dans tes lettres, il était évident que c'est un homme qui ne se satisfait pas de ce qu'il a, même s'il le pourrait. Il n'a pas fait ce qu'on attendait de lui, mais ce qu'il avait envie de faire. Il est venu ici et a construit cette ville. Il a créé une communauté. Qu'est-ce qui pourrait être plus important que cela ?

J'acquiesçai. Ce qu'il disait était vrai. Papa avait abandonné son titre en tant que fils aîné d'un aristocrate anglais pour venir en Amérique et construire son propre chemin.

— Il dit toujours que la première fois qu'il est descendu du train, alors que cet endroit n'était qu'une ville minière abandonnée, il savait que c'était l'endroit exact où il voulait passer le reste de ses jours.

— C'est extraordinaire. Quand je lisais ce que tu disais de lui dans tes lettres, cela me donnait envie de devenir un homme meilleur. J'ai passé trop de temps en retrait, à laisser les autres prendre ce dont j'avais envie.

— Et de quoi as-tu envie ? lui demandai-je.

Il changeait de position sur le banc pour tourner le regard vers l'arbre de Noël.

— Dans l'une de tes lettres, tu as décrit la naissance de Delphia. Te rappelles-tu de ce que tu as écrit ?

Je hochai la tête.

— Je pense, oui.

— Tu as décrit la manière dont le médecin avait dit que ta mère ne survivrait peut-être pas à cause d'une infection. Tu as parlé de la manière dont ton père était resté à ses côtés pendant des jours, se mettant à genoux pour prier pour elle tout en passant un chiffon humide sur son front. J'ai gardé cette image en tête comme si je l'avais vu de mes propres yeux. Ce que je veux, c'est un amour comme celui-là.

J'avais la gorge serrée. C'est aussi ce que je voulais. Je pensais l'avoir trouvé avec Walter.

— Le thé de Mme Wu a fait son œuvre.

— Le thé de Mme Wu ?

— Elle prépare un mélange d'herbes et de plantes, nous ne savons pas exactement ce qu'il contient et elle refuse de transmettre sa recette à qui que ce soit d'autre que ses petits-enfants. Nous pensons tous que c'est cela qui a guéri ma mère de son infection.

— Tu n'as jamais parlé de cela dans tes lettres.

Je tournai à nouveau le regard vers l'étang, espérant trouver une meilleure explication que la vérité.

— Eh bien, je n'étais pas sûre que Walter comprenne cette histoire de thé.

— Pourquoi dis-tu cela ?

— Juste une intuition à son sujet. Il a parfois dit des choses lorsque nous étions ensemble à Denver qui m'ont laissé penser qu'il n'aimait pas beaucoup les gens qui n'étaient pas d'origine européenne. Ma famille ne pense pas comme ça. Nous pensons que ce qui rend notre communauté spéciale, ce sont toutes les cultures qui se mélangent ici. Tout le monde ici vient d'ailleurs, dis-je en désignant la foule.

— Était-ce le genre d'homme que tu voulais ?

— C'était un petit détail. Il faut toujours être prêt à faire des compromis.

Il posa son verre désormais vide.

— Comment vais-je faire pour remettre mes bottes ?

Je ris, la tension entre nous venant de s'évanouir.

— Tu es sûr que tu ne veux pas réessayer de patiner ?

— Si tu es d'accord pour tomber avec moi, je veux bien.

Tomber avec lui ? Ou tomber amoureuse de lui ?

Je me levai et lui tendis la main. Il la prit.

7

PHILLIP

Je rentrai ce soir-là dans le plus petit des deux traîneaux. Les jumeaux étaient devant et Joséphine et moi étions installés sous une épaisse couverture à l'arrière. Deux lanternes étaient suspendues à l'avant du traîneau pour nous aider à voir la route. Au-dessus de nos têtes, les étoiles scintillaient de mille feux. J'observai le ciel en m'émerveillant de sa beauté. Le bruit du pas lourd des chevaux dans la neige résonnait dans la nuit tandis que nous rentrions. Demain nous retournerions en ville pour tout nettoyer et ranger les tables. Pour le moment, le bonheur de cette merveilleuse nuit nous remplissait encore.

— Ça va derrière ? demanda Flynn.

— Très bien, lui répondit Joséphine.

Puis, se penchant vers moi, elle murmura :

— Est-ce que ça va, toi ?

— Ça fait longtemps que je ne me suis pas senti aussi bien. Je me suis tellement amusé. Merci de m'avoir invité.

— J'espère que tu ne te réveilleras pas couvert de bleus demain matin, dit Joséphine dans un bâillement. Est-il déjà minuit ?

— Un peu passé.

J'avais regardé ma montre juste avant de monter dans le traîneau.

— Il ne m'arrive jamais de rester éveillée aussi tard.

Elle bâilla à nouveau et posa sa tête contre mon épaule en me demandant :

— Es-tu content d'être venu ici ?

— Jusqu'à maintenant, oui.

— Même après cette séance de patinage ?

— Oui, même après le patinage.

Nous tournâmes au coin de la route et aperçûmes une lueur au loin.

— Nous sommes bientôt arrivés, dit-elle.

Plus personne ne parla jusqu'à la maison. Flynn arrêta les chevaux presque devant la porte.

— Rentrez vite à l'intérieur, je vais m'occuper de Lucy et Pearl.

— Je vais t'aider, dis-je.

— Moi aussi, dit Théo.

Je retirai la couverture de nos genoux et descendis du traîneau pour aider Joséphine à sortir. Nos regards se croisèrent un bref instant avant qu'elle ne baisse les yeux pour regarder ses mains.

— Bonne nuit, Phillip. Bonne nuit, les garçons.

Je la regardai s'éloigner et se glisser dans la maison tandis que nous nous dirigions vers la grange. Chacun des jumeaux mena un des chevaux dans la grange pour les installer dans leurs boxes.

Flynn plongea la main dans la poche de son manteau et en sortit une petite flasque.

— Quelqu'un veut une petite rasade avant de rentrer ?

— Avec plaisir, dit Théo.

— Moi aussi, dis-je, surtout pour paraître viril.

Nous étions restés juste à côté des boxes des chevaux. Théo me tendit la flasque.

— As-tu passé une bonne soirée ?

— Très bonne, dis-je avant de prendre une gorgée. Je pense que je suis tombé amoureux d'Emerson Pass. Je me doutais que ça arriverait.

— Il n'y a pas que la ville qui te plaît bien, répliqua Flynn avec un grand sourire. Joséphine et toi étiez plutôt proches ce soir.

— Flynn, dit Théo. On était d'accord pour ne pas s'en mêler.

— Tu essayes de lui faire la cour ? demanda Flynn.

— Et si c'était le cas ? répondis-je.

— Il se pourrait que tu te prennes un mur.

Flynn prit une autre gorgée de la flasque.

— Elle reste persuadée que Walter Green était le seul homme de sa vie.

— Oui, c'est bien ce que j'ai compris, dis-je.

— Elle s'est elle-même déclarée vieille fille, dit Théo. Quant à nous, nous trouvons cela ridicule.

— Vraiment ?

J'observai intensément les jumeaux l'un après l'autre.

— Pour te dire la vérité, nous n'étions pas particulièrement enthousiasmés par sa relation avec Walter, dit Flynn.

— Puis-je vous demander pour quelle raison ? demandai-je.

— La famille, notre famille, ne pensait pas qu'elle le connaissait suffisamment bien, dit Théo.

— Et il avait promis de l'épouser, mais il n'y avait pas la moindre bague en vue ni de demande en mariage officielle, dit Flynn.

— Nous trouvions cela suspect, ajouta Théo. Il n'avait pas consulté notre père non plus. Aucune lettre pour se présenter ou pour demander la main de Joséphine.

— C'est ce qui ne nous a pas plu, dit Flynn. C'était un manque de respect.

La manière dont il finissait les phrases l'un de l'autre donnait l'impression qu'ils étaient une seule et même personne.

— Jamais notre sœur n'a agi de manière insensée. Elle a généralement les pieds sur terre et n'est pas du genre à être fleur bleue, dit Flynn.

— Jusqu'à ce que Walter Green débarque, termina Théo.

— Quelqu'un de l'extérieur, un étranger. Quelqu'un qu'elle avait rencontré à la ville.

Flynn prononçait le mot *ville* comme s'il s'agissait d'une grossièreté.

— Nous avons une théorie sur la raison qui la pousse à avoir fermé son cœur à jamais, dit Théo. Elle ne veut pas risquer de perdre quelqu'un d'autre.

— Elle croit fermement que Walter était le seul homme pour elle, dit Flynn.

— Et le meilleur homme qui soit, dit Théo.

— Pour elle, nul n'est comparable à lui, dit Flynn en levant les yeux au ciel.

— Ce n'était pas quelqu'un de bien.

Je n'avais pas voulu parler à voix haute, mais c'était trop tard.

— Développe, dit Flynn, curieux.

— Oui, dis-nous ce que tu sais, s'il te plaît, ajouta Théo.

— Qu'est-ce qui vous fait dire que je sais quelque chose au sujet de Walter ?

— Une intuition, dit Théo.

— Je n'aime pas critiquer les morts, dis-je.

— Aller ! insista Flynn.

— Il y avait d'autres femmes que Joséphine qui écrivaient à Walter Green. Et toutes les cinq s'attendaient à ce qu'il les épouse à son retour. Comme votre sœur, les autres jeunes femmes étaient toutes issues de familles riches.

Avant même que j'aie terminé ma diatribe, les deux frères avaient changé de couleur.

— Et tu as été témoin de ces choses ? demanda Théo.

Je hochai la tête.

— Nous passions nos journées ensemble. Difficile de ne rien remarquer.

— Il faut que tu le lui dises, dit Flynn avec véhémence.

— Je ne sais pas, répondis-je. Je ne veux surtout pas lui faire plus de mal. Elle a une certaine image de lui. Une image qui la réconforte. Ne devrais-je pas la laisser tranquille ?

Les jumeaux se regardèrent avant de revenir à moi. C'est Flynn qui parla le premier :

— C'est vrai que ce serait la réaction la plus noble et désintéressée, mais avec ce genre de sacrifice, tu la perdras.

— Je suis navré de te le dire, mais je suis d'accord avec lui, renchérit Théo. En tant que frères, nous préférerions largement qu'elle sache la vérité au sujet de quelqu'un pour lequel elle a sottement fermé son cœur, afin qu'elle ait une chance d'être heureuse avec quelqu'un d'autre.

— Un homme réellement digne de son amour, dit Flynn.

— Un homme comme toi, par exemple, dit Théo.

— Vous ne me connaissez pas, dis-je. Et si j'étais comme Walter ? Si j'étais là pour l'argent ?

— Es-tu là pour l'argent ? demanda Théo.

— Non. Je suis venu voir si la fille dont je suis tombé amoureux à travers ses lettres était bien réelle ou si mes sentiments pour elle n'étaient qu'un idéal romantique.

— Et alors ? demanda Flynn.

— Je suis prêt à tout pour conquérir son cœur. Et également pour convaincre votre père et vous deux que je suis digne de son amour.

— C'est parfait alors, lança Flynn. On a plus qu'à s'y mettre.

❄

Nous entrâmes tous les trois dans la maison en silence. Dès que nous eûmes retiré nos manteaux, je vis un mouvement du coin de l'œil. Joséphine se tenait sur le pas de la porte du salon.

— Jo, tu es encore debout ? demanda Théo.

— Oui, je voulais dire un mot à Phillip, dit-elle.

— Moi je suis crevé, je monte me coucher, dit Théo.

— Pas de bêtise tous les deux, ajouta Flynn en agitant un doigt.

Avant de suivre son frère dans l'escalier, Flynn me jeta un coup d'œil complice.

Je suivis Joséphine dans le salon. Il ne restait que quelques braises dans la cheminée. Une lanterne projetait une lumière jaune.

Elle se tenait devant la cheminée, les bras croisés autour de sa taille.

— J'ai une question à te poser et je ne peux plus attendre une seconde de plus. Je voudrais que tu me dises comment Walter est mort.

Je me ratatinai intérieurement. Elle devait être frustrée d'en connaître si peu sur sa mort, tout comme moi.

— Que veux-tu savoir ?

— Étais-tu avec lui lorsqu'il est mort ?

— Non. Ce jour-là, la bataille faisait rage, tandis que nous repoussions les Allemands vers le nord. Lorsque la nuit est arrivée, nous avions réussi à reprendre une partie du territoire français qui avait été perdu plus tôt.

Ce jour-là, les morts se comptaient par dizaines de part et d'autre. Des hommes bons, des soldats devenus des frères d'armes, étaient tombés sous mes yeux.

— J'ai perdu Walter de vue pendant la bataille. Lorsque les combats se sont arrêtés, il ne faisait pas partie des survivants.

Les yeux de Joséphine s'emplirent de larmes.

— Alors tu ne sais pas s'il a souffert ou exactement ce qui lui est arrivé ?

Elle se dirigea vers un fauteuil, s'asseyant tout au bord.

— Non, mais je doute qu'il ait souffert. Les balles sifflaient dans tous les sens. La plupart des hommes n'ont pas eu le temps de comprendre ce qui leur arrivait.

Ce n'était pas l'exacte vérité. J'avais tenu dans mes bras trop d'hommes en regardant la vie les quitter peu à peu. Presque chaque fois, leurs dernières paroles allaient à leur mère ou à leur femme. Leurs dernières pensées n'étaient tournées ni vers la guerre ni vers l'ennemi qui les avait touchés, mais vers les femmes qu'ils aimaient.

— La bataille était féroce et chaotique. Nous n'avons pu compter nos morts que lorsque tout était fini. Il y a eu peu de survivants ce jour-là. Tout ce que je sais, c'est qu'il était là, quelque part parmi... les morts.

Ma voix devint rauque à cause de l'effort que cela me demandait de ne pas craquer devant elle. Je ne voulais pas lui décrire les horreurs de ce jour, ou tant d'autres dont j'avais été témoin. D'ailleurs, je n'avais aucune envie de me souvenir de tout cela. Je faisais tout mon possible pour oublier. C'était ma manière de survivre.

Quelques-uns de nos hommes avaient été emmenés en ambulance, dans l'espoir qu'ils vivraient. Mais la plupart d'entre eux avaient été enterrés là où ils étaient morts.

— Des hommes venaient après la bataille pour enterrer les soldats qui avaient été tués. Nous n'avions pas à nous occuper de cela.

À ceux qui avaient combattu, on ne demandait pas d'enterrer leurs frères tombés au combat. Quelques malchanceux devaient venir nettoyer le champ de bataille derrière nous.

— Je pensais vraiment qu'il resterait jusqu'au bout, dis-je. Il était fort et du genre coriace. Plus costaud que la plupart des autres, à part moi.

— Pourquoi ? Que veux-tu dire ?

La manière dont elle me posait ces questions, d'une voix faible et désespérée d'en savoir plus, me brisa le cœur.

— Je suppose que c'est à cause de la manière dont nous

avons grandi. Moi, ayant été élevé dans un orphelinat et Walter, avec la vie qu'il a menée. Il s'est débrouillé tout seul si jeune.

Que savait-elle vraiment du passé de Walter ? Je savais qu'il ne lui avait pas tout dit et même qu'il lui avait parfois menti à en juger par les questions qu'elle posait dans ses lettres.

— J'ai quelque chose à te rendre.

Je sortis la photo d'elle que je gardais de la poche de ma veste. Je me penchai pour la déposer sur l'accoudoir de son fauteuil.

— Que faisait-elle dans ta poche ?

Son ton se durcit.

J'eus soudain très chaud. Comment allais-je expliquer cela ? Je n'avais pas réfléchi à cette question. J'essayais seulement de changer de sujet pour ne plus parler de la guerre.

— Pour la garder en lieu sûr ?

Ma réponse sortit sous forme de question.

— Je sais que ça peut paraître bizarre, mais je voulais m'assurer qu'il ne lui arriverait rien jusqu'à ce que je puisse te la rendre.

— C'est très gentil de ta part.

Elle posa la photo sur ses genoux et la fixa si intensément que je m'attendais presque à ce qu'elle s'enflamme.

— Il ne l'avait pas sur lui lorsqu'il est mort ?

Sa poitrine se souleva tandis qu'elle inspirait profondément.

— Non.

Je ne m'attendais pas à ce qu'elle pose cette question-là.

Elle leva les yeux vers moi.

— Où se trouvait-elle ?

— Elle était dans la boîte avec tes lettres. C'est moi qui l'en ai sortie. Je suis désolé. Je sais que je n'aurais pas dû toucher à ce qui ne m'appartenait pas.

Elle resta silencieuse un moment tandis qu'elle sortait un mouchoir de sa manche pour le presser contre sa bouche.

— Il m'avait dit qu'il gardait cette photo dans sa poche. Celle qui était tout contre son cœur.

Son ton était rigide et étrangement calme.

J'hésitai, ne sachant trop quoi lui répondre.

— Il lui arrivait parfois d'embellir la vérité.

Elle tourna vivement la tête vers moi.

— Pourquoi dis-tu cela ? Que veux-tu dire exactement ?

— Il savait utiliser son charme pour arriver à ses fins.

Ne dis pas un mot de plus, me dis-je. *Elle n'a pas besoin de connaître ses infidélités. Pas pour le moment*. Pas avant qu'elle me fasse réellement confiance.

— Veux-tu dire qu'il me mentait ?

Elle posa la photo sur la table à côté du fauteuil.

— Il *m'a* menti. Cette photo n'était pas là où il me l'avait dit. Si c'était le cas, tu ne l'aurais pas trouvée avec les lettres, puisqu'elle aurait été sur lui quand il est mort.

— Peut-être craignait-il qu'elle ne s'abîme.

— Non, il m'a précisément dit qu'il la garderait près de son cœur, comme protection. Mais pourquoi mentir à ce sujet ? À de nombreuses reprises.

— Je n'en sais rien.

— Je pense que tu le sais. Il y a des choses que tu ne me dis pas. Je vois bien ton regard évasif.

Me sentant piégé, je me lançais dans une explication confuse, sans pouvoir retenir mes paroles.

— C'était un homme affable et intelligent et il savait se servir de son charme. Il avait quelque chose d'enivrant. Moi aussi, il me fascinait au début. Mais ses intentions n'étaient pas toujours pures.

— Dis ce que tu penses vraiment, m'enjoignit-elle.

— Tu n'étais pas la seule à lui écrire. Ou à qui il écrivait.

Elle me regarda fixement. Sa lèvre inférieure se mit à trembler.

— Combien ?

— Je n'en suis pas sûr. Quatre, je pense, dis-je. En fait, je sais. Elles étaient cinq. Toutes avec les mêmes attentes que toi.

— Pourquoi ferait-il cela ?

— Il voulait s'élever dans le monde. En réalité, c'était là son objectif principal. Il recherchait des femmes riches dont il pensait qu'elles pourraient lui apporter la fortune et un bon statut social.

Elle semblait sur le point d'éclater en sanglots, mais elle se ressaisit. Sur un ton tristement calme, mais avec une colère indéniablement sous-jacente, elle demanda :

— Pourquoi devrais-je te croire ?

Ma réponse fusa et fut étonnamment claire :

— Pourquoi l'as-tu cru, lui ? Tu ne l'as connu que deux semaines avant de te déclarer éperdument amoureuse de lui. Le connaissais-tu vraiment ou as-tu fait de lui la personne que tu voulais qu'il soit ?

— Je ne suis pas ce genre de fille. Je ne suis pas une romantique écervelée.

— Tu peux choisir de me croire ou non, mais sache que je suis incapable de mentir. Même le plus petit des mensonges.

J'inclinai la tête en guise de révérence.

— Quoi qu'il en soit, je n'ai aucune raison de te mentir.

— Tu gardais ma photo dans ta poche.

Elle avait prononcé ces paroles d'un ton détaché, tout en plantant un regard perçant dans le mien.

Je déglutis, submergé par une vague de chaleur. Comment pouvais-je me défendre ? Elle n'avait que trop bien compris mes motivations.

— Oui, c'est vrai.

— Peut-être que tu me dis ces choses effarantes dans le simple but de le faire passer pour quelqu'un d'horrible afin d'essayer… d'essayer de le remplacer.

— Oui, mes intentions étaient égoïstes, mais je te demande seulement d'examiner avec soin ce que tu pensais savoir à son sujet. Repense à vos conversations et relis ses lettres comme le ferait un détective. Tu verras les trous et le manque de détails dans ces histoires. Lis ses écrits comme tu lirais un livre. Après ce soir, je te laisserai tranquille, mais je te supplie de ne pas jeter ta vie aux orties pour une fausse promesse. Il n'avait pas ta photo dans la poche comme il te l'avait dit.

— Tu n'es venu jusqu'ici me dire cela que pour des raisons purement égoïstes, dit-elle.

— En dépit de mes motifs, qui ne sont pas, il est vrai, entièrement désintéressés, ce que je t'ai dit au sujet de Walter est vrai. Oui, je suis tombé un peu amoureux de toi en lisant les pages de tes lettres.

Je plaçai mes bras au-dessus de ma tête en poussant un long soupir. C'en était fini de rester dans le flou. J'allais lui dire l'exacte vérité.

— En réalité, je suis tombé profondément amoureux de toi. À tel point que j'ai pris le risque de venir ici et de te dire la vérité, même en sachant que cela te mettrait sûrement très en colère. Cette vérité me vaudra sûrement ton rejet, mais ne comprends-tu pas que je devais prendre ce risque ? Te voir ici en train de te languir pour un homme qui n'était rien de plus qu'un charlatan, voilà une raison suffisante à mes yeux pour te parler ouvertement. Tu as abandonné toute possibilité d'être heureuse avec un homme qui serait digne de ton amour pour le souvenir d'un homme qui te mentait. Je ne peux repartir d'ici en sachant que tu choisiras de rester vieille fille pour cet homme.

Elle était devenue très pâle. Ses yeux étaient écarquillés et brillants, presque comme si elle avait de la fièvre.

— Est-ce pour cela que tu es venu ici ? Pour me séduire ? Est-ce une sorte de jeu pervers pour toi d'essayer de battre Walter ?

— Seigneur, non ! Il s'agit de toi, pas de lui. C'est de toi que je suis tombé amoureux.

Je baissai la tête.

— Mais je n'ai fait que te faire du mal. Je suis désolé pour la douleur que je t'ai infligée.

— Ce n'est pas toi…

Un léger tremblement dans sa voix me remplit le cœur de culpabilité. Pourquoi avais-je absolument tenu à lui parler de tout ça ? J'étais un homme horrible et intéressé qui méritait de rester seul. Mais elle continua :

— C'est Walter qui m'a menti, pas toi.

— Mais tout de même, je déteste te voir souffrir ainsi. C'est la dernière chose que je voulais.

Elle se leva brusquement et se dirigea vers la cheminée. Dos à moi, elle se servit d'un tisonnier pour éparpiller les braises, puis, d'un mouvement rapide, elle saisit une petite bûche qu'elle jeta dans le feu.

— Comment savais-tu combien de femmes lui écrivaient ?

Elle tourna sur elle-même pour me faire face. Ses joues étaient redevenues roses.

— Est-ce qu'il s'en vantait ? Est-ce qu'il se moquait ouvertement de moi ?

— Non. Tu sais, un homme comme lui – qui a dû se battre pour s'en sortir et éviter de mourir de faim – pour lui c'était un moyen de survie. Il voyait cela comme un investissement pour son avenir. Il avait plus de chances d'arriver à ses fins si plus d'une femme était amoureuse de lui.

La colère montait visiblement en elle.

— En faisant croire à des femmes qu'il était amoureux d'elles et voulait les épouser ? Nous épouser ? Oui, je suppose que je peux dire nous. Cinq femmes. Il y a d'autres manières d'obtenir ce qu'on veut dans la vie. Des opportunités se présentent pour les hommes honnêtes et travailleurs.

— Ce qu'il n'était pas.

— J'ai cru chacune de ces paroles. Chaque mot qu'il a écrit dans ses lettres.

— Ce n'était pas ta faute, dis-je avec autant de douceur que possible. Il maîtrisait parfaitement l'art de la séduction.

— J'ai toujours été fière de mon esprit pratique. Je n'étais pas comme certaines de mes amies, qui se déclaraient si rapidement amoureuses, alors qu'en réalité elles étaient simplement attirées par une idée. Quelle idiote j'ai été ! J'ai agi exactement comme elles. Papa avait raison.

Je la regardai sans savoir quoi faire. Elle me croyait, mais je l'avais fait souffrir. D'autre part, elle connaissait maintenant les raisons pour lesquelles j'étais là.

Elle se laissa lourdement tomber dans le fauteuil et s'enfonça dans les coussins.

— Penses-tu que je pourrais avoir un petit verre de whisky ? Tu n'as qu'à t'en servir un pour toi aussi.

Je me levai prestement pour répondre à sa demande. Mes mains tremblaient tandis que je nous versais un petit verre à chacun.

— Tiens, dis-je. Mais prends des petites gorgées, je ne veux pas que tu t'étouffes.

Elle marmonna un merci tout en fixant son verre.

— Je t'ai fait du mal. Ce n'était vraiment pas ce que je voulais. Je suis tellement désolé.

La colère sembla la quitter, tandis qu'elle poussait un long soupir.

— Ne sois pas désolé. Malgré ma réaction, tu as eu raison. Il vaut mieux connaître la vérité. Se languir éternellement pour le fantôme d'un menteur n'est pas une manière de vivre sa vie.

— Je vais partir, si tu me le demandes, dis-je.

Elle leva les yeux de son verre.

— Pensais-tu vraiment être tombé amoureux de moi ? À travers mes lettres ?

— Je l'étais. Je le suis.

Je retenais ma respiration en attendant sa réponse.

— Ce n'est pas possible. Je n'écris pas si bien que cela.

— Je ne suis pas d'accord.

8

JOSÉPHINE

Je fixai les flammes tandis que l'odeur puissante du whisky venait me chatouiller les narines. La bûche s'était enflammée, ce qui donnait à la pièce un peu plus de lumière et de chaleur, mais je tremblais comme si je me trouvais dehors sans manteau.

Je n'avais rien vu venir de ce qui venait de se passer. Maintenant, face à cet homme honnête qui me fixait du regard, je ne savais ni quoi faire ni quoi penser. Je ne voulais pas croire que ce qu'il disait au sujet de Walter était vrai, mais les preuves étaient là, devant moi. Cette photo disait tout d'un homme qui avait juré de garder cette image contre son cœur jour et nuit. Il aurait fallu être stupide pour nier l'évidence.

Tout ce que je pensais savoir était maintenant remis en question, surtout à mon propre sujet. Était-ce vrai que j'avais fait de Walter la personne que je voulais qu'il soit ? Si tel était le cas, que cela disait-il de moi ? Étais-je désespérée de trouver l'amour au point de m'inventer une histoire avec un homme qui était clairement un charlatan ?

Plutôt que de suivre le conseil de Phillip, je bus mon verre de whisky d'un trait. L'alcool me fit monter la larme à l'œil et je me mis à tousser. Il se leva pour s'approcher de moi.

— Ça va ?

Je lui fis signe de se rasseoir.

— Oui, oui. Ça va.

Je me tournai de l'autre côté, le temps d'essayer de me reprendre. Amoureux de moi ? Quelle affirmation ridicule !

Mais qui étais-je pour le juger ? N'avais-je pas donné mon cœur à quelqu'un dans le plus complet abandon ? Pendant des années j'avais porté le deuil d'un homme qui n'existait pas. Je fus soudain submergée par le besoin de m'expliquer à Phillip.

— Je n'avais jamais été amoureuse avant cela. Je n'avais aucune expérience avec les hommes. Rien qui aurait pu m'indiquer qu'il mentait.

— Tu n'aurais pas pu le savoir.

Son regard bleu plein de bonté me fixait avec tant de compassion que je me sentis obligée de détourner les yeux.

— J'ai gâché des années de ma vie.

— Non, il ne faut pas penser cela, dit-il.

Je l'observai pendant un long moment en essayant de voir ce qu'il se passait sous ses traits anguleux.

— Si tu avais été là pour voir comment ces deux semaines se sont passées, à quel point il a su se montrer charmant et plein d'esprit, tu comprendrais pourquoi tout cela est arrivé.

— Je comprends, parce que moi aussi je suis tombé sous son charme un jour. Lorsque nous étions enfants, je pensais que nous serions les meilleurs amis pour la vie. Il avait cette manière de vous donner l'impression d'être meilleur que ce que vous étiez vraiment, ce qui, pour un garçon comme moi qui étais seul au monde, le rendait très attirant.

Je ris amèrement.

— Attirant, comme une flamme pour un papillon de nuit. Voilà une bonne image pour le décrire.

Et les autres femmes, avaient-elles aussi envoyé leur photo ?

À quoi ressemblaient-elles ? Comment s'étaient-elles fait tromper ?

Savaient-elles toutes la vérité désormais ?

Je me retournai à nouveau vers Phillip Baker.

— As-tu dit aux autres femmes la vérité sur Walter ?

Il secoua la tête.

— Je n'étais même pas sûr de te le dire à toi.

— Je me demande si tu ne devrais pas le faire. Peut-être qu'elles aussi sont en train de gaspiller leur jeunesse.

— Je suppose que je pourrais le faire. Peut-être qu'elles ont toutes épousé quelqu'un d'autre depuis. Et comme tu le disais, je ne t'en ai parlé que pour des raisons égoïstes.

Je rougis. *N'y pense pas*, me dis-je. Ce n'est qu'un homme gentil qui pense être amoureux de moi. Il a fait ce long voyage avec cette pensée en tête, mais ça ne peut pas être la réalité. C'est un romantique, voilà tout !

— Pourquoi as-tu attendu aussi longtemps pour venir me voir ?

— Lorsque je suis rentré aux États-Unis, je ne me sentais pas bien. Pas comme certains de nos gars qui étaient en état de choc, non. Ce n'était pas à ce point-là. J'avais juste l'impression de douter de tout. Et le bruit. Chaque coup de klaxon ou bruit de collision me faisait bondir. Puis, j'ai attrapé la grippe espagnole. J'ai failli y rester. Ça m'a pris plus de temps pour me remettre que ce que j'espérais.

— Mais tu vas bien maintenant ?

Je voulais vraiment qu'il aille bien.

— Oui, je vais très bien. Lorsque j'ai retrouvé un peu mes forces, je me suis mis à penser à ma vie. Ce que je voulais. La première chose sur ma liste était d'enfin te rencontrer. Mais ça m'a pris du temps pour avoir le courage de t'écrire.

— Je suis contente que tu l'aies fait.

— Même si je t'amène des nouvelles fâcheuses ?

— Mes parents disent toujours que ce qui compte le plus

c'est la vérité. J'ai pris des décisions en me basant sur ce que je pensais être la vérité. Cela va me prendre du temps pour m'en remettre et pour comprendre exactement ce qui chez moi a permis que cela arrive.

— Tu n'es pas fâché contre moi ?

— Je l'ai été pendant quelques secondes, mais cela n'a aucun sens de tirer sur le messager. Tu n'as rien fait de mal, si ce n'est lire des lettres qui n'étaient pas pour toi.

Je souris pour lui montrer que je le taquinais.

— Mais soyons sérieux, il faut que tu arrêtes avec ces histoires d'être amoureux de moi. Personne ne tombe amoureux à travers des lettres.

Il m'adressa un léger sourire.

— Je ne suis pas d'accord avec toi. Après tout, tu n'es pas dans ma tête.

— Ça doit être plein de soleil et d'arcs-en-ciel là-dedans.

— En réalité, il y a quelques nuages. J'ai l'impression de tourner en rond, sans vraiment savoir où je vais ou ce que je fais. La seule chose dont je suis certain, ce sont mes sentiments pour toi.

Je détournai le regard, soudain intimidée. Était-ce possible ? Y avait-il une chance que je puisse ressentir la même chose ?

Il continua :

— Personne ne m'a jamais aimé très longtemps. Mais je me souviens ce que cela fait de recevoir l'amour d'une mère. Je sais que c'est la seule chose pour laquelle cela vaut la peine de se battre. Il est vrai que je n'ai pas grand-chose à offrir en termes de bien matériel, mais mon cœur est pur. Je travaillerai comme un beau diable pour construire une vie que je pourrais t'offrir.

— Je me soucie bien peu de l'argent, dis-je. Mon père a fait en sorte que j'ai une vie confortable, que je me marie ou non.

— Ce ne serait pas pour toi, mais pour moi que je voudrais m'en sortir financièrement. Un homme a besoin de se sentir digne de l'extraordinaire femme qui le choisira.

— Je vois.

— Si tu me donnes la permission de passer du temps avec toi cet hiver et peut-être même pendant le printemps, tu sauras s'il existe la plus petite chance que tu tombes amoureuse de moi. J'ai l'intention de gagner ton affection.

— Tu dois bien croire que cette chance existe, sinon tu ne serais pas venu jusqu'ici.

Je ris doucement, comme pour moi-même. Le whisky m'avait réchauffée et avait quelque peu dissipé mes inhibitions.

— Ce qui, selon moi, montre une arrogance et une audace qui me rappellent un peu mon père.

— Depuis le début de ma vie, je ne peux compter que sur moi-même. Je n'ai jamais eu beaucoup de chance, ce qui me pousse à aller chercher ce que je veux. On n'a rien sans rien.

— Eh bien, je suppose que je vais réfléchir à tout cela pendant la nuit et nous pourrons en parler demain. En attendant, je dois aller me coucher, sinon je risque bien de me transformer en citrouille avant demain matin.

Il fallait que je sorte de là. J'avais besoin de réfléchir à tout ce qu'il m'avait dit ce soir. De plus, je voulais éviter de lui donner trop d'espoir. Je ne le connaissais pas. Il était hors de question que je refasse la même erreur que par le passé. *Montre-toi prudente et méfiante*, me dis-je. *Même s'il a l'air d'être l'homme le plus sincère au monde.*

Il se leva et me tendit la main. Je le laissai m'aider à me lever du fauteuil, même si j'en étais parfaitement capable par moi-même. Mon bras fut parcouru d'un picotement. Nous nous tînmes là, le regard plongé dans celui de l'autre pendant au moins trois secondes avant que je retire ma main de la sienne.

— Bonne nuit, Phillip.

— Bonne nuit, Joséphine.

Je sortis doucement de la pièce, en sachant que son regard me suivait. Lorsque j'arrivai à la porte, je ne pris pas le temps de jeter un regard en arrière, de peur que si je le faisais, j'aie envie de courir dans ses bras.

❄

LE LENDEMAIN MATIN, il n'y avait que papa, maman et mes plus jeunes sœurs au petit-déjeuner. Flynn avait emmené Phillip et Cymbeline en ville pour aider à nettoyer après le festival. Il n'y avait aucun signe de Théo, mais il avait sûrement décidé de faire la grasse matinée après notre soirée qui s'était terminée tard. C'était la parfaite occasion pour parler à papa et maman au sujet de Walter.

Étonnamment, j'avais bien dormi. Après m'être séparée de Phillip la nuit précédente, je me sentais tellement lasse et fatiguée par toutes les émotions de la journée que je m'étais immédiatement endormie. Ce matin, je me sentais revigorée. Étrangement, je me sentais aussi plus légère, comme si un fardeau avait été enlevé de mes épaules. Ce n'était pas là la réaction que je pensais avoir en apprenant que mon grand amour n'était pas celui que je croyais.

J'attendis que Fiona monte avec les deux petites pour aller jouer dans leur chambre avant de parler à papa et maman. Lui lisait son journal tout en sirotant une deuxième tasse de café. Maman grignotait un biscuit de Lizzie tout en me jetant des regards furtifs.

— Tu es bien silencieuse ce matin, Jo, me lança-t-elle. Est-ce que tout va bien ?

Papa posa son journal et leva également les yeux vers moi.

— Je vais bien.

Ma voix tremblait un peu, ce qui n'aida pas à les convaincre.

— C'est juste qu'hier soir, Phillip m'a appris des choses au sujet de Walter.

— Au sujet de sa mort ? demanda maman. As-tu pu avoir les réponses à tes questions ?

— Pas exactement…

Ma voix tremblait toujours. Je déglutis et pris une grande inspiration.

— Il n'était pas celui que je croyais. Il y avait d'autres femmes dans sa vie. Cinq, pour être exacte, qui lui écrivaient aussi. Elles pensaient toutes qu'il les épouserait en rentrant.

— Je ne comprends pas, dit papa. Comment pouviez-vous *toutes* penser qu'il vous épouserait ?

— Parce qu'il nous a dit la même chose à toutes, répondis-je. Nous sommes toutes issues de familles riches. Phillip dit qu'il voulait quelqu'un qui avait de l'argent pour assurer son avenir. Je suppose que c'est parce qu'il a grandi sans personne, alors son principal but dans la vie était de s'enrichir et de mener une vie plaisante.

Les yeux de maman s'étaient assombris.

— Il t'a donc menti ?

— Pourquoi avoir autant de femmes ? demanda papa. Pourquoi ne pas juste en choisir une qui avait beaucoup d'argent si tel était son but ?

Je faillis rire face à l'évidente naïveté de mon père.

— Phillip dit qu'il essayait simplement de multiplier ses chances. Il espérait qu'une de ces histoires aboutirait après la guerre. Plus il avait de prétendantes, plus il avait de chances de se marier.

Papa secoua la tête.

— S'il n'était pas déjà mort, je le tuerais de mes propres mains.

— Alexander, non, dit maman. Mais je suis bien contente qu'il ne soit pas revenu. Tu l'aurais épousé.

— Comment sais-tu que Phillip te dit la vérité ? demanda papa.

— Parce qu'il m'a rapporté une photo de moi, dis-je. Walter m'avait promis de la garder sur lui à tout instant pour lui porter chance. Mais cette photo n'était pas sur lui quand il est mort.

Phillip m'a dit qu'elle était dans une boîte avec le reste de ses affaires. Simplement jetée au milieu de tout le reste.

Je marquai une pause, afin de reprendre mes esprits. Le fait de dire tout cela à voix haute était plus dur que j'aurais pensé.

— Il m'a affirmé dans toutes ses lettres qu'il gardait ma photo dans la poche intérieure de sa veste. Il m'a menti à ce sujet à de nombreuses reprises. Il terminait chacune de ses lettres par la même phrase : « Je garde ton image dans ma poche, tout près de mon cœur. » S'il a menti à ce sujet, cela signifie qu'il y a des chances qu'il ait menti aussi pour d'autres choses. Je ne sais pas s'il avait le moindre sentiment pour moi en réalité.

— Et cela ne devrait même pas te préoccuper, dit papa. Pas après avoir appris cela.

Je baissai la tête.

— Je me sens tellement idiote. Vous aviez raison, je ne le connaissais pas suffisamment bien. J'aurais dû me méfier. J'étais aveuglée par l'amour, ou plutôt par une passion sans fondement, et je n'ai rien vu.

— Je suis extrêmement reconnaissante que Phillip Baker soit venu, dit maman. Sinon tu aurais pu rester attachée à Walter pour le reste de tes jours.

— C'était courageux de sa part de t'en parler, dit papa.

— Il avait ses propres motivations pour le faire. Il est persuadé d'être tombé amoureux de moi à travers les lettres que j'écrivais à Walter.

— Il les a lues ? demanda papa.

— À de nombreuses reprises. Il dit que c'est pour ça qu'il est venu ici. Pour conquérir mon cœur. Ce sont ses mots.

— Comme c'est romantique, dit maman.

La bouche de papa tressaillait, comme s'il essayait de ne pas rire.

— Tout cela est plutôt ridicule, dis-je. Je ne suis pas le genre de femme dont les hommes tombent amoureux. C'est seulement mes écrits qui lui ont donné une fausse impression de moi. Maintenant qu'il est là, il verra de lui-même que je suis faite pour rester célibataire. Peut-être que je devrais continuer d'écrire, devenir romancière.

— Pourquoi dis-tu ce genre de choses ? demanda maman.

— Parce que je suis ennuyeuse et que je passe mon temps dans les livres. Je ne suis pas drôle. Je pense que c'est pour cela que j'aimais tellement Walter. J'avais l'impression qu'il me voyait différemment de la manière dont je me vois moi-même. Mais tout ce temps, j'avais raison. En réalité il n'était intéressé que par mon argent.

— Est-ce réellement ce que tu penses de toi-même ? demanda papa.

Je ne répondis pas, baissant le regard vers mon assiette que j'avais à peine touchée.

— Je ne sais vraiment pas de qui tu parles, car il ne s'agit certainement pas de ma merveilleuse, belle gentille et intelligente Joséphine, dit papa.

— Il a raison, chérie, dit maman. Personne ne te voit comme ça. Tout le monde dans cette ville t'adore et je ne pense pas me tromper en disant que de nombreux hommes célibataires t'ont à l'œil. La seule raison pour laquelle personne ne s'approche de toi, c'est parce que tu as dit clairement que personne ne t'intéressait en dehors de Walter. Avant et après sa mort.

— Je ne veux plus jamais t'entendre parler ainsi de toi-même, dit papa d'un ton sévère. Je n'aime pas ça du tout.

— Excuse-moi, papa.

— Y'a-t-il la moindre chance que tu puisses tomber amoureuse de Phillip ? demanda maman.

Je souris en me rappelant notre dispute.

— Comme tu l'as dit toi-même, il y a la manière dont je le regarde.

— Oui, en effet, il y a ça, dit maman. Mais ce serait mesquin de ma part de le souligner à nouveau.

— Et puis comme tu l'as aussi dit, nous avons beaucoup en commun, ajoutai-je. C'est facile de parler avec lui et j'aime la manière dont il se comporte avec les petites. C'est un travailleur, il est honnête et bon. Je ne voulais rien m'avouer de tout cela, parce que je pensais que ce serait trahir Walter.

Les mots se coincèrent dans ma gorge.

— N'est-ce pas pathétique ?

— Ma chérie, non. Tu n'es pas la seule à avoir cru les mensonges d'un autre, dit maman. La seule chose qui importe, c'est ce que tu vas faire maintenant que tu connais la vérité.

— Tu as un homme vraiment intéressant juste en face de toi, dit papa.

J'éclatai de rire, essuyant les larmes de mes yeux.

— Pas toi aussi, papa.

— Est-ce que tu as vu ses yeux ? demanda papa.

— Comme deux saphirs, dit maman.

Je les regardai tous les deux affectueusement. Leur évident amour était pour moi comme une chaude couverture qui m'enveloppait.

— C'est vrai qu'il est très beau, dis-je. Et il sait bien se tenir. Mais le mieux, c'est qu'il aime les livres.

J'étais trop timide pour en dire plus. J'aurais été incapable d'expliquer la manière dont il me touchait au plus profond de moi par l'honnêteté de son cœur.

Encore une fois, mes parents échangèrent un regard. Cette fois-ci, ils gardèrent leurs pensées pour eux.

9

PHILLIP

Nous venions tout juste de finir de balayer les derniers détritus laissés par la fête et avions ramené les nombreux ballots de paille à l'étable de la pension, lorsque Mme Johnson nous apporta un pichet de cidre chaud pour nous remercier. C'était une matinée froide, mais ensoleillée, ce qui atténuait un peu le pincement de l'air glacial. Quelqu'un avait rajouté des bûches sur les braises du grand feu d'hier soir. Certains des jeunes étaient rassemblés autour des flammes, et se chauffaient les mains en riant et en discutant.

Je remarquai que Cymbeline était assise seule sur les premières marches du kiosque. Je pris un verre de cidre fumant pour moi et un autre pour elle.

Je me dirigeai vers elle et le lui tendis.

— Je t'ai amené du cidre.

— Merci, Phillip.

— Puis-je m'asseoir avec toi ? demandai-je.

— Je t'en prie.

Elle me regarda m'asseoir par dessous sa casquette rouge.

— Tu ne te joins pas à ceux qui sont autour du feu ? demandai-je.

Pour l'occasion, Cymbeline portait une salopette de garçon, mais cela n'avait pas semblé empêcher les jeunes hommes et les garçons du village de la regarder avec intérêt. N'ayant jamais été un grand frère, ce sentiment étrange d'avoir envie de tous les étrangler était nouveau pour moi.

— Je voudrais bien, mais mon ennemi juré est là.

Elle me montra du doigt un grand garçon avec de larges épaules qui ressemblait à l'un de ces Vikings que l'on voit dans les livres d'images. Des mèches de cheveux blonds s'échappaient de sous son bonnet.

— C'est lui, Viktor, précisa-t-elle.

— Pourquoi est-il ton ennemi juré ?

Elle haussa les épaules.

— N'est-ce pas évident ?

Je réprimai un rire.

— Non, pas pour moi. N'est-il pas un peu plus âgé que toi ?

— Oui, et il ne se gêne pas pour insister sur ce point. De tout le village, je suis la meilleure au patin à glace, la plus rapide. À l'exception de Viktor.

— Oui, mais *c'est* un jeune homme, dis-je. Il est normal qu'il soit rapide.

— N'importe quoi, dit Cymbeline d'un air dégouté. Je suis aussi forte et rapide que n'importe quel garçon. Sauf lui.

J'avais vu Viktor jeter de nombreux coups d'œil en direction de Cymbeline au cours de la matinée. J'avais l'impression que pour sa part, il ne la considérait pas comme une ennemie ou une rivale.

— Est-ce la seule raison pour laquelle tu ne l'aimes pas ? demandai-je.

— J'en ai d'autres, mais je ne saurais comment les décrire. Il y a quelque chose chez lui qui me donne envie de lui mettre un coup de poing.

Je faillis cracher le cidre que j'avais dans la bouche.

— Il a pourtant l'air plutôt gentil.

— Gentil ? On s'en fiche qu'il soit gentil. C'est la seule chose dont tout le monde parle dans ma famille. Être gentil, bon et rendre service aux autres. Tout ça me donne l'impression d'être méchante.

— La gentillesse et la bonté sont des qualités, tu ne penses pas ?

Elle ne répondit pas, mais donna un léger coup de pied dans le tas de neige à côté d'elle.

— C'est un bon travailleur. Ça, c'est plutôt admirable, non ?

Je l'avais vu porter des ballots de paille comme s'il s'agissait d'allumettes.

— Je veux dire, c'est quelque chose que tu peux reconnaître puisque tu l'es toi-même.

— Je n'ai pas remarqué.

Nous sirotâmes notre cidre en silence pendant un moment. Je jetai un coup d'œil vers le feu. Viktor nous regardait avec sur le visage une expression que je reconnus immédiatement. De la jalousie. Je me demandais si je n'allais pas mettre un panneau autour du cou de Cymbeline avec le nombre seize écrit en gros. Traduction : trop jeune pour vous tous.

— Ne regarde pas, mais il nous observe. Je crois qu'il est jaloux de te voir parler avec moi.

Elle poussa un grognement semblable à celui d'un chiot agressif.

— Alors là, ça m'étonnerait. Il me voit comme une gamine.

Je doutais fort de cela, mais je ne dis rien.

— J'ai dû sortir de la maison en cachette ce matin, dit Cymbeline, changeant brusquement de sujet. Je ne voulais pas que papa voie comment j'étais habillée. Il est tellement vieux jeu.

— C'est la première fois que je vois une fille en salopette, dis-je.

Elle plissa les yeux en me regardant comme si j'avais dit quelque chose de si étrange qu'elle avait dû mal entendre.

— On ne peut pas vraiment travailler en robe. Ce sont les hommes qui veulent nous faire continuer à les porter pour nous empêcher de faire ce qu'on veut. Et les corsets ? N'est-ce pas ridicule de vouloir nous compresser dans ce machin fait d'os ? Les os sont censés être dans notre corps, pas à l'extérieur. Le corset a été inventé pour nous empêcher de respirer, au risque qu'on se mette à trop réfléchir.

Je souris intérieurement.

Elle continua sa diatribe :

— Savais-tu que les femmes ont le droit de vote dans le Colorado ? C'est le cas depuis 1893. Ce n'est que le deuxième état de l'Union à l'instituer. Après le Wyoming. Es-tu opposé au vote des femmes ?

— Pas du tout. Quand nous étions en Europe, beaucoup de femmes contribuaient à l'effort de guerre. Des infirmières, des ambulancières. Elles étaient très courageuses. Quant à moi, j'ai l'impression que les femmes peuvent faire tout ce que font les hommes.

Elle hocha la tête pour manifester son approbation.

— Je suis bien d'accord avec toi. Si j'avais eu l'âge, moi aussi j'aurais été au front. J'aurais bien aimé conduire une ambulance.

Ses yeux brillaient d'ambition tandis qu'elle imitait de la main le passage rapide d'une ambulance.

— J'aurais conduit jusque sur le champ de bataille pour secourir les soldats blessés.

— Espérons qu'il n'y aura pas une autre guerre et que tu n'en auras pas l'occasion.

Elle soupira.

— Je suppose que tu as raison. Mais si ma seule option est de me marier et de devenir femme au foyer plutôt que de vivre des choses excitantes, je préfère mourir jeune.

— Ne dis pas des choses comme ça. Personne ne devrait avoir à mourir jeune.

Ses joues s'enflammèrent.

— Je suis désolée. Je dois te paraître horrible en disant ça. As-tu perdu beaucoup d'amis à la guerre ?

— Malheureusement, oui.

Je n'en dis pas davantage afin qu'elle garde son image romantique de la guerre. Ses frères étaient rentrés à la maison. Elle n'avait pas eu à vivre le terrible deuil que tant de familles avaient traversé.

— Est-ce que tu connaissais bien Walter ? me demanda-t-elle.

— Assez bien.

— Était-il un gredin ?

— Pourquoi me demandes-tu ça ?

Elle haussa les épaules et ramena ses jambes vers elle pour passer ses bras autour de ses genoux.

— Je ne l'aimais pas.

— L'as-tu rencontré ? demandai-je, surpris.

— Non, mais j'ai lu certaines de ses lettres. Le peu qu'il écrivait.

— Et ?

— Je suis la sœur de Joséphine. Je la connais mieux que personne.

Elle étira à nouveau ses jambes et planta le bout de ses bottes dans la neige.

— Il n'était pas fait pour elle. Fiona pense la même chose que moi, et maintenant on découvre qu'il ne lisait même pas les livres qu'elle lui envoyait.

Je hochai la tête.

— Mais ils ont été lus par moi et par d'autres des gars, dis-je. Ses efforts n'ont pas servi à rien.

— D'accord, mais ce n'est pas de ça que je parle. Comment Joséphine aurait-elle pu épouser un homme qui n'aimait pas la lecture ? Elle est bibliothécaire. Ça aurait été une hérésie !

— Une hérésie ? C'est un peu fort comme mot.

— J'aime bien ce mot. Je l'aime beaucoup. Il confère le

sérieux nécessaire à la situation. Quoi qu'il en soit, il ne lui écrivait presque jamais.

Elle se tourna pour me faire face.

— Jo ne l'aurait jamais admis, mais son manque d'attention la blessait. Elle lui trouvait sans cesse des excuses. La vie au front, et tout le reste. Mais je savais bien que quelque chose clochait. C'est parce qu'elle ne se voit pas comme elle est vraiment.

— Que veux-tu dire ?

Cette fille était comme un manuel concernant Joséphine.

— D'abord, elle ne pense pas qu'elle est jolie. Et deuxièmement, elle pense que les hommes la trouvent ennuyeuse parce qu'elle ne fait que lire et s'occuper des autres. Elle m'a même dit un jour qu'elle ne pensait pas qu'il soit possible qu'un homme tombe amoureux d'elle.

— Ridicule, dis-je en marmonnant.

Elle releva le menton tout en me fixant de ses yeux perçants.

— Je suis d'accord, mais tu vois, c'est ce qui s'est passé avec Walter. Il lui accordait de l'attention, et elle a pris ça pour de l'amour. C'est triste, parce qu'il a profité de cette vulnérabilité. C'est la raison pour laquelle une fille ne devrait jamais baisser la garde. Il faut toujours se méfier des gens tant qu'on ne les connaît pas bien.

Elle replia les jambes et se pencha légèrement en avant.

— Jo est la seule qui se souvienne de notre mère. C'est pour ça qu'elle est comme ça. Elle a été témoin de sa folie. Elle a vu des choses qu'aucun enfant ne devrait voir.

— Comme quoi ?

— Elle l'a vue se tenir au-dessus du berceau de Fiona, un couteau à la main.

Je ravalai un cri d'exclamation. Quelle horreur ! Elle n'avait rien partagé de tout cela dans ses lettres.

— Elle en parle très peu, dit Cymbeline. Mais parfois, quand on est toutes les trois avec Fiona, elle parle de notre mère. Et elle nous dit aussi combien c'était difficile après la mort de celle-ci. Papa était anéanti, et elle a dû s'occuper de lui et de nous. Fiona n'était qu'un bébé à l'époque, moi j'étais petite et il y avait les jumeaux. Bien sûr, Jasper et Lizzie étaient là, mais c'était tout de même très dur pour Jo. Ce n'est que lorsque maman est arrivée qu'elle a pu reprendre sa place d'enfant. Mais comme dit maman, les dégâts étaient déjà faits. Jo était déjà comme une vieille femme. Trop inquiète de tout, trop prête à accepter les miettes, trop dévouée à une vie de service.

— Est-ce une mauvaise chose ?

— Non, sauf si c'est à ton propre détriment et dans son cas, ça l'est. Elle a l'impression de n'avoir aucune valeur si elle ne prend pas soin des autres. C'est pour ça qu'elle s'est amourachée de ce pourri de Walter. Il avait besoin d'elle et elle le sentait bien.

— Tu es d'une grande sagacité, fis-je remarquer.

Elle souleva les sourcils.

— Les autres ne me pensent pas intelligente parce que je ne m'intéresse pas beaucoup à l'école. C'est juste que j'étouffe un peu dans une classe. Et puis il y a tant de choses à faire et à apprendre qui ne se trouvent pas dans les livres d'école. Pourtant, je sais beaucoup de choses sur les gens, en particulier les membres de ma famille. Je sais des choses sur toi aussi.

— Ah bon ?

— Tu as des yeux de merlan frit quand tu regardes Joséphine. Tu ressembles à ça.

Elle ouvrit grand les yeux et me fixa d'un regard vitreux.

— Des yeux d'amoureux transi.

— Et si c'était le cas, qu'en penserais-tu ? Aurais-je ton approbation, puisque j'aime les livres ?

— C'est sûr qu'aimer les livres c'est un bon point pour toi. Cela dit, je ne suis pas encore sûre pour le reste. J'aime que tu places les femmes au même niveau que les hommes. Mais bon, je suis du genre à attendre pour voir. Ma sœur Fiona aime tout le monde sans le moindre discernement. C'est exaspérant ! Les autres sont presque aussi terribles.

Elle pointa deux doigts vers ses yeux.

— N'oublie pas que je t'observe.

Je ris.

— J'étais comme toi quand j'étais petit. Quand un nouveau arrivait à l'orphelinat, je l'observais pendant des semaines avant de le juger dans un sens ou dans l'autre.

— Est-ce pour ça que tu es venu ici ? Pour trouver une famille ?

— C'est certainement une idée attirante, je le concède. Mais je suis venu pour Joséphine. Pour voir si elle était aussi extraordinaire que je le pensais. Elle l'est, mais ça, tu le sais déjà.

— C'est vrai. Je ne suis pas sûre qu'elle va te laisser ta chance. Il se peut qu'elle ne t'aime pas.

— Pourquoi ?

Mon estomac se noua. La perspicacité de Cymbeline commençait à me troubler.

— Parce que tu n'as pas besoin d'elle. Tu t'en sors très bien par toi-même. Elle n'aura pas à prendre soin de toi. Je ne suis pas sûre qu'elle saurait quoi faire avec un homme comme toi.

Je hochai la tête et me tournai vers le groupe qui discutait autour du feu.

— Peut-être que je suis exactement ce qu'il lui faut, alors. Je pourrais prendre soin d'elle.

— J'en serais heureuse pour elle.

Elle leva les bras et s'étira.

— Je le souhaite aussi à toutes mes sœurs, mais pas pour moi. Il est hors de question que je m'attache à un homme et que je me soumette à lui. Je veux me construire ma propre vie en travaillant, je vais gagner de l'argent et vivre mes propres aventures.

— Je ne doute pas un instant que tu te construiras la vie dont tu rêves.

Elle afficha un large sourire et se leva.

— Tu peux compter là-dessus. Mais Phillip, soyons un peu sérieux. Il faut absolument que tu apprennes à patiner, ou tu n'arriveras jamais à t'intégrer ici. Jo n'épousera pas un homme qui ne peut pas l'emmener patiner sur l'étang. C'est tout simplement inenvisageable.

— Je vais faire de mon mieux, mais je ne suis plus tout jeune.

— Nan, tu as juste besoin de t'entraîner, je t'aiderai.

Elle me fit signe de me lever.

— Allez, le vieux. Allons chercher Flynn et rentrons à la maison.

À la maison. Quels mots merveilleux ! Si seulement Cymbeline savait à quel point cette maison lui manquerait lorsqu'elle la quitterait. Si déterminée soit-elle, cette jeune fille adorait sa famille. Ce ne serait pas aussi simple qu'elle le pensait de les laisser.

10

JOSÉPHINE

Je passai le plus clair de ma matinée à faire les cent pas dans la maison, tout en passant en revue chaque détail dont je me souvenais concernant mes deux semaines passées avec Walter. J'examinai tout, comme me l'avait suggéré Phillip. Hélas, j'étais incapable de trouver la moindre faille dans ce qu'il m'avait partagé. Je me rappelais comme si c'était hier de la sincérité de son regard et de son rire.

Je me rendis dans ma chambre et ouvris la boîte contenant mes lettres pour la première fois. Je l'avais rangée sous mon lit, à côté du tas beaucoup plus petit de celles que Walter m'avait envoyées. Je sortis les deux et m'assis par terre entre mon lit et celui de Cymbeline. Nous partagions une chambre meublée de trois lits simples, alignés en fonction de notre âge.

Je lus d'abord plusieurs des lettres de Walter. Elles n'avaient rien de remarquable, si ce n'est le langage poétique par lequel il exprimait son amour pour moi. Elles étaient courtes, jamais plus de quelques paragraphes, sans aucun détail sur sa vie quotidienne. À l'époque, j'avais mis ce manque de profondeur sur le compte de la guerre. Les détails stratégiques secrets des batailles ne pouvaient pas être racontés dans des lettres. Aujourd'hui, pourtant, cela semblait évident. Il ne m'aimait pas comme je l'aimais. Ne voyait-on vraiment que ce que l'on voulait ?

Je me sentais tellement honteuse. Cela ne me ressemblait pas de commettre une telle erreur de jugement sur un sujet aussi important. Ou peut-être que si. Peut-être avais-je de moi-même une image complètement fausse.

Phillip pensait-il vraiment être amoureux de moi ? Était-il aussi aveugle que je l'avais été concernant l'amour ? Ses fantasmes concernant qui j'étais et la vie que je menais ici n'étaient-ils que des rêves, nés de son sentiment de solitude ? Ce devait être le cas. Pourtant, je ne pouvais m'empêcher d'être électrisée par ses discours enflammés.

Cela ne faisait qu'approfondir ma honte. Quel genre de femme étais-je ? Un jour je déclarais mon amour éternel pour un fantôme malhonnête, et le lendemain, je me mettais à penser à un homme que je venais tout juste de rencontrer.

Mon excitation n'était-elle qu'une illusion ? J'avais déjà réussi à me convaincre moi-même d'une relation qui n'existait pas. Allais-je reproduire la même erreur ?

Je posai ses lettres à côté de moi et ouvris la boîte qui contenait les miennes. Empilées avec soin, elles avaient été rangées par ordre chronologique. Par Phillip, probablement, pas par Walter. Je lui en voulais tellement. Comment avait-il pu me mentir ainsi ? Des larmes se mirent à couler de mes yeux. Je reposai le couvercle sur la boîte, puis m'affalai dessus en me laissant aller à pleurer en silence. Le bruit du parquet qui grinçait attira mon attention. Je levai les yeux en m'essuyant les joues du dos de la main. Fiona se tenait dans l'encadrement de la porte.

— Que fais-tu, Jo ?

À la manière dont elle me posa la question, avec douceur, mais aussi une pointe de tristesse, je sus qu'elle savait déjà. Elle vint s'asseoir par terre en face de moi.

— Je réveille les fantômes, j'imagine.

Elle me tendit les mains.

— Rien de bon ne peut en sortir. Donne-les-moi.

Je lui tendis la boîte.

— Maman t'a dit ?

— Oui, je suis désolée.

Elle replaça la boîte sous le lit, puis fit de même avec les lettres de Walter. Elle les mettait de côté, comme si elle voulait y revenir plus tard.

— Je me sens tellement stupide et honteuse, dis-je.

Elle se pencha vers moi pour dégager une mèche de cheveux qui était collée à ma joue.

— Cela fait trop longtemps que tu es triste. Il est temps.

— Temps de quoi ?

— De danser.

— Danser ?

Je ris et me tournai pour m'adosser au lit. Fiona se plaça à côté de moi et posa la tête sur mon épaule.

— Je me posais une question, dit Fiona. T'es-tu déjà dit que tu ne pouvais pas aimer maman Quinn parce que tu avais aimé notre vraie maman d'abord ?

— Non, pas du tout. J'ai tout de suite su que Quinn était exactement ce qu'il nous fallait.

Elle hocha la tête comme si elle réfléchissait.

— Hmmm...

Aucune de nous ne parla pendant un moment. Ma sœur n'était pas des plus subtiles.

— Notre vraie mère était dérangée, dit Fiona. Mais ça ne t'empêchait pas de l'aimer.

— C'est vrai.

— Peut-être que c'était pareil pour Walter. Peut-être était-il perturbé, et que tu l'aimais quand même. On ne peut pas toujours contrôler qui on aime. Parfois, ces gens ne méritent pas notre affection, mais ça ne veut pas dire qu'elle n'existe pas. Aimer quelqu'un, quelle qu'en soit l'issue, n'est pas quelque chose dont tu devrais avoir honte. Tu ne pouvais pas savoir.

— J'ai perdu tellement de temps à me morfondre sur lui.

— Alors, ne perds pas une minute de plus, dit Fiona d'un ton encourageant.

— Est-ce vraiment aussi simple ? Je n'ai qu'à le vouloir pour que s'effacent tous mes souvenirs et mes regrets ?

— Non, ce n'est pas si simple. Mais peut-être que ça deviendra un peu plus facile lorsqu'une nouvelle occasion d'être heureuse se présentera à ta porte.

— Fiona, comment as-tu fait pour devenir aussi intelligente ?

— Je ne suis pas si intelligente que ça. Je sais juste reconnaître une bonne personne quand j'en vois une.

❄

APRÈS MA DISCUSSION AVEC FIONA, je décidai de sortir prendre un peu l'air. Si elle avait raison et qu'il était vraiment temps que je me pardonne mes erreurs, peut-être qu'une promenade dans la neige fraîche m'aiderait à savoir comment y arriver. Nous avions la chance d'avoir à nouveau une journée fraîche, mais ensoleillée. Des stalactites de glace pendaient du toit, telles de longues dents pointues. Plusieurs moineaux gazouillaient depuis les branches nues d'un tremble.

Je portais de grandes bottes et relevais ma jupe pour éviter qu'elle ne traîne dans la neige. Ainsi, je pouvais avancer d'un pas rapide. Plus je marchais et plus mes pensées tourmentées s'apaisaient. Je respirais l'odeur des sapins en passant de la clairière à la forêt. Plus j'avançais et mieux je me sentais. Peut-être que dans sa sagesse, ma petite sœur avait raison. J'avais commis une erreur, mais j'étais la seule à pouvoir me la pardonner. Maman disait toujours qu'on pouvait apprendre de toutes nos erreurs. Est-ce que plus grosse était notre erreur, plus on pouvait en sortir grandi ?

Je fis demi-tour pour revenir dans la prairie. Un mouvement attira mon attention tandis que je me rapprochais de la maison. Un instant, je crus qu'il s'agissait d'un cerf, derrière un bosquet. En m'approchant, je vis qu'il s'agissait en fait de Théo. Seulement vêtu d'un caleçon long, il était assis sous un arbre, les genoux ramenés contre sa poitrine. Il avait le regard perdu dans le vide. Mon cœur se mit à battre à toute allure. C'est comme ça qu'il avait retrouvé notre mère, seule dans la neige. Le voir ainsi résonnait étrangement avec cette image. Si légèrement vêtu, il devait être gelé. Depuis combien de temps était-il là ?

Je l'appelai en courant vers lui aussi vite que je pus.

— Théo ?

Il ne me répondit pas. Je tombai à genoux devant lui.

— Théo, qu'est-ce que tu fais dehors comme ça ?

Cette fois-ci, ses paupières tressaillirent. Il leva le regard vers moi puis cligna des yeux plusieurs fois.

— Jo ?

— Oui, c'est moi. Que s'est-il passé ? Pourquoi es-tu ici ?

— Je n'en sais rien. Je ne sais pas vraiment comment je suis arrivé là.

Je me levai, il n'y avait pas une minute à perdre. Il fallait que je le ramène à l'intérieur le plus rapidement possible.

— Viens, rentrons à la maison.

Je retirai mon manteau pour le poser sur ses épaules.

Étonnamment docile, il me laissa faire tandis que je lui prenais la main pour l'aider à se lever. Il était lourd, mais je réussis à le remettre sur pieds. Je ne pus m'empêcher de pousser un petit cri en voyant ses pieds, qui étaient restés jusque-là enterrés sous la neige. Il portait des chaussettes en laine qui étaient détrempées par la neige. Selon le temps qu'il avait passé dehors, il se pouvait qu'il souffre de gelures. J'étais maintenant dans tous mes états et je tremblais autant de froid que de peur.

Je le saisis par le bras pour le tirer vers la maison.

— Avance, vite.

Il avançait péniblement à travers la neige.

— Tes pieds te font-ils mal ?

— Non, ils sont juste engourdis.

Nous n'étions pourtant pas très loin de la maison, mais le trajet semblait interminable. J'avais envie de le porter dans mes bras et de courir, mais cela était évidemment impossible.

Suffisamment proche de la maison, je criai pour appeler à l'aide. Quelques secondes plus tard, Jasper et papa sortirent en courant.

— Mon Dieu, que s'est-il passé ? demanda papa dès qu'il s'approcha de nous.

La terreur dans sa voix me fit monter les larmes aux yeux.

— Je l'ai trouvé dans la neige, dis-je. Il était assis là, comme ça.

— Théo ? dit papa en le secouant doucement. Ça va ?

— Oui, monsieur.

— Tenez-le de ce côté et je vais le soutenir de l'autre, dit papa à Jasper. Théo, lève les pieds. Il faut que tu les sortes de la neige.

Comme moi, Théo s'était mis à pleurer.

— Je suis désolé, papa.

Il répéta la même phrase trois fois tandis que les deux hommes le soulevaient pour le transporter dans la maison.

À l'intérieur, ils l'installèrent sur le banc dans l'entrée. Papa s'agenouilla et retira à Théo ses chaussettes.

— Frictionnez son pied, je m'occupe de l'autre, dit-il à Jasper.

Je m'assis à côté de Théo et pris ses deux mains rougies par le froid pour les frotter aussi vigoureusement que possible. Un instant plus tard, maman dévala l'escalier, Fiona la suivant de près.

— Que s'est-il passé ?

Maman avait les deux mains sur la bouche et regardait Théo comme si elle n'en croyait pas ses yeux.

— Je l'ai trouvé comme ça dans la neige, sous les arbres.

Ma voix semblait raide et artificielle, même à mon oreille. Étais-je à mon tour en état de choc ?

Tout en courant vers lui, maman s'écria :

— Mon pauvre garçon.

Elle s'assit de l'autre côté du banc et se saisit d'une de ses mains pour la réchauffer tandis que je tenais toujours l'autre.

— Que faisais-tu donc dehors ?

Théo avait cessé de sangloter et il fixait le sommet du crâne de papa, comme s'il avait à nouveau du mal à comprendre où il était.

— Je ne sais pas.

Sa voix semblait faible et perplexe. Je me le rappelai soudain, petit garçon, le jour où il avait retrouvé notre mère. Son petit visage était rouge à cause du froid et parce qu'il avait couru jusqu'à la maison pour trouver papa.

— Elle est dans la neige, papa. Sans manteau. Elle ne bouge pas, avait-il crié, les mots se bousculant dans sa bouche.

J'étais en bas des marches, et je tenais Fiona, bébé, dans mes bras. Depuis que j'avais vu ma mère au-dessus de son berceau, je n'arrivais plus à la quitter des yeux. J'avais supplié papa de mettre le petit lit de Fiona dans la chambre où Cymbeline et moi dormions. Si maman revenait la chercher au milieu de la nuit, je serais là. Papa avait installé un cadenas à l'intérieur de notre porte. Chaque soir avant d'aller me coucher, je le verrouillais. Lorsque le bébé pleurait au milieu de la nuit parce qu'elle avait faim, je la sortais de son berceau pour l'amener à maman. Papa la surveillait tandis qu'elle tétait et la ramenait ensuite dans notre chambre pour la changer.

Lorsque Fiona n'avait que trois mois, mère était sortie en pleine tempête de neige et elle était morte.

Je clignais des yeux pour me débarrasser de l'image de Théo

ce matin-là, mais cela ne servit à rien. Âgé seulement de six ans à l'époque, il s'était roulé en boule par terre devant la cheminée et avait fixé les flammes d'un regard vide pendant des heures. Il avait été fragile durant des années à la suite de cela. Maintenant, après ce qu'il avait vécu à la guerre, il semblait plus fragile qu'un verre en cristal. Pourquoi s'étaient-ils engagés dans l'armée ? Pourquoi Flynn avait-il insisté pour qu'ils y aillent ? Il aurait dû savoir que son frère jumeau n'était pas aussi fort que lui. La folie de notre mère coulait dans nos veines. Et si Théo ne nous revenait jamais ?

Et où était Flynn d'ailleurs ? Il aurait dû être là. Comment avait-il pu ne pas l'entendre se réveiller et sortir de la chambre en pyjama ? Flynn était censé veiller sur lui.

— Il n'a pas de gelures, dit Jasper. Il n'a pas dû rester très longtemps dehors.

Ses mains avaient repris une température normale. Papa et Jasper se levèrent.

— Nous allons lui faire couler un bain chaud.

Jasper acquiesça et emmena un Théo presque comateux à l'étage. Dès qu'ils disparurent, maman éclata en sanglots.

— Jo, je ne comprends pas. Qu'était-il en train de faire ?

Fiona vint se mettre à genoux par terre à côté de nous, ignorant la neige fondue qui venait mouiller sa jupe. Elle plaça ses mains sur les genoux de maman.

— Ne pleure pas, maman. Jo l'a retrouvé à temps.

Maman s'essuya les yeux avec son mouchoir.

— Dieu merci. Mais toi, que faisais-tu dehors ?

— J'étais partie marcher un peu. J'avais besoin de réfléchir.

La porte s'ouvrit, laissant entrer Flynn, suivi de ma sœur et de Phillip.

— Qu'est-ce qui ne va pas ?

Le regard inquiet de Flynn passait de maman à moi.

— C'est Théo ? demanda Cymbeline.

— Oui, c'est Théo.

Je me levai d'un bond, prête à frapper, comme un serpent venimeux.

— Je l'ai trouvé en pyjama dans la neige. Il n'avait même pas de chaussures.

Tremblante de colère, je pointai un doigt accusateur vers Flynn.

— Comment se fait-il que tu n'aies rien remarqué ?

— Il était encore dans son lit quand je suis parti ce matin, répondit Flynn d'un ton inhabituellement vide. Je m'en serais rendu compte si j'avais été à la maison.

— Est-ce qu'il a déjà fait ça auparavant ?

— Il est parfois somnambule, répondit Flynn. Ce n'est pas si inhabituel que ça.

— Pas inhabituel ? dis-je. Bien sûr que si. De quoi diable parles-tu ?

— Jo, ne crie pas, s'il te plaît, dit Fiona.

— Joséphine, nous avons été à la guerre. Donne-lui un peu de temps. Il finira par s'en remettre.

— Je n'étais peut-être pas sur place avec vous, mais je vois très bien à quel point cela le hante, dis-je les dents serrées. Tout le monde peut le voir. Pour l'instant, il ne va pas bien du tout.

— Chérie, je t'en prie. Cela ne fait pas avancer les choses, dit maman.

— Je suis désolée maman, mais je ne vais pas me taire.

Je me retournai pour faire face à Flynn.

— C'est toi qui as insisté pour qu'il s'enrôle. C'est à cause de toi qu'il était là-bas au lieu de se trouver à l'université où il aurait dû être. Si ce n'était à cause de ton esprit combatif, ton ridicule besoin de tout transformer en compétition, il n'aurait jamais été là-bas.

— Je ne lui ai pas demandé de venir avec moi, dit Flynn.

J'ignorai la douleur que je lisais dans ses yeux. Je n'étais pas prête à lui pardonner. Pas cette fois. Je pointai le doigt vers lui.

— Tu sais très bien que tu n'avais pas à le faire. Il ne t'aurait jamais laissé partir sans lui. Tu le connais assez bien pour savoir comment il est. Mais tu n'as pensé qu'à toi et à ce que tu voulais. Il n'est pas comme toi. Il est sensible et pacifique, et cette guerre l'a détruit.

— Joséphine, arrête !

Fiona s'était levée et des larmes coulaient sur ses joues.

— Arrête, je t'en prie !

Le ton déchirant de sa voix me sortit soudain de ma colère. Tout le monde me fixait avec diverses expressions de choc et d'inconfort sur le visage. Cymbeline, les yeux écarquillés, s'appuyait contre la porte fermée, comme pour empêcher l'ennemi de rentrer. Phillip se tenait à côté du placard, son manteau à la main. Maman s'assit sur le banc, ses deux mains serrées sur ses genoux. Elle était devenue très pâle, ses lèvres presque bleues. Flynn avait croisé les bras sur sa poitrine tout en me fixant maintenant d'un regard de défiance. Seule Fiona semblait encore un peu flexible, encore présente dans le monde des vivants et capable de se mouvoir. Elle se rapprocha de moi et me prit la main.

— Jo, personne dans cette maison n'est responsable de la guerre et de ses dégâts. Tu le sais aussi bien que moi.

— Mais pourquoi nos frères devaient-ils y participer ? demandai-je. Pourquoi mon doux Théo a-t-il dû aller là-bas et revenir en n'étant plus que l'ombre de lui-même ? Fiona, tu n'étais qu'un bébé lorsque mère est morte. Tu ne sais pas comment elle était, comment son esprit a doucement glissé vers la folie.

— À cause de nous, dit Flynn. C'est ce que tu penses, n'est-ce pas, Joséphine ? Elle allait bien jusqu'à ce qu'elle donne naissance aux jumeaux. N'est-ce pas ce que tu as toujours pensé en secret ?

Je me tournai vers lui, à nouveau remplie de rage.

— Comment oses-tu me dire cela ? Ça ne pourrait pas être plus loin de la vérité. J'ai passé ma vie à essayer de vous protéger tous les deux. Et les filles aussi. J'étais la seule à pouvoir m'occuper de vous après la mort de mère. C'était mon rôle de vous protéger. Mais je n'ai pas pu le faire cette fois-ci. Pas quand vous avez menti sur votre âge pour aller vous battre dans une guerre qui ne nous concernait pas.

— Nous sommes anglais, répliqua Flynn, au moins autant que nous sommes américains. Nos alliés avaient besoin de nous. Pensais-tu vraiment que nous allions rester tranquilles de notre côté tandis que nos frères et sœurs risquaient de perdre leur liberté face aux Allemands ?

— Ils n'avaient certainement pas besoin de deux adolescents de plus, dis-je. Deux garçons qui auraient dû être chez eux en train de terminer l'école et de se préparer pour l'université.

— Je suis navré, mais je ne suis pas d'accord, dit Flynn. Ce que nous avons fait là-bas est la chose la plus importante que nous accomplirons jamais de notre vie.

— Pourtant, l'un de vous ne retrouvera peut-être jamais le goût à cette fameuse vie.

J'en avais assez. Encore tremblante, je bousculai Cymbeline pour ouvrir la porte et sortis en courant. Trop en colère pour avoir froid, je me dirigeai vers le chemin qui menait à la grange. Je pleurais. Je regrettais déjà de m'être ainsi emportée. Je ne m'étais pas rendu compte à quel point j'en voulais à Flynn d'avoir tant insisté pour s'engager dans l'armée avec son frère, jusqu'à ce que je voie Théo complètement confus et sans défense. Il aurait pu mourir sous cet arbre, comme notre mère.

Cette idée me remplit le cœur de terreur. Je ne pouvais pas le voir plonger dans la folie. Il fallait absolument qu'il guérisse.

Je pénétrai dans la grange. Les poules s'éparpillèrent tandis que je traversais d'un pas lourd le poulailler pour me rendre au grenier à foin. Mes doigts gantés glissaient sur les barreaux de l'échelle. Je n'en avais cure. Lorsque j'arrivai au sommet, je me glissai sur la plateforme à genoux avant de me redresser. La pièce était suffisamment haute de plafond pour que je puisse y marcher sans avoir à me pencher. Des ballots de paille y étaient entassés jusqu'au plafond. Nous utilisions toujours ceux qui étaient devant en premier, ce qui créait des étages. Je m'assis sur la première rangée de ballots. Encore essoufflée par ma colère et ma fuite, je passai les bras autour de ma taille. De toute ma vie, je n'avais jamais crié sur quelqu'un. Est-ce que mes frères et sœurs m'énervaient parfois ? Oui, bien sûr, mais rien de très sérieux. Mais là, j'avais pénétré en terre inconnue. Et je n'aimais pas ça, pas le moins du monde. En réalité, j'en étais malade.

Je sursautai en entendant la porte de la grange craquer. *S'il vous plaît, pas Flynn. Pas encore.* J'avais besoin de temps pour penser à ce que j'allais faire ensuite.

Je me levai pour jeter un coup d'œil par-dessus la rambarde. À ma grande surprise, j'aperçus Phillip. Et ce qui était encore plus étonnant, c'est que j'étais contente de le voir. Je préférais que ce soit lui plutôt qu'un membre de ma famille.

— Joséphine ? Tu es là ?

— Je suis là-haut, répondis-je en me montrant.

Il leva les yeux.

— Ah, te voilà. Puis-je me joindre à toi ?

— Je ne suis pas sûre d'être de bonne compagnie en ce moment.

— Ça m'est égal. Je suis juste venu voir comment tu allais.

Il traversa la grange pour se placer devant l'échelle. Rico se pavanait derrière lui. *Le coq ressemble à Walter.* Comment avais-je pu rater cela ?

— Monte si le cœur t'en dit. Mais fais attention, les barreaux de l'échelle sont glissants, dis-je.

Il n'avait visiblement pas besoin de mes avertissements. Il monta l'échelle sans difficulté. Arrivé en haut, il se mit d'abord à quatre pattes avant de se redresser. Comme mon père et mes frères, il était trop grand pour pouvoir se tenir complètement debout ici.

Je me rassis dans mon petit recoin.

— Tu permets que je m'asseye avec toi ?

Je fis oui de la tête, en me décalant pour lui laisser un peu de place. Lorsqu'il s'assit à côté de moi, je sentis l'odeur épicée de sa crème à raser.

— Je suis désolée que tu aies été témoin de cela, dis-je doucement. Nous nous disputons très rarement.

— Je comprends.

— Ma mère était très malade quand elle est morte.

— Oui, je comprends pourquoi cela t'inquiète tant de voir Théo ainsi. Après tout ce que tu as traversé…

— Un soir, je l'ai vu se tenir au-dessus du berceau de Fiona avec un couteau.— Cymbeline m'a parlé de ça ce matin. Je suis vraiment désolé que tu aies vécu cela.

— Cymbeline t'a parlé de ça ?

— Oui. Elle voulait m'expliquer certaines choses à ton sujet.

— Oh.

Je retournai cette idée dans ma tête pendant quelques instants. Que lui avait-elle dit d'autre sur moi ?

— Elle pense que la maladie et la mort de votre mère ont eu d'importantes répercussions sur toi. Et elle dit que tu parles très rarement de cette période. Selon elle, c'est toi qui as été le plus sévèrement touché par la mort de votre mère, et cela te rend trop prompte à faire des compromis et à accepter moins que ce que tu mérites.

— Elle a raison.

— Si jamais tu as envie de parler de ça ou de quoi que ce soit d'autre, je suis là pour t'écouter.

Phillip retira un brin de paille de mon épaule.

— Il n'y a rien que tu puisses dire qui me détournera de toi.

Je levai les yeux vers lui. Il avait dans le regard une telle douceur et une telle compréhension qu'une boule se forma dans ma gorge.

— S'il arrivait quoi que ce soit à Théo, je ne sais pas ce que je ferais. Lui et moi avons toujours eu un lien particulier, nous sommes tous les deux plutôt des intellectuels et n'avons pas une once de compétitivité en nous. Tout ce que nous voulons en général c'est la tranquillité et un bon livre. Cymbeline et Flynn sont tellement déterminés, ils ne lâchent jamais rien. On dirait quelquefois que le monde n'est pas assez grand pour eux.

— Théo était-il vraiment obligé d'y aller avec lui ?

— Ils ont beau être très différents, il ne l'aurait jamais laissé partir tout seul.

— Ça doit être quelque chose d'avoir un tel lien, dit-il.

— C'est à la fois merveilleux et terrible, dis-je en observant mes mains. Ce n'est pas vrai que je tiens les jumeaux pour responsables de la maladie de notre mère. Je n'ai jamais pensé cela.

— Mais Flynn croit que cela est vrai, et que les autres pensent de même.

Je n'avais pas pensé à cela. Flynn portait-il ce poids de culpabilité depuis toutes ces années ? Je passai le doigt sur le revers de sa veste.

— Merci d'être venu me voir jusqu'ici.

— Tu veux dire juste aujourd'hui ou de manière générale ?

Il sourit en posant brièvement sa main sur la mienne.

— Les deux, je suppose ? Oui, les deux.

❄

LORSQUE NOUS REVÎNMES à la maison, nous fûmes accueillis par un silence feutré. Après avoir retiré nos manteaux, Phillip me glissa doucement :

— Je vais vous laisser prendre le thé entre vous aujourd'hui. Comme ça tu pourras parler à ta famille.

— Merci. Pour la conversation, pour tout.

— Avec plaisir.

Il posa la main sur mon bras, puis sembla se raviser et la retira rapidement.

— Tu fais de partie notre clan maintenant, dis-je sur le ton de la plaisanterie. J'espère que tu n'auras pas à le regretter.

— Je ne vois pas comment cela serait possible.

Je le regardai se diriger vers l'escalier avant de me rendre au salon. Seul papa était là, il regardait le feu l'air pensif. Il leva les yeux lorsque je m'approchai. Il avait le visage pâle et les traits tirés.

— Papa ?

— Viens là, ma chérie.

Il me tendit la main. Je la saisis en la serrant dans la mienne pendant un moment avant de m'asseoir dans le fauteuil à côté de lui.

— Comment va-t-il ?

— Théo ou Flynn ?

Un demi-sourire fit ressortir les petites rides au coin des yeux de papa.

— J'ai entendu que tu as passé un sacré savon à ton frère.

Je baissai la tête.

— J'étais en colère, je n'aurais pas dû dire ces choses. J'en suis vraiment désolée.

— Il le sait. Tu t'excuseras et tout sera effacé.

— J'ai été vraiment méchante, papa. J'ai honte de moi.

— Au moins, cela a permis de mettre cartes sur table. Il m'a ensuite avoué qu'il se sentait terriblement coupable de ce que la guerre avait produit chez son frère.

— J'ai peur, papa. J'ai tellement pensé à mère quand je l'ai vu là dehors.

Papa se tourna vers la cheminée.

— Moi aussi j'ai peur. Il a toujours été tellement sensible. Aucun garçon de son âge ne devrait avoir à se battre, mais il est particulièrement vulnérable à ces horreurs. Ce qu'il a dû faire là-bas l'a vraiment brisé.

Jusqu'à cet instant, je n'avais pas pensé qu'il ne s'agissait pas seulement de ce qu'il avait vu, mais aussi de ce qu'il avait fait.

Théo, mon petit frère amoureux des livres et de la paix, avait dû tuer.

— Qu'est-ce qu'on fait maintenant ? demandai-je.

— On l'aime autant qu'on peut et on prie. Nous sommes les Barnes, ensemble nous traverserons toutes les épreuves qui se présentent.

Il avait dit cela, la tête légèrement penchée, son regard plongé dans le mien.

❄

Je m'arrêtai dans la chambre de mes frères avant d'aller m'habiller pour le dîner. Flynn était assis dans un fauteuil à côté de la fenêtre, et regardait Théo dormir. Il m'accueillit avec un sourire, mais son regard resta morne.

Phillip lisait à côté de la fenêtre. Lorsqu'il me vit, il s'excusa.

— J'ai quelque chose à aller chercher en bas.

— Merci, Phillip, dit Flynn.

— Aucun problème.

Il me fit un sourire en quittant la pièce.

Je m'assis à côté de Flynn.

— Je suis désolée… commençai-je.

— Non, c'est moi qui suis désolé. Tout ce que tu as dit était vrai. Je n'aurais jamais dû m'engager en sachant les conséquences que cela aurait pour lui. Je me suis montré égoïste et irréfléchi…

Sa voix se brisa.

— Et maintenant Théo est malade.

— C'est la guerre qui lui a fait ça, pas toi.

— Sans moi, il n'aurait jamais été à la guerre.

Théo se retourna dans son sommeil. Soudain il ouvrit grand les yeux et s'assit sur son lit.

— Pourquoi vous me regardez comme ça tous les deux ?

Flynn et moi nous précipitâmes tous les deux au chevet de

Théo. Je revis soudain une image des jumeaux, blottis dans le même lit alors qu'ils avaient environ trois ans. Souvent, papa les couchait chacun dans leur lit pour les retrouver le matin tous les deux dans le même.

— Qu'est-ce qui vous arrive ? interrogea Théo. Joséphine, qu'est-ce que tu fais là ?

Il jeta un coup d'œil à l'horloge posée sur la table entre leurs deux lits.

— On est le matin ou l'après-midi ?

— C'est bientôt l'heure du dîner, dis-je. Tu as dormi toute la journée.

— Jo t'a trouvé dans la neige, dit Flynn doucement. Ce matin, tu étais encore en pyjama.

Il écarquilla les yeux un moment avant de retomber sur son oreiller.

— Te rappelles-tu que je t'ai ramené à l'intérieur ? demandai-je.

— Non. Je ne me souviens de rien après m'être couché hier soir, dit Théo.

— Nous pensons que tu as fait une crise de somnambulisme, dit Flynn. Mais Jo t'a retrouvé à temps. Tu n'as pas de gelures aux pieds.

— Jo, je suis désolé, s'excusa Théo. J'ai dû te faire très peur.

Mes yeux s'emplirent de larmes

— Oui, vraiment. On était très inquiet pour tes pieds. Papa et Jasper t'ont monté jusqu'ici pour te donner un bain chaud. Tu ne te rappelles rien de tout cela ?

— Pas vraiment, non, dit-il, l'air désolé.

Mes larmes se mirent à couler. Je m'agenouillai à côté du lit et caressai doucement le bras de mon frère.

— Je veux juste que tu te sentes à nouveau en sécurité et heureux.

— Oh, ne pleure pas, dit Théo. Je vais demander à Flynn de m'enfermer dans la chambre la nuit à partir de maintenant.

— Est-ce que ça t'arrive souvent ? demandai-je.

— Flynn dit que ça arrive plus ou moins une fois par semaine, répondit Théo. Mais généralement, je ne fais qu'errer dans le couloir et je reviens ensuite dans mon lit. Je ne comprends pas pourquoi je suis sorti dehors.

Un frisson glacial me parcourut. Comment allions-nous faire pour l'aider ? Flynn ne pouvait pas le surveiller constamment. Et si un incendie éclatait et qu'ils étaient enfermés dans la chambre ?

— Jo, quel que soit ce qui t'inquiète, ce n'est pas nécessaire, dit Théo. Rien ne peut m'arriver tant que celui-ci me surveille avec son œil de faucon.

Je m'essuyai les yeux et tentai de me reprendre. Théo n'avait pas besoin que je rajoute mon angoisse à son stress en ce moment.

— Comment fais-tu pour le ramener dans la chambre ? demandai-je à Flynn.

— Les quelques fois où je me suis réveillé et que j'ai vu qu'il n'était pas là, je suis sorti dans le couloir et il était en train de revenir dans la chambre. Il avait les yeux ouverts, mais c'était évident qu'il dormait.

— Je pense que nous devrions en parler au Dr Neal, dis-je.

— Non, ce n'est pas la peine, dit Théo. Ça va passer.

Il posa tendrement la main sur ma tête.

— Parlons donc d'autre chose. Et Phillip alors ?

— Quoi, Phillip ?

— Eh bien, est-ce que tu l'aimes bien ? demanda Théo.

Flynn se mit à rire et pendant un instant nous étions comme avant la guerre, jeunes et insouciants.

— Arrête donc de me taquiner, dis-je. De toute façon, ça ne te regarde pas.

— Évidemment qu'elle l'aime bien, dit Théo d'un air triomphant. Cet homme a vraiment de la chance.

11

PHILLIP

Le jour suivant, Joséphine me demanda si j'aimerais l'accompagner pour apporter des livres aux personnes qui habitaient en dehors de la ville et qui ne pouvaient pas venir jusqu'à la bibliothèque. Je fus heureux d'accepter. En chemin, Joséphine m'expliqua la manière dont elle avait postulé pour obtenir cette bourse et avait elle-même rajouté l'argent nécessaire pour pouvoir construire le bâtiment, et acheter des centaines de livres.

— Carnegie implante des bibliothèques dans toute l'Amérique. C'est vraiment formidable.

Tandis qu'elle sortait un livre de l'étagère, elle se tourna vers moi.

— Les clients me disent ce qu'ils aiment lire, et je choisis quelque chose qui leur correspond. Chaque personne reçoit un livre par semaine. Je récupère le livre que je leur ai donné la semaine précédente quand je leur amène le nouveau.

— Beaucoup de ces livres viennent de la bibliothèque personnelle de mon père, dit-elle. Il en avait beaucoup à donner. Si tu regardes à l'intérieur, tu verras qu'il y a son nom et la date d'achat marqués dessus.

— C'est très généreux de sa part, dis-je.

— Il voulait que tous les habitants de la ville aient accès à l'éducation et aux livres. Lorsque maman est arrivée, elle donnait des cours du soir aux adultes. Tous ceux qui voulaient apprendre à lire en avaient l'occasion.

— Est-ce que ces cours du soir continuent ?

— Oui. Maman enseigne encore à tous ceux qui veulent apprendre, mais il n'y a plus beaucoup de demandes ces derniers temps. Le plus souvent, elle les fait venir à la maison et leur fait cours dans notre salon. Notre population n'a pas beaucoup augmenté ces dernières années, alors il y a moins de besoins.

— Pourquoi cela ?

— Je ne sais pas. La vie dans les montagnes, ce n'est pas pour tout le monde. Et puis, il y a plus d'opportunités dans des grandes villes comme Denver.

— T'arrive-t-il de songer à quitter Emerson Pass ?

— Pas si cela dépend de moi, répondit-elle. Toute ma vie est ici, ainsi que les personnes que j'aime.

Elle posa un dernier livre sur sa pile.

— C'est bon, j'ai tout ce qu'il me faut. On y va ?

Je tenais dans les mains un exemplaire de *Howards End.*

— J'ai toujours voulu lire ce livre.

— Excellent choix.

Elle prit la moitié du tas de livres sur le bureau et le déposa dans une boîte en bois sommaire. *Je lui en fabriquerais une plus jolie*, pensais-je. Peut-être avec du bois de cèdre, pour que l'odeur imprègne les pages des livres.

Je mis la deuxième moitié du tas de livres dans la boîte et insistai pour la porter jusqu'au traîneau. Les chevaux et le traîneau étaient garés derrière le bâtiment, sous un auvent en bois. Nous avions couvert les chevaux de lourdes couvertures. Malgré cela, elle disait qu'il était impératif que nous nous dépêchions avant que les chevaux n'aient trop froid.

Oz et Willie levèrent le nez à notre approche. Je déposai la boîte à l'arrière et rejoignis Joséphine. Quelques secondes plus tard, nous glissions silencieusement sur la neige. Si j'avais été un homme mesquin, j'aurais pu me sentir intimidé par les compétences de cette femme assise à mes côtés. Au lieu de cela, son indépendance et ses innombrables capacités me remplissaient de fierté. Elle dirigeait une bibliothèque et apportait elle-même des livres aux habitants des fermes alentours. Quelle femme !

Elle avait l'air ravissante dans son chapeau en fourrure et son manteau de laine. Elle portait de jolis gants en cuir. Bien qu'elle conduise avec le dos parfaitement droit, elle semblait tout de même minuscule. Trop frêle pour diriger ces chevaux. Cependant, les créatures lui obéissaient sans le moindre souci.

Elle se tourna vers moi.

— Ai-je quelque chose sur la figure ? Tu n'arrêtes pas de me regarder.

Confus, je tournai les yeux vers l'arrière-train des chevaux.

— Je suis désolé. Je n'arrive pas à m'empêcher de t'admirer.

Ses lèvres frémirent, formant un léger sourire, mais elle ne dit rien. Les clochettes attachées au cou des chevaux tintaient joyeusement tandis que nous accélérions. La neige étincelait au soleil.

— Allons d'abord chez les Cassidy.

Nous arrivâmes bientôt devant une ferme toute blanche, affublée d'une grange rouge. Un filet de fumée s'élevait de la cheminée en brique dans le ciel bleu.

— Les Cassidy élèvent du bétail, mais les temps sont durs pour eux depuis la mort de M. Cassidy l'année dernière. Mme Cassidy souffre de terribles maux de tête. J'étais à l'école dans le temps avec les filles, Nora, Shannon et Alma. Elles sont toutes plus jeunes que moi, plutôt de l'âge des jumeaux et de Cymbeline. Alma est partie étudier pour devenir infirmière. Quand elle reviendra, elle pourra travailler avec le Dr Neal. Shannon et Nora ont toutes les deux quitté l'école pour prendre soin de leur mère et aider à la ferme. C'est tout de même dommage, elles sont coincées là, sans pouvoir profiter des avantages de la ville. C'est étrange de repenser à ce temps où nous étions tous jeunes et insouciants.

Elle fit ralentir les chevaux à l'approche de la maison.

— Théo avait l'air d'aller mieux ce matin, dis-je.

— Oui, comme s'il ne s'était rien passé. Je ne sais quoi penser, si ce n'est que nous devons garder un œil sur lui. Heureusement que nous sommes nombreux nous les Barnes.

Nous nous arrêtâmes. Elle pencha la tête en avant.

— Je suis désolée de reparler de tout ça par une si belle journée. Nous devrions plutôt profiter du soleil.

— Ne sois pas désolée, tu peux me parler de tout ce que tu veux. J'ai acquis une bonne capacité d'écoute à l'orphelinat.

Elle tendit le bras pour poser sa main sur les miennes.

— Merci, Phillip Baker.

Elle retira brusquement sa main avant de continuer :

— Veux-tu m'accompagner à l'intérieur ?

— Avec plaisir. Ne bouge pas, je vais t'aider à descendre.

Je sautai du traîneau et fis le tour en courant pour lui prendre la main. Lorsqu'elle fut descendue, elle alla fouiller dans la boîte et en sortit trois livres : *Anne quitte son île, Summer,* et *O Pionniers !* Des trois, je n'avais lu que le roman de Willa Cather, que Joséphine avait envoyé à Walter.

Un passage avait été déneigé entre la grange et l'arrière de la maison. Nous n'eûmes pas à frapper à la porte. La porte s'ouvrit à la volée révélant une jeune femme à la peau pâle comme le lait, un fouillis de boucles noires sur la tête.

— Joséphine, je suis tellement contente de te voir. Ça fait déjà deux jours que j'ai terminé les trois livres que tu nous avais amenés la semaine dernière.

Ses grands yeux verts se posèrent ensuite sur moi.

— Shannon, voici Phillip Baker, dit Joséphine. Il reste avec nous pour l'hiver.

L'hiver ? Je pensais que ce n'était que pour les fêtes. Je mis cette information de côté pour y réfléchir plus tard.

— Rentrez donc. Maman est couchée en haut, avec ses maux de tête, mais elle sera heureuse d'avoir de nouveaux livres quand elle se sentira mieux.

Nous entrâmes dans la cuisine. Un large évier blanc ainsi qu'une cuisinière occupaient la plus grande partie de l'espace. Joséphine déposa les livres sur une table usée munie de pieds trop fins, dont l'un était fendu et donnait l'impression qu'il allait lâcher à tout moment. Elles avaient besoin d'une table plus solide ici. Une table avec un large plateau et des pieds plus résistants. L'essentiel du quotidien de la maison se passait ici : la cuisine, la lessive, la mise en bocaux.

Une autre fille de l'âge de Cymbeline apparut ensuite. Elle avait les cheveux clairs, le visage parsemé de taches de rousseur, mais les mêmes grands yeux que sa sœur.

— Bonjour, Joséphine.

On me la présenta comme étant Nora.

— Heureux de faire votre connaissance, dis-je.

— Moi de même, répondit Nora. En dehors de Joséphine, nous avons rarement des visiteurs.

— Nous venons tout juste de finir la vaisselle, dit Shannon. Autrement, vous seriez arrivés dans le bazar.

Nora tendit à Joséphine un exemplaire d'*Une petite princesse* et lui prit des mains *Anne quitte son île* en tournant sur elle-même d'excitation.

— J'ai vraiment hâte de lire celui-ci. *La petite princesse* était tellement triste, mais j'ai adoré.

— Moi aussi, répondit Joséphine.

Shannon dut remarquer que mon regard restait fixé sur la table.

— Ce vieux machin est sur le point de tomber en ruine.

Nora ajouta :

— L'autre jour, sans le faire exprès, j'ai tapé le pied de la table en me levant. Ce que je peux être maladroite parfois !

Shannon passa les bras autour des épaules de sa sœur en affirmant :

— Ce n'était pas ta faute. C'est une vieille table, maman l'a trouvée près du moulin abandonné lorsqu'ils sont arrivés ici avec papa.

— Je pourrais vous en fabriquer une nouvelle, dis-je, à ma propre surprise. Je choisirais un bois solide. Je suis ébéniste.

J'aurais dû prononcer ces phrases dans un autre ordre, en commençant par mes qualifications.

— Est-ce que cela coûterait cher ? demanda Nora, le front plissé.

— Je pourrais vous la faire pour le prix du bois, dis-je. La famille Barnes s'est montrée tellement bonne envers moi, c'est le moins que je puisse faire.

Joséphine me sourit et j'eus l'impression d'avoir décroché la lune.

— Papa a pas mal de bouts de bois qui traînent, je suis sûre que nous pouvons trouver ce qu'il faut gratuitement.

— Maman parle sans cesse d'en acheter une nouvelle, dit Shannon. Peut-être que nous pourrions lui faire la surprise pour Noël ? Est-ce que vous pourriez la fabriquer d'ici là ? dit-elle en se tournant vers moi.

Joséphine me fixait du regard. Elle hochait la tête avec un sourire encourageant.

— Phillip ?

Nous étions à environ trois semaines de Noël. Cela serait juste, mais je pourrais y arriver en travaillant régulièrement.

— Oui, je peux le faire.

— Allez-vous ouvrir un magasin de meubles en ville ? demanda Nora.

— J'aimerais bien, répondis-je. Mais il me faudrait d'abord des clients.

— Si tu nous fais cette table, nous en parlerons à tout le monde, et peut-être que tu auras de nouvelles commandes, dit Shannon. Ici, à Emerson Pass, nous préférons acheter local. Personne ne veut aller donner son argent durement gagné aux gens de la grande ville.

Lord Barnes m'avait dit qu'il m'avancerait l'argent du bois si je le remboursais. Si j'arrivais à mettre ma fierté de côté et à accepter son aide, je pourrais peut-être lancer ma propre affaire. Tout le monde a besoin de tables, de chaises, de placards de cuisine ou de commodes. Personne ici ne savait en fabriquer. Pour le moment, ils devaient tout amener par train. En les fabriquant sur place, je pourrais réduire les coûts.

Un plan pour ma vie ? Une manière d'assurer ma valeur aux yeux de Joséphine Barnes ? Pour cela, je ferais n'importe quoi. Même accepter un prêt de son père.

❄

Ce soir-là, notre dîner se composait d'un rôti de bœuf, recouvert d'une sauce à l'ail et au beurre, accompagné de délicieux petits pains et de carottes et pommes de terre sautées. Je n'avais jamais aussi bien mangé de ma vie. La famille Barnes, plus joyeuse aujourd'hui que la veille, plaisanta tout au long du dîner. Toutes les tensions entre Jo et Flynn semblaient s'être dissipées. À part Quinn, qui jetait des regards inquiets de mère à Théo, tout le monde semblait profiter de ce moment.

— Fiona, dis donc aux autres ce que Viktor a fait aujourd'hui à l'étang, dit Cymbeline.

— Il a eu l'audace de demander à Cym de patiner avec lui, dit Fiona. N'est-ce pas terrible ?

— Il est hors de question que je patine avec mon ennemi juré.

Cymbeline étala du beurre sur son pain de manière rageuse.

— Partout où je vais, il est là. Il le fait exprès pour me contrarier.

— Il ne cherche pas à te contrarier, répliqua Fiona. Sa simple présence te contrarie.

— Qu'as-tu répondu quand il t'a demandé ça ? demanda Jo.

— Je lui ai dit que je ne patine pas avec les garçons, si ce n'est pour faire la course avec eux, répondit Cymbeline.

— C'est à ce moment-là qu'elle l'a défié à la course, dit Fiona. Elle a ordonné à tous les autres de sortir de la glace.

— Cymbeline, s'exclama Quinn. Tu n'as pas fait ça ?

— Personne ne m'a écouté, dit Cymbeline. Et Viktor a refusé de faire la course avec moi. Il avait probablement trop peur que je le batte.

— Tu l'as vexé, dit Fiona. Et je pense qu'il était aussi gêné. N'importe quelle autre fille aurait été ravie de patiner avec lui.

— Il n'avait pas l'air gêné puisqu'il a patiné avec toutes les filles qui étaient là tout au long de la journée, grimaça Cymbeline. De toute façon, je m'en fiche.

— J'ai l'impression que cette rivalité est à sens unique, intervint Flynn. Viktor à un faible pour notre Cymbie.

— Ne dis pas des choses comme ça, protesta Cymbeline. Tu veux me rendre malade ou quoi ?

— Flynn, il a trois ans de plus que Cym, dit Quinn. Il est trop vieux pour être épris d'elle.

— Toi, tu es beaucoup plus jeune que papa, dit Fiona d'un air innocent.

Lord Barnes éclata de rire.

— C'est différent, maman était déjà adulte quand je l'ai rencontrée.

— Exactement, ajouta Quinn. Je n'avais pas seize ans comme Cymbeline.

— Tu n'as aucune inquiétude à te faire, maman, dit Cymbeline. Jamais tu ne me verras avec lui.

— Franchement, il y a pire que lui, dit Joséphine. C'est un jeune homme plutôt extraordinaire.

— Je suis d'accord, acquiesça Quinn, avant de me jeter un coup d'œil. Il a été l'un de mes premiers élèves, en même temps que tous les autres enfants dans cette pièce.

— Ils ont tous grandi si vite. Tellement vite.

Lord Barnes prit une gorgée de son vin.

— Papa, je suis encore petite moi, dit Fiona. Même si je ne suis plus la petite dernière.

Elle se tourna vers moi pour m'expliquer :

— Avant l'arrivée des petites, c'était moi la plus jeune.

— Une petite pourrie gâtée, murmura Cymbeline.

Fiona hocha la tête avec sérieux.

— Ce n'est pas faux.

— Mais tu étais tellement douce, ajouta Théo. Un peu comme Addie. Alors que notre Delphia ressemble plus à Cymbeline.

— Pourquoi est-ce que tu compares la plus coquine des deux avec moi ? demanda Cymbeline.

— Comme si tu ne le savais pas, rétorqua Flynn.

— Je me rappelle la première fois que je vous ai tous vus, raconta Quinn. Phillip, lorsque je suis venu ici depuis la gare, je suis tombée de traîneau et me suis cogné la tête.

— Elle a été assommée, ajouta Lord Barnes. Harley l'a ramenée ici et nous l'avons allongée sur le canapé.

— Lorsque je suis revenue à moi, cinq petites paires d'yeux me dévisageaient, expliqua Quinn. Je pensais être arrivée au paradis avec ses anges.

— Elle ne se doutait pas à quel point nous n'étions pas des anges, souffla Flynn.

— Je m'en suis bien vite rendu compte, répliqua Quinn en levant un sourcil.

— Phillip a reçu sa première commande de meuble aujourd'-

hui, dit Joséphine. Il va fabriquer une table pour les Cassidy. Papa, il aura besoin de ton aide pour le bois.

— Demain, nous irons à la scierie chercher ce qu'il nous faut, répondit Lord Barnes.

J'eus soudain chaud. J'avais prévu de demander à Lord Barnes si son offre tenait toujours lorsque nous serions seuls. Penserait-il que je prenais son aide pour acquise ?

— Elles ont vraiment besoin d'une nouvelle table, ajouta Joséphine. Celle qu'elles ont est sur le point de s'effondrer.

— Comment vont-elles ? demanda Quinn. Je m'inquiète au sujet de Moira.

— Elle souffrait encore de maux de tête aujourd'hui, dit Joséphine. Shannon m'a demandé de tes nouvelles, Flynn.

— C'est gentil ? demanda Flynn en coupant un morceau de viande.

— Pourquoi est-ce une question ? demanda Joséphine.

Je jetai un coup d'œil à Flynn. Il regardait sa sœur avec un sourire impertinent sur le visage.

— Suis-je censé être excité par le fait que la gentille petite Shannon demande de mes nouvelles ?

— Elle n'est plus petite, dit Cymbeline.

— Et elle est très, très jolie, ajouta Fiona. Tout le monde le dit.

— Tu le saurais s'il t'arrivait de venir à l'église, dit Quinn.

— La dernière fois que je l'ai vue, elle portait encore des couettes, dit Flynn.

— Elle n'a qu'un an de moins que toi, soupira Cymbeline. Je veux dire, ton vrai âge. Pas celui que tu as donné à l'armée.

— En plus, elle est adorable, dit Fiona. C'est le plus important.

Les sœurs étaient toutes tellement différentes : Joséphine, réservée et cérébrale ; Cymbeline, coriace et fougueuse ; Fiona, tendre et pleine de compassion. Lord Barnes avait de la chance d'avoir de telles filles.

— Lorsque tu étais parti, Shannon nous demandait toutes les semaines si nous avions de tes nouvelles, dit Cymbeline. Elle était sincèrement inquiète pour toi.

— Elle disait qu'elle priait tous les soirs pour toi.

Fiona se tourna vers Lord Barnes.

— Je suis tellement triste pour elles. Elles adoraient leur père, tout comme moi le mien.

— Je t'adore aussi, ma chérie, répondit Lord Barnes.

— Elles voulaient venir au festival, dit Joséphine. Mais Moira ne se sentait pas bien, et elles ne voulaient pas la laisser seule. C'est aussi pour cette raison qu'on ne les voit plus à l'église ces derniers mois. Ces pauvres filles se privent de beaucoup de choses.

— Tu m'as dit que je la verrais si j'allais à l'église, dit Flynn à Quinn d'un faux air de reproche.

Quinn lui sourit.

— Ne sois pas méchant.

Flynn se tourna vers Joséphine et reprit un air sérieux.

— Quoi qu'il en soit, n'encourage pas Shannon à mon sujet. Je n'ai aucune intention de me ranger et de plus, je ne veux pas du fardeau que représente leur ferme.

— Toute jeune fille qui prie pour mon fils est bonne à mes yeux, dit Quinn.

— Le village tout entier priait, dit Joséphine. Pour vous et pour Isak aussi, bien sûr.

— Il ne s'est pas passé un dimanche sans que le pasteur Lind ne parle de vous dans la prière collective, ajouta Cymbeline.

— Vos prières ont dû être efficaces, puisque nous sommes là, répondit Flynn avec plus d'assurance qu'il n'en ressentait probablement. Les traces laissées par le combat étaient là, qu'on les voie ou non.

— Il y a tant de jeunes hommes qui ne sont pas rentrés chez eux, et ce à travers toute l'Amérique, dit Théo. La question est, comment faire pour continuer à avancer en sachant que tant d'entre eux n'ont pas eu notre chance ? Ils sont restés là-bas, enterrés dans des tombes sans nom.

Soudain, le silence se fit autour de la table. Le poids de ce que nous savions tous trop bien s'abattait sur nos épaules. La vie ne serait plus jamais la même pour notre génération. Nous portions le souvenir de nos frères tombés au combat, comme une ancre attachée à nos cous.

— Nous pourrions installer Phillip dans l'abri de jardin, n'est-ce pas, papa ? demanda Joséphine en brisant le silence. On ne s'en sert pas beaucoup en hiver.

— Absolument, c'est une excellente idée, acquiesça Lord Barnes. Au printemps, lorsque nous ne serons plus sous la neige, nous pourrons chercher un endroit en ville pour t'installer. Mais en attendant, l'abri de jardin fera l'affaire. Comme je l'ai dit, nous irons à la scierie demain matin. Je te présenterai Roy Webber. C'est un bon gars. Nous négocierons les prix pour son meilleur bois.

— C'est gentil, je vous remercie pour votre aide, monsieur, dis-je.

— Fais juste attention de rester sur le qui-vive, dit Flynn. Webber est un bon négociateur. Lorsque nous lui avons acheté le bois pour notre chalet, il n'a pas bougé d'un iota sur ses prix. J'ai pourtant déployé tout mon charme, j'ai même fait appel à son sens du patriotisme en mentionnant nos états de service à la guerre, mais rien n'y a fait.

— Il a une scierie à diriger, du personnel à payer, dit Lord Barnes. Tu ne peux pas t'attendre à ce qu'il te fasse un prix simplement à cause de qui tu es ou de ce que tu as fait.

— Tu as raison, papa, dit Flynn. Mais il faut toujours essayer d'obtenir le meilleur prix. C'est toi qui m'as appris cela.

— Tout à fait, répondit Lord Barnes dans un sourire. Tu seras bientôt un meilleur homme d'affaires que ton vieux papa.

— Ce n'est pas pour des raisons commerciales que Flynn

voulait obtenir le meilleur prix, intervint Théo. C'est seulement parce qu'il adore gagner.

— L'esprit de compétition c'est typiquement américain, protesta Flynn. Et de toute façon, quelles que soient mes motivations, gagner est toujours bon pour les affaires.

— Tout le monde aime gagner, non ? demanda Cymbeline. Quel intérêt de perdre ?

— Peu m'importe à moi de perdre ou de gagner, dit Fiona. Je veux seulement être aimée.

— Alors, tu as gagné, dit Flynn. Parce que nous t'aimons tous.

Cymbeline leva les yeux au ciel.

— À choisir, moi je préfère être utile, dit Joséphine.

— Je suppose que moi aussi, ajouta Quinn. Mais je préfère voir cela comme l'amour en action. Nous démontrons notre amour en servant les autres.

— Et toi Phillip, demanda Cymbeline. Que choisirais-tu ?

Je levai les yeux vers elle, puis je regardai successivement tous les visages autour de la table. Ils me fixaient avec tant de bonté que cela me poussa à répondre du plus profond de mon cœur :

— Moi, j'aimerais avoir le sentiment d'appartenir à quelque chose, à quelqu'un. Faire partie d'une famille.

Ma voix s'érailla, et je m'arrêtai là avant de dire quelque chose de gênant.

— Ce dont tu parles, c'est la communauté et la famille, dit Lord Barnes. Des liens indéfectibles. C'est ce qu'il y a de plus beau dans cette vie. J'ai passé la mienne à construire ce village et cette famille, et à la fin, je sais que je n'aurais aucun regret. Je suis bien d'accord avec toi, Phillip.

Je rougis de plaisir. Même si nous n'aurions pas pu naître dans des circonstances plus différentes, Lord Barnes et moi nous ressemblions. Nous savions ce qui était vraiment important. Lui le possédait déjà, quant à moi, je le voulais de tout mon cœur.

— Théo, tu n'as pas répondu, dit Fiona. Que choisirais-tu ?

Il posa sa fourchette et répondit :

— La paix. Pour moi et pour le monde.

— Mon cher garçon, dit Quinn, que Dieu t'entende.

❄

LE LENDEMAIN MATIN, Lord Barnes et moi prîmes le plus grand des deux traîneaux pour sortir. Durant la nuit, la météo avait changé et le ciel était maintenant blanc. Tandis qu'Oz et Willie nous conduisaient vers la scierie, de gros flocons tombaient sur nous.

Pendant le trajet, Lord Barnes me posa des questions sur ma formation. Je lui décrivis mon parcours du mieux que je pus.

— Pour vous dire la vérité, monsieur, ce fut assez miraculeux. Après avoir quitté l'orphelinat, je n'avais aucune idée de ce que j'allais faire. La guerre n'était pas encore déclarée et je n'avais aucune compétence, si ce n'est un parcours scolaire correct grâce aux nonnes. J'aurais aimé aller à l'université, mais ce n'était pas une option pour moi. Un jour, j'errais dans les rues, lorsque, pour échapper à la pluie, je me suis réfugié dans un atelier d'ébénisterie. Il s'y trouvait de beaux meubles, fabriqués en bois de cerisier ou de noyer.

Je lui expliquai ensuite que M. Jenkins m'avait offert un emploi.

— Au début, je passais le balai et je l'aidais du mieux que je pouvais. Je l'observais travailler et petit à petit, j'ai commencé à pouvoir imaginer ce que le bois pouvait devenir. C'était comme si je fabriquais des meubles dans ma tête, avant même de le faire de mes mains. Une femme était venue la veille, alors que M. Jenkins était sorti déjeuner. Elle voulait une armoire comme celle de son enfance, passée en Suède. 'C'est en souvenir de ma mère', m'avait-elle précisé. J'ai griffonné un dessin sur un bout de papier et le lui ai montré. Elle m'a demandé si je pouvais la lui fabriquer. Bien entendu, j'en étais incapable, mais Jenkins était revenu. Il a jeté un coup d'œil au dessin et lui a affirmé qu'il pouvait aisément lui fabriquer ce meuble. Après le départ de cette femme, il m'a demandé si je voulais devenir son apprenti. Il avait remarqué que j'étais doué pour dessiner ce que voulaient les clients, et si je pouvais faire cela, je pouvais aussi fabriquer les pièces. J'ai été son apprenti pendant deux ans au cours desquelles j'ai beaucoup appris. Lorsque la guerre a été déclarée, je savais qu'il fallait que j'y aille. Il m'a donné sa bénédiction et m'a demandé de revenir chez lui ensuite.

— Pourquoi ne l'as-tu pas fait ?

— Je l'ai fait. Il était mort de la grippe.

Ma gorge se serra en repensant à ce moment.

— Son échoppe était fermée et lorsque j'ai posé la question aux voisins, j'ai appris qu'il était mort au cours de la première vague de grippe.

— Quelle tristesse ! J'imagine que c'était une sorte de figure paternelle pour toi.

— Oui, absolument. Toute ma vie j'ai été à la merci des bonnes âmes qui ont bien voulu de moi. D'abord les nonnes, puis M. Jenkins et maintenant vous.

— Je crois réellement que chacun attire à lui ce qu'il donne au monde. Ce n'est pas par hasard que tu es arrivé chez nous.

— Je suis venu pour Joséphine, dis-je. J'espère que vous savez que je ne suis pas venu pour demander la charité.

Lord Barnes émit un petit rire.

— Vous céder ma fille est bien plus compliqué pour moi que de vous prêter de l'argent.

Je rougis.

— Je ne voulais pas comparer ces deux choses. La valeur de Joséphine dépasse de beaucoup toute possession matérielle. Je donnerais tout pour gagner son amour.

— Pour cela, je ne peux rien. Elle fait ses propres choix et je lui donnerai la permission d'épouser qui elle veut. Mais d'après ce que j'ai vu de ton caractère jusqu'à présent, j'espère qu'elle t'aimera en retour.

— Comment le savez-vous, monsieur ? Je veux dire, en ce qui concerne mon caractère ?

— Tu as traversé la moitié du pays et tu as tout risqué à cause de lettres écrites par une fille que tu ne connaissais pas. Ma femme est venue ici après que je lui ai écrit une lettre concernant ma vision de notre première école. J'imaginais qu'elle était une vieille bonne femme, qui pourrait s'adapter à la vie difficile que nous menons ici. Lorsqu'elle est arrivée, à peine plus âgée que Joséphine aujourd'hui, je n'en croyais pas mes yeux. C'était la plus belle femme que j'aie jamais vu, et avec un caractère bien trempé par-dessus le marché. Cela lui a demandé un tel courage de quitter sa mère et sa sœur restées à Boston et de venir ici. J'étais impressionné. Elle a dit que c'était ma lettre qui l'avait convaincue de venir. La manière dont j'avais décrit la ville et les enfants qui avaient besoin d'une éducation l'avait touchée. Nos histoires ont des points communs, tu ne trouves pas ?

— Je suppose que oui.

Je souris intérieurement, touché par la confiance qu'il me manifestait.

— Seulement, Quinn et vous ne vous attendiez pas à cette histoire. Moi, je connaissais déjà Joséphine à travers ses lettres. Le risque n'était pas si grand. En dehors de celui que mon âme soit brisée si elle ne me choisit pas.

J'avais dit ces derniers mots sur le ton de la plaisanterie, même si cela était parfaitement vrai.

Nous étions arrivés devant la scierie. Lord Barnes mena les chevaux jusqu'à l'étable et salua le garçon qui s'occupait d'eux tandis que les autres hommes travaillaient. Dans cet environnement rural, peu de personnes possédaient une voiture à moteur, pensais-je. La plupart des hommes allaient au travail à cheval.

Un nuage de fumée s'échappait de la scierie. Une sorte de tapis roulant avançait doucement, transportant des troncs d'arbre vers une scie circulaire. Tandis que nous nous dirigions vers le bureau, le bruit des planches en train d'être découpées remplissait la cour.

Lord Barnes et moi pénétrâmes dans le bureau qui sentait la sciure de bois. Un homme corpulent avec une barbe blanche touffue et des sourcils assortis leva les yeux vers nous. Il se leva de sa chaise.

— Barnes, quel bon vent vous amène ?

— Roy, je te présente mon ami Phillip Baker. Il aurait besoin de bois pour fabriquer des meubles.

Roy s'avança pour me serrer la main.

— Enchanté de te rencontrer, jeune homme.

— Moi de même.

— Il a besoin de planches pour fabriquer une table, expliqua Lord Barnes.

— Une table artisanale, dis-je. Simple, mais pratique, peut-être avec des tiroirs.

— Qu'as-tu à lui proposer ? demanda Lord Barnes.

— On a surtout du pin, du sapin ou du cèdre. J'ai des planches toutes prêtes si vous le souhaitez.

— Du cèdre fera l'affaire pour une table, dis-je.

— On vous suit, dit Lord Barnes à Webber.

12

JOSÉPHINE

Pendant les deux jours qui suivirent, je ne vis Phillip qu'au dîner. Il passait le plus clair de son temps dans l'abri de jardin, à travailler sur la table des Cassidy. Il quittait la maison avant même que je sois sortie de ma chambre le matin. Pendant la journée, je travaillais à la bibliothèque et ne rentrais qu'après l'heure du thé. Après le dîner, lui et moi nous installions dans le salon avec le reste de la famille. J'avais tellement envie d'être seule avec lui pour lui poser mille questions. Au lieu de cela, nous étions constamment entourés de mes sœurs, de mes frères qui nous surveillaient, sans parler de papa, qui semblait avoir des yeux derrière la tête.

Le soir, afin de ne pas le fixer constamment, je m'occupais en lui tricotant une paire de mitaines. Comme il travaillait dans le froid, il avait besoin de gants, mais il avait mentionné que cela le gênait dans son travail. Je les avais terminées la nuit dernière et voulais les lui donner aujourd'hui. Pourtant j'hésitai, trop timide pour me rendre dans son espace de travail sans y être invitée. Fiona et Cymbeline étaient à l'école. Les garçons travaillaient avec les charpentiers à la construction du chalet et papa était à son bureau. Maman s'occupait des petites dans leur chambre.

J'aurais aimé que mes sœurs soient là pour pouvoir leur demander de m'accompagner. Notre famille était plutôt moderne, mais tout de même, je n'étais pas certaine que papa serait content de me savoir seule avec Phillip dans un petit espace.

Je passai au moins quinze minutes à tourner en rond dans le salon. Enfin, je décidai d'amener à Phillip du thé chaud et j'en profiterai pour lui donner les gants. Je me sentais ridicule de faire tant d'histoires pour si peu.

Je descendis à la cuisine pour demander à Lizzie si elle pouvait me préparer du thé. Mme Wu et elle travaillaient ensemble dans leur habituelle harmonie. Mme Wu était en train d'éplucher des pommes de terre tandis que Lizzie se tenait au-dessus d'une casserole fumante contenant un bouillon qui sentait le céleri et l'ail.

— Bonjour, lançai-je.

— Bonjour, Miss Joséphine, me répondit Mme Wu.

Lorsqu'elle était arrivée chez nous, Mme Wu ne parlait pas un mot d'anglais, mais au fil des années, elle avait fait d'énormes progrès. Lizzie et elle étaient d'apparence diamétralement opposée : Lizzie était robuste, la peau rose et les traits arrondis alors que Mme Wu était toute menue, avec des cheveux blancs et la peau très mate. Elles étaient pourtant les meilleures amies du monde. Après tout ce temps, elles se déplaçaient dans la cuisine comme si leurs mouvements étaient chorégraphiés.

Mme Wu et sa petite-fille, Fai, vivaient en bas, dans les chambres réservées au personnel, à côté de la cuisine. Lorsque Li reviendrait à la maison, s'il revenait un jour, son avenir serait incertain. Ses origines chinoises l'empêcheraient sûrement d'être embauché pour jouer dans un orchestre. Papa avait poussé l'école de musique à l'accepter en leur proposant une généreuse donation. Mais son argent ne pouvait guère faire plus pour Li Wu. La dernière fois qu'il nous avait rendu visite, Li m'avait confié qu'il savait que cette parenthèse de l'école était temporaire, mais qu'il profitait de chaque instant.

— Vous avez faim ? me demanda Mme Wu.

— Non, merci. Je me demandais si vous pouviez faire du thé pour Phillip.

Lizzie remua les lèvres.

— Vous craignez qu'il ait froid dans son abri ?

— Je n'avais pas vraiment pensé à cela, mais en effet, il se pourrait qu'il ait froid.

J'évitai tout contact visuel et pris une pomme verte dans le bol de fruits.

— Vous cherchez donc une excuse pour aller le voir ? demanda Lizzie en dégageant une mèche grisonnante de son visage.

Elle avait dans les quarante-cinq ans, et bien que son visage ne comporte aucune ride, quelques mèches grises étaient récemment apparues dans ses boucles brunes. Jasper et elle s'étaient mariés alors qu'elle avait déjà dépassé la trentaine. Leur fille, Florence, était née environ dix mois plus tard. Un autre enfant était arrivé à peu près en même temps que Delphia, mais il était mort à la naissance. Cela avait été très dur pour Lizzie, ainsi que pour Jasper. Son stoïcisme tout britannique ne lui permettait pas de manifester son chagrin extérieurement, mais je le voyais bien dans ses yeux lorsqu'il pensait que personne ne le regardait. Lizzie n'avait pas été elle-même dans l'année qui avait suivi. Très souvent, maman ou moi l'avions retrouvée en pleurs. Cependant, après un certain temps, elle avait réussi à se reprendre, comme savent le faire les femmes.

Je détachai mes yeux de la pomme pour la regarder.

— Pourquoi dis-tu cela ?

— Je ne suis pas née de la dernière pluie, affirma Lizzie.

— Cymbeline dit qu'il vous regarde sans cesse, dit Mme Wu. Avec des yeux énamourés, comme cela.

Elle écarquilla les yeux.

Je me mis à rire.

— Pourquoi donc vous a-t-elle parlé de lui ?

— Ce n'est pas à nous qu'elle parlait, dit Lizzie. Nous l'avons entendu discuter avec Fiona et Fai. Ces trois-là passent leur temps à cancaner.

Elles n'étaient pas les seules.

Je sortis les mitaines de la poche de ma robe.

— Je lui ai tricoté ça.

Lizzie et Mme Wu échangèrent un regard amusé.

— Elles vont lui plaire, dit Mme Wu. Mais il sera surtout content que vous les lui apportiez.

— Je ne sais pas bien ce qui vous fait tant rire toutes les deux, dis-je. Avec tout le temps que j'ai passé à soupirer après Walter, qui s'est révélé être un goujat, je devrais avoir honte de moi-même. C'est vrai, je ne devrais même pas me préoccuper de tout cela. Comment puis-je me faire confiance à moi-même ? Ou à qui que ce soit d'autre, d'ailleurs.

La pièce parut soudain étouffante.

— Une pomme gâtée ne pourrit pas tout le reste du bol, dit Lizzie en montrant le fruit que je tenais. Il est venu ici pour conquérir votre cœur.

— Comment sais-tu cela ? demandai-je.

— Cymbeline, répondit Mme Wu. C'est qu'elle parle fort. Apparemment, M. Phillip et elle ont eu une conversation très sérieuse l'autre jour.

— Bon sang, il n'y a donc aucun secret dans cette maison, dis-je un peu énervée.

Qu'avait-il dit d'autre à Cymbeline ? Cette petite traîtresse aurait dû venir m'en parler. Je l'interrogerai plus tard.

— C'est très bien comme ça, se défendit Lizzie. Les secrets sèment le malheur.

— Tu es pleine d'analogies aujourd'hui, dis-je.

Lizzie prit l'eau bouillante sur la cuisinière. Elle refusait d'utiliser des sachets de thé, les considérant comme un gadget pour Américains paresseux. Au lieu de cela, elle continuait à faire comme avant, en se servant d'une petite passoire remplie de feuilles de thé. Je me dirigeai vers l'évier pour m'y accouder. Que devrais-je dire quand j'arriverai avec le thé ? M'en voudrait-il de l'interrompre ? J'avais lu cela au sujet des grands artistes. Il leur fallait de longues périodes de concentration.

— Tu n'as aucune inquiétude à te faire, me dit Lizzie. Il sera très heureux de te voir.

— Lizzie, suis-je une idiote de penser ainsi à un homme que nous connaissons à peine ?

— Tout le monde n'a pas besoin de se fréquenter pendant quinze ans avant de sauter le pas, comme Jasper et moi.

Lizzie leva les yeux au ciel.

— Quel homme têtu !

— L'amour est une belle chose, dit Mme Wu. C'est ce que nous voulons pour vous.

Je le voulais aussi. Je le voulais tant que j'avais inventé une histoire d'amour qui n'existait pas.

— Vous vous faites trop de soucis.

Mme Wu remua son doigt devant sa figure.

— Vous allez finir par avoir des rides. Voyez toutes les miennes ? Trop d'inquiétude.

— Vous êtes très belle, Mme Wu, dis-je.

— Allez donc mettre votre manteau, m'ordonna Lizzie. Quand vous reviendrez, le thé sera prêt. Vous pourrez sortir par la porte arrière.

Elle désigna la porte qui ouvrait sur la cour.

— Je suppose que j'ai le temps, dis-je en plaisantant.

— Pas tant que cela, avant que vous soyez vieille comme moi, dit Mme Wu.

❄

J'AVAIS l'impression de risquer ma vie en sortant par ce temps avec un plateau dans les mains. Je suivis les traces laissées par Phillip dans la neige jusqu'à l'abri de jardin. Elles avaient été en partie recouvertes, et sa foulée était bien plus grande que la mienne, alors j'avais peur de tomber. Quand j'arrivai devant la porte, mes épaules me faisaient mal à cause de l'effort que cela m'avait demandé. Je l'aperçus à travers la fenêtre. Il leva les yeux et sembla surpris, puis il disparut de mon champ de vision. Quelques secondes plus tard, il ouvrit la porte hâtivement et vint me prendre le plateau des mains.

— Que fais-tu là ? demanda-t-il. Tu aurais pu glisser et te faire mal.

— J'ai pensé qu'un peu de thé et des scones préparés par Lizzie te réchaufferaient.

— C'est gentil, mais je n'aime pas te savoir dehors juste pour moi.

— Ne dis pas de bêtises. C'est chez moi ici. Une petite marche dans la neige ne peut pas me faire de mal.

— Rentre donc. Il fait plus chaud à l'intérieur.

Il tint la porte ouverte pour moi et j'entrai, sans réussir à ignorer ses bras et ses épaules musclés. Le plateau de sa table était posé sur deux tréteaux. Il déposa le thé sur le petit établi qui servait normalement à faire du rempotage. Le sol était couvert de copeaux de bois. La pièce sentait le cèdre frais, mais il y avait aussi une odeur légèrement acide qui devait venir de la teinture qu'il utilisait.

— Phillip, comme c'est joli !

Je retirai l'un de mes gants et passai les doigts sur la surface polie. De couleur claire, orné des dessins naturels formés par le bois, ce plateau de table était une œuvre d'art. Les morceaux avaient été assemblés de manière extrêmement précise.

— Comment as-tu fait pour rendre le bois aussi doux ?

La surface ressemblait à de la soie sous mes doigts.

— Je l'ai poncé, et ensuite j'ai utilisé une technique de polissage en me servant de la teinture.

Il fronça légèrement les sourcils.

— Penses-tu qu'elle va leur plaire ?

— Elles vont l'adorer. C'est du très beau travail. Elles seront fières de donner cela à leur mère.

Je me retournai pour lui faire face.

— Elles ont passé une année tellement difficile, avec la perte de leur père et leur mère qui ne se sent pas bien. Un si bel objet tout neuf va leur remonter le moral.

Il se dirigea vers un coin de la pièce et me montra un pied de table pas tout à fait terminé.

— Je n'ai pas les outils nécessaires pour l'embellir, alors je leur fais des pieds très simples.

Le pied était de forme légèrement conique, plus fin à la base qu'au sommet.

— Je n'ai fait que celui-là pour l'instant, mais cela me prendra moins de temps que pour le plateau.

— Comment vas-tu faire pour la leur livrer ?

— Je laisserai les pieds à part et n'assemblerai la table que quand elle sera dans leur cuisine. Je compte utiliser des vis, comme ça, elle sera facilement démontable.

— Elles voudront sûrement de nouvelles chaises, dis-je.

— Si c'est le cas, je pourrais leur en faire. Ton père n'a pas lésiné sur le bois.

Il me désigna le tas de planches qui étaient empilées de l'autre côté de la pièce.

— Ça me fait du bien de travailler à nouveau. J'ai l'impression que le temps passe vite quand je travaille.

— Je n'étais pas sûre que tu serais content d'être interrompu. Pour ma part je ne suis pas une artiste comme toi, mais je déteste être dérangée quand je lis.

— Tu penses que je suis un artiste ?

— À quelle autre conclusion pourrais-je aboutir ?

Il fit un grand sourire, clairement flatté.

— Quoi que je sois en train de faire, je serai toujours très heureux de te voir. En plus, un peu de thé chaud est un vrai bonheur.

Un peu intimidée, je reculai vers la porte.

— Je vais te laisser reprendre ton travail, alors. Il y a aussi des scones et du beurre.

Il mit les mains dans ses poches et se balança d'un pied à l'autre.

— Tu pourrais rester si tu veux. Prendre le thé avec moi ?

— Je n'ai pas faim, mais je veux bien prendre une tasse de thé avec toi.

Je me dirigeai vers l'établi et versai du thé bien chaud dans deux tasses. De la vapeur s'éleva dans la pièce pleine de courants d'air.

— Du sucre ? demandai-je, alors que je connaissais la réponse.

Il prenait toujours son thé nature.

— Non, merci.

Il prit la tasse et la soucoupe que je lui tendis.

— Asseyons-nous, proposa-t-il. Je commence à avoir mal aux pieds.

Il désigna le banc qui était installé sous la seule fenêtre de l'abri.

Sachant qu'il n'accepterait de s'asseoir que lorsque je serai moi-même assise, je m'installai délicatement, avec ma soucoupe posée sur les genoux. Il s'assit à côté de moi et me regarda tout en prenant une gorgée de thé.

Je bus moi aussi, appréciant l'amertume et la chaleur du thé.

— J'allais oublier, j'ai fait ça pour toi.

Je sortis les mitaines de la poche de mon manteau et les lui donnai.

— Jo, elles sont vraiment magnifiques. Merci.

Mon estomac se noua en le regardant les enfiler.

— Ce n'est rien, vraiment.

Il écarta les doigts, puis les remua.

— Elles me vont parfaitement, comment as-tu réussi cela ?

Je déglutis, tout en laissant mon regard traîner sur ses longs doigts.

— J'ai simplement deviné.

Il prit une nouvelle gorgée de thé.

— J'ai réfléchi à quelque chose. J'aimerais apprendre à conduire le traîneau. Je n'ai jamais dirigé de chevaux auparavant, mais maintenant que je vis ici, je pense que ça serait utile.

— Papa pourrait t'enseigner, ou moi.

— Je préfèrerais que ce soit toi si j'ai le choix.

— Pourquoi veux-tu apprendre à conduire ?

— Je compte rester ici. Un homme doit savoir conduire des chevaux. J'espère seulement que je serai plus doué pour ça que pour patiner.

Je ris.

— Moi aussi, ou nous ne survivrons peut-être pas à notre première leçon.

❄

Une fois par semaine, après l'école, nous organisions un temps de lecture avec les enfants âgés de quatre à dix ans. Tous assis en cercle sur un tapis, je leur faisais la lecture d'un livre contenant des images. Depuis un mois, je leur lisais des chapitres du *Livre de la jungle*. Les enfants étaient ravis de ces histoires, et riaient souvent de bon cœur. C'était pour moi des moments joyeux.

Aujourd'hui, comme d'habitude, le groupe comprenait mes deux petites sœurs. Même Delphia se tenait tranquille pendant la lecture. La plupart des mères profitaient de ce temps pour chercher des livres qu'elles pourraient emprunter, mais parfois, certaines écoutaient aussi.

Je venais juste de terminer la lecture et avais renvoyé les

enfants vers leur mère lorsque je vis Phillip entrer dans la bibliothèque. Il retira son chapeau et me regarda droit dans les yeux, avec ce sourire qui me donnait des papillons dans le ventre. Je me levai de mon petit tabouret et me précipitai vers lui pour l'accueillir.

— Elle est terminée ? demandai-je en parlant de la table.

— Elle est sur le traîneau.

Il prit mes deux mains dans les siennes et se pencha vers moi pour me murmurer à l'oreille :

— Tu es très belle et tu m'as manqué.

— Merci.

Son regard posé sur moi semblait m'enflammer. J'avais un mal fou à garder la tête froide lorsqu'il me regardait comme ça.

— Je suis prête. Je vais juste aller mettre mon manteau.

— Harley et les chevaux nous attendent juste devant.

Une petite couche de neige recouvrait ses épaules. Il retira son manteau et l'accrocha sur le porte-manteau à côté de l'entrée. J'avais disposé une vieille couverture par terre afin d'éviter que la neige fondue n'abîme le beau plancher en bois sombre.

— Mais il va rentrer à la maison avec ton père. Harley m'a appris à mener les chevaux. Il pense que je suis prêt à conduire.

Cela signifiait que nous allions être seuls tous les deux.

— Je n'en ai que pour une minute.

13

PHILLIP

Avant de quitter la maison, Harley et moi avions attaché le plateau de table au traîneau avec de solides cordes. Ensuite, il m'avait montré comment brosser les chevaux avant de leur enfiler leur bride et leurs œillères tout en me débitant une série de termes comme *demi-tour, atteler, tirer les rênes, chaînes de traction*, jusqu'à ce que ma tête soit saturée d'information.

— Allez, installe-toi, me lança Harley tandis que je descendais les marches de la bibliothèque. C'est maintenant ou jamais.

Je m'assis sur le siège conducteur. Joséphine, emmitouflée dans son chapeau et son manteau rouge, descendit rapidement les marches en se dirigeant vers nous.

— Ne t'inquiète pas, me dit Harley tout en aidant Joséphine à s'installer à côté de moi. Tu y arriveras en t'entraînant.

Il alla se placer devant les chevaux et leur caressa le museau.

— Ces deux-là vont bien s'occuper de vous.

— Si nécessaire, je te dirai ce qu'il faut faire, dit Joséphine en riant, voyant la panique dans mon regard.

La neige se mit à tomber tandis qu'elle se saisissait des rênes.

— Je place toujours ce qui dépasse sous mes jambes. Je ne

veux pas que les rênes s'emmêlent autour de nos pieds. Je vais conduire jusqu'à ce qu'on sorte de la ville, tout en t'expliquant ce que je fais. Ensuite je te passerai les rênes.

— D'accord.

Je commençai à regretter ma décision.

— À plus tard, Harley, lança Joséphine.

Il nous salua de la main avant de se diriger vers le bureau de Lord Barnes.

— Pour les faire démarrer, il suffit de leur dire « on y va », tout en agitant un peu les rênes.

Elle s'exécuta en même temps et les chevaux se mirent à trotter le long de la rue principale.

— Il existe deux styles de conduite. L'un est le style que les Anglais ont adapté de l'Allemagne, appelé Achenbach. Papa et Jasper nous ont tous appris à conduire ainsi. Mais Harley et Poppy tiennent une rêne dans chaque main, comme les Américains. Tu pourras choisir lequel te convient le mieux après les avoir essayés tous les deux.

Elle me montra la méthode Achenbach, en déplaçant les rênes tout à gauche. Oz et Willie suivirent le mouvement et se dirigèrent vers la ferme des Cassidy à la sortie de la ville.

— Tu vois ? Les chevaux savent ce qu'ils ont à faire.

Elle prit ensuite une rêne dans chaque main.

— Comme ça, tu tires doucement l'un ou l'autre, vers la droite ou vers la gauche. Ça donne le même résultat.

Un fouet pendait sur la gauche, près de l'arrière-train d'Oz.

— Je n'aurai pas à utiliser ça, n'est-ce pas ? Je ne veux pas leur faire de mal.

— Pas avec Oz et Willie, me rassura Joséphine. Ils sont bien dressés et savent ce qu'ils ont à faire. Le fouet ne sert que pour les chevaux qui sont trop lents. Quoi qu'il en soit, il ne leur fait pas mal. Pas si tu l'utilises comme nous.

Sur la route, nous glissions sur les sillons gelés, tracés par d'autres traîneaux. Les chevaux renâclèrent et se mirent à accélérer.

— Tu vois comme ils sont heureux ? demanda Joséphine. Harley les a dressés lui-même dans ce but.

Elle n'attendit pas ma réponse et enchaîna :

— Tu es prêt à prendre la main ?

— Pas vraiment.

Vu d'ici, l'arrière-train des chevaux semblait énorme. Et si je perdais le contrôle et que nous tombions d'une falaise ?

— Dis-moi une chose. Que dois-je faire quand je veux qu'ils s'arrêtent ?

— Il suffit de tirer légèrement sur les rênes. Ils comprendront tout de suite. Même si je n'étais pas avec toi, tu t'en sortirais très bien. Ils connaissent toutes les routes de toute façon. En fait, c'est presque eux qui nous conduisent.

Je pris les rênes, une dans chaque main. La puissance de ces magnifiques créatures se répercuta dans mes mains. Oz et Willie continuaient à trotter.

— Allons-nous trop lentement ?

— Non, c'est très bien. Nous profitons de notre balade.

— C'est une belle journée.

Joséphine était à mes côtés. Les clochettes au cou des chevaux tintaient joyeusement. Nous restions sur nos rails glacés et avancions sans encombre. La neige tombait doucement en gros flocons, comme si elle s'adaptait au rythme lent et régulier des clochettes et des pas des chevaux sur le sol. Les branches nues des arbres, recouvertes de neige, donnaient l'impression d'être saupoudrées de sucre. Leurs troncs allongés et blanchis se tenaient bien droits. Une fine dentelle de neige fraîche recouvrait les pins et les sapins.

— Tu te débrouilles bien, dit Joséphine.

— C'est moins dur que ce que je croyais, dis-je. Je ressens toute la puissance de leurs muscles, et pourtant, ils semblent se retenir. Comme si leur seule mission était de nous servir.

— Ils ont une âme douce et ils nous aiment. Voilà ce que tu ressens.

Joséphine laissa échapper un soupir et leva les yeux vers le ciel.

— Nous pouvons longer la rivière. Tu n'as qu'à tourner à l'embranchement qui est devant nous.

Je fus surpris par ses directives, n'ayant aucune idée d'où nous nous trouvions. Ici, la neige et les montagnes rendaient tout gigantesque, me laissant peu d'indices pour me diriger. En ville, tout était indiqué par des panneaux. Et lorsque nous étions au front, nous ne faisions que suivre les ordres de nos supérieurs.

Je tirai légèrement les reines vers la gauche et les chevaux s'engagèrent sur un chemin de neige fraîche.

— Ici, c'est une prairie durant la belle saison, m'expliqua Joséphine. Tu verras toutes les fleurs sauvages qui y poussent au printemps. C'est un paysage que j'adore.

Nous traversâmes la prairie jusqu'à atteindre la rivière.

— Maintenant, nous pouvons suivre la rivière, elle nous mènera jusqu'à la ferme, dit Joséphine.

La rivière n'était pas gelée comme l'étang. Elle était plutôt recouverte de petites plaques de neige et de glace éparpillées à sa surface, formant une sorte de patchwork. Des touffes de quenouilles d'un brun profond poussaient le long de la rive.

— C'est un baume pour mon âme, dis-je. Toute cette beauté.

— Oui, pour la mienne aussi. Je suis contente que tu ressentes la même chose.

— Cela suffit à chasser toutes les images de la guerre que j'ai dans ma tête.

Elle tendit la main vers moi et caressa brièvement ma joue du dos de la main. Même à travers son gant, la chaleur de sa peau pénétra la mienne.

— J'aimerais que tu n'aies pas besoin de baume. Je chasserais moi-même chacune de ces images si je le pouvais.

Une boule se forma dans ma gorge. Je portai sa main à ma bouche et y déposai un petit baiser avant de la laisser retomber sur ses genoux.

— Si je pouvais voir ton visage tous les jours jusqu'à la fin de ma vie, cela me suffirait.

Un sourire souleva le coin de ses jolies lèvres.

— Et peut-être as-tu le pouvoir de me faire oublier quelle idiote j'ai été de me laisser avoir par de tels bobards par le passé.

— Dans mon cas, ce ne sont pas des bobards.

Je jetai un coup d'œil vers elle.

— Je commence à croire que tu es vraiment aussi bon que tu le parais.

— Je suis quelqu'un de bien, dis-je. Mais cela ne signifie pas que je sois digne de toi. Je ne peux pas t'offrir ce que ton père peut te donner. Pas pour le moment en tout cas.

— Me croirais-tu si je te disais que j'ai complète foi en toi.

Pour la deuxième fois en bien peu de temps, ma gorge se serra. Une sorte de bourdonnement se mit à résonner dans mes oreilles, comme le bruit joyeux des abeilles.

— Tu me donnes la force d'y croire aussi.

À l'horizon, j'aperçus l'austère ferme blanche. Elle avait l'air isolée et trop petite au milieu de cette vaste prairie, avec ces deux énormes montagnes blanches en arrière-plan. Un panache de fumée s'échappant de la cheminée était le seul signe de vie.

— J'ai vraiment hâte qu'elles voient ce que tu leur as fabriqué.

Son sourire radieux faillit me faire tomber du traîneau. Mon cœur bondit d'amour dans ma poitrine. Que ferais-je si elle ne voulait pas de moi ? J'étais tombé dans ce puits qu'était Joséphine et je risquais fort de me noyer si elle ne partageait pas mes sentiments.

❄

Je réussis à arrêter les chevaux devant la maison. J'eus à peine le temps d'aider Joséphine à descendre, que Shannon et Nora sortirent de la maison en courant.

— Est-ce qu'elle est prête ? demanda instamment Nora.

— Cela m'a pris moins de temps que je pensais, dis-je. Ça ne vous dérange pas que nous l'ayons apportée aujourd'hui ?

— Non, pas du tout, répondit Nora avec excitation.

— Nous la donnerons à maman en avance. Comme ça nous l'aurons pour préparer les fêtes, Nora.

Nora poussa un petit cri de joie.

— Je n'avais pas pensé à ça.

Une femme enveloppée dans un châle sortit sur le porche.

— Qu'avez-vous fait, les filles ?

— Maman, nous avons un cadeau pour toi, dit Nora, au comble de la joie. Une nouvelle table de cuisine.

— Vous l'avez amenée sur le traîneau ?

Mme Cassidy descendit les marches pour venir vers nous.

— Oui, les pieds ne sont pas encore fixés, dit Joséphine. Pouvons-nous l'amener dans la cuisine ?

— Absolument, affirma Shannon.

Je n'étais pas certain de réussir à porter la table avec seulement l'aide de ces frêles femmes, mais j'avais sous-estimé Joséphine. Elle était petite, mais forte, tout comme Shannon. Elles empoignèrent chacune un coin du plateau. Nous le transportâmes à l'intérieur, recouvert d'une couverture. J'allais devoir le poser à l'envers pour pouvoir rajouter les pieds, et je ne voulais pas rayer la surface. Nora et Mme Cassidy nous suivirent, portant chacune deux pieds en bois.

Après avoir passé la porte d'entrée, nous longeâmes le couloir jusqu'à la cuisine.

— Qu'allons-nous faire avec l'ancienne table ? demanda Joséphine.

— Nous allons mettre celle-ci de côté et retirer l'autre d'ici.

Nous déposâmes délicatement le plateau contre le mur du

couloir. Je me précipitai à l'extérieur pour récupérer mes outils et revins démonter les pieds de l'ancienne table. Elle était tellement fine et légère que je pus la porter sans effort jusqu'à leur abri de jardin. Les filles m'aidèrent en apportant les pieds.

— Notre père ne jetait jamais rien, expliqua Shannon. Nous allons probablement la garder pour utiliser le bois d'une manière ou d'une autre.

— Si vous voulez, je réfléchirai à ce qu'on peut faire avec, dis-je. Je pourrais peut-être en faire des petites tables d'appoint. L'essentiel c'est de garder le bois au sec.

Nous retournâmes dans la maison où Mme Cassidy avait mis à chauffer une casserole de café. Joséphine et elle se tenaient près de la cuisinière.

En entrant, j'entendis Mme Cassidy expliquer :

— Oui, aujourd'hui je me sens bien. Les maux de tête surviennent sans prévenir, mais en général, ils ne durent pas plus d'une journée.

Joséphine me présenta officiellement à Mme Cassidy. J'enlevai mon chapeau pour la saluer. J'étais tellement concentré sur la table, que j'avais failli oublier.

— Enchanté de faire votre connaissance.

— Moi de même.

Nous posâmes le plateau de la table dans la cuisine et je fixai les pieds en me servant de vis. Cela me prit moins de dix minutes. Les filles m'aidèrent à la retourner tandis que Joséphine retirait la couverture du sol.

Mme Cassidy se couvrit la bouche des mains tout en s'exclamant :

— Elle est tellement jolie ! Les filles, comment avez-vous payé pour cette table ?

Elle tendit les bras vers Shannon et Nora.

Joséphine secoua la tête et répondit :

— Ne vous inquiétez pas de cela, c'est un cadeau de la part de la famille Barnes et de notre nouvel ami, si talentueux.

Après avoir embrassé ses filles, Madame Cassidy se laissa tomber dans l'une des chaises.

— Ce que vous avez fait est vraiment très gentil, mais je ne pense pas que nous pourrons rester dans cette ferme. Sans mon mari, nous n'avons que peu de chance de nous en sortir.

Elle se tourna vers Joséphine et moi.

— Il y a des années, mon mari a décidé d'ajouter du bétail que nous pourrions vendre à la boucherie en plus de nos vaches laitières. Juste avant sa mort, nous avons perdu cinq têtes de ce bétail à cause d'une maladie. Je ne sais pas comment elles sont tombées malades. Ni, d'ailleurs, comment protéger le reste du troupeau. Sans ces animaux, nous n'avions pas de viande à vendre aux frères Higgins. Je ne pouvais plus payer notre ouvrier agricole, alors il est parti. Avec les dernières neiges, une partie du toit de notre grange s'est effondrée et je n'ai pas de quoi le faire réparer.

Elle s'essuya les yeux avec le coin de son tablier.

— J'ai envoyé une lettre à ma famille en Irlande. J'ai un frère là-bas qui pourrait peut-être nous accueillir.

— Maman, non ! s'exclama Shannon. C'est ici chez nous.

— Même avant la mort de votre père, je n'étais pas certaine que nous nous en sortirions. Mais sans lui, c'est sûr que c'est impossible.

Le ton las de Mme Cassidy montrait à quel point la situation lui paraissait sans espoir.

— De plus, je suis souvent malade. Et nous sommes endettées.

Elle plaça ses mains sur son visage.

— Tellement de dettes qui ne font qu'augmenter. Nous avons perdu notre dernier taureau l'année dernière, et Dorrin a dû demander un prêt pour le remplacer, ce qui nous a vraiment mis en difficulté. En fait, cela résume bien notre vie ces dernières années. Nous sommes toujours sur le point de tout perdre. Votre père aimait prendre des risques. Cela dit, il n'avait pas envisagé le fait de mourir et de nous laisser à l'âge de quarante-cinq ans. Je ne peux pas continuer sans lui. Mes filles travaillent sans arrêt pour essayer de tout sauver, mais ce n'est pas juste. Elles sont intelligentes et devraient être à l'école pour continuer à apprendre et accéder à une autre vie. Ce n'est pas ce que je veux pour elles.

— Maman, ne dis pas ça. Tu es courageuse et bonne, dit Nora. Nous avons fait ce que nous devions pour maintenir la ferme. C'est tout ce qui nous importe.

Shannon ajouta :

— Nous ne pouvons pas partir en Irlande sans Alma. Quand elle sera infirmière, elle pourra nous aider financièrement.

— Pas suffisamment pour sauver la ferme, dit Mme Cassidy. De toute façon, elle a promis à Alexander Barnes qu'elle reviendrait ici, à Emerson Pass, pour exercer son métier d'infirmière. C'est l'accord qu'ils ont passé lorsqu'il a accepté de payer pour ses études.

— Mais c'est notre sœur, dit Shannon. Nous ne pouvons pas la laisser ici et partir en Irlande pour vivre avec des gens que nous ne connaissons même pas.

Nora se mit à pleurer en silence. J'avais mal au cœur pour elles. Elles ne voulaient pas perdre encore un membre de leur famille.

— Montrez donc vos mains à Miss Joséphine, dit Mme Cassidy.

Shannon tendit ses mains en avant avec un air de défi dans les yeux.

— Je n'ai pas honte de travailler dur.

— Moi non plus, affirma Nora en nous montrant également ses mains.

Des larmes coulaient sur son fin visage. Leurs mains étaient rouges et gercées. Elles étaient couvertes de callosités, dont certaines avaient visiblement saigné.

— Elles font le travail de deux hommes, continua Mme

Cassidy. Vous voyez pourquoi nous ne pouvons pas rester ? Si je vends la ferme, nous pourrons payer nos dettes, et peut-être qu'il nous restera suffisamment pour payer notre retour en Irlande.

— Je ne savais pas que les choses allaient si mal pour vous, dit Joséphine. Vous auriez dû venir voir mon père pour demander de l'aide. S'il avait su, il aurait tout fait pour vous aider. Maman sera furieuse de vous savoir ici, vous sentant seules et impuissantes. Ce n'est pas notre manière de fonctionner à Emerson Pass.

— Je ne peux pas demander de l'aide à votre père, dit Mme Cassidy. Ce ne serait pas bien.

— Pourquoi cela ? demanda doucement Joséphine. N'entend-on pas chaque dimanche parler de ce que le Seigneur attend de nous ? Quel genre de chrétiens serions-nous si nous n'aidions pas notre prochain ?

À l'instant même, je sus ce que je devais faire, comme si Dieu m'avait parlé directement.

— Madame, je peux vous aider. Je serai votre ouvrier agricole. Avec vos instructions bien sûr.

— C'est gentil, mais comme je l'ai déjà dit, nous n'avons pas les moyens de payer quelqu'un.

Mme Cassidy baissa les yeux pour regarder ses genoux. Je savais très bien qu'elle ressentait de la honte. La honte d'être pauvre et d'être à la merci de la charité des autres pour survivre. C'est le souci qui lui donnait des maux de tête. Si sa situation financière s'améliorait, sa santé suivrait. Le chagrin et le désespoir l'empêchaient de guérir. Je devais la convaincre d'accepter mon aide.

— Les Barnes m'ont invité à rester chez eux jusqu'à ce que je trouve mon propre logement, ce qui, à ce rythme, prendra un moment. Ils se sont montrés très généreux envers moi. Je serais honoré de pouvoir les remercier en vous aidant. Je n'ai pas beaucoup d'expérience en ce qui concerne le travail à la ferme, mais je suis certain que les filles pourront m'apprendre.

— Bien sûr, nous pouvons te montrer comment faire, dit Shannon. Il n'y a rien de compliqué, mais cela demande de la force.

— Et de l'endurance, ajouta Nora.

— Je n'en manque pas.

Mon atelier d'ébéniste devra attendre. Pour l'instant, je devais me consacrer à cela, d'autant plus que c'était une manière pour moi de rendre aux Barnes ce qu'ils m'avaient donné si généreusement.

— Je vous en prie, Mme Cassidy, laissez-moi faire cela pour vous. Un jour, vous pourrez en faire autant pour quelqu'un d'autre et continuer cette chaîne de gentillesse.

— Oui, c'est exactement ça.

Le regard de Joséphine brillait de gratitude et d'affection, et c'est moi qu'elle regardait. Pour pouvoir susciter un tel regard à nouveau, j'aurais joyeusement travaillé sur une ferme pour les cent prochaines années.

— Il est en train d'apprendre à conduire les chevaux. Papa lui prêtera notre petit traîneau pour qu'il puisse venir chez vous.

— Je peux commencer par réparer le toit de la grange. Ça, c'est quelque chose que je sais faire.

— Combien de vache vous reste-t-il ? demanda Joséphine.

— Seulement deux, répondit Shannon. Et notre taureau.

— On ne peut pas appeler ça un troupeau, dit Mme Cassidy avec une pointe d'amertume dans la voix. C'est ce que j'ai dit à votre père lorsque nous avons déménagé pour venir ici, mais il n'y avait pas plus têtu que lui.

Malgré les regrets qu'exprimaient ses paroles, je sentais beaucoup d'amour dans sa voix.

— L'Amérique est une terre de rêves et d'espoir, dis-je à ma propre surprise. Nous ne pouvons pas baisser les bras, même quand tout semble perdu.

— Les rêves ne nourriront pas mes filles, répliqua Mme Cassidy. Nous n'avons presque plus rien et Noël n'est même pas encore là.

Les filles étaient en effet très minces. Je n'avais pas beaucoup réfléchi à cela, me disant que les filles de cet âge avaient tendance à être plutôt fines. Maintenant, je les regardai pourtant plus attentivement. Nora avait un air pincé sur le visage, comme si elle serrait les dents de faim. Les pommettes de Shannon ressortaient plus que de raison. Elle avait dix-sept ans, mais son corps ne présentait aucune des formes propres aux jeunes filles. À côté de Cymbeline, plus jeune de deux ans, mais robuste et en pleine santé, Shannon avait l'air maladif.

Les nonnes s'étaient toujours assurées que nous soyons bien nourris. Certains des enfants qui étaient venus chez nous, nous racontaient comment ils avaient failli mourir de faim dans les rues de New York. Ils gardaient ce regard affamé, même après des mois passés à l'orphelinat. Je me rappelais un garçon qui avait l'habitude de mettre le bras autour de son assiette, comme pour la protéger des prédateurs.

— Pour le moment, nous allons nous concentrer sur la réparation de la grange et faire faire son travail à ce taureau, dit Joséphine vivement.

Nora gloussa tout en essuyant ses larmes.

— Nous ne sommes pas sûres de comment faire ça, dit Shannon. Papa ne nous a pas expliqué comment ça marche.

— Poppy va bientôt rentrer de son apprentissage chez le vétérinaire, dit Joséphine. Elle pourra certainement nous aider avec ça.

— Mme Cassidy, puis-je revenir demain ? demandai-je. Même si vous décidez de vendre la ferme, vous en tirerez un meilleur prix si le toit de la grange est réparé.

Elle me regarda avec des yeux las.

— Je ne peux pas refuser votre offre, et je vous en remercie du fond du cœur.

14

JOSÉPHINE

Phillip sortit pour inspecter la grange. Nous repartîmes peu de temps après, car je m'inquiétais de laisser Oz et Willie trop longtemps dans le froid. Phillip avait promis de revenir dès le lendemain matin. Pour ma part, je prévoyais de lui faire amener quelques denrées essentielles, telles que de la farine et du lard.

Puisque Phillip conduisait le traîneau, cela me laissait du temps pour réfléchir. Il ne pourrait pas réparer le toit tout seul. Il faudrait que les jumeaux l'aident. Viktor et Isak Olofsson pourraient peut-être aussi donner un coup de main, ainsi que les Frères Cole, Noah et Roman. Nous tous qui avions passé notre première année d'école ensemble étions particulièrement proches. Nous avions survécu à ce jour où le père de Louisa Kellam s'était attaqué à notre mère. Elle nous avait appris que nous étions plus forts ensemble. Ce jour-là, nous avions confirmé sa théorie en sautant sur l'homme pour le ligoter avant qu'il ne finisse d'étrangler notre pauvre maman. Je frissonnai en y repensant. Je pouvais encore voir la liste d'appel de cette classe dans ma tête. Maman, que nous appelions alors Miss Cooper, faisait patiemment l'appel tous les matins.

. . .

Classe de 1910, Emerson Pass, Colorado

Institutrice : Miss Cooper
Martha Johnson, 16 ans
Elsa Johnson, 14 ans
Josephine Barnes, 13 ans
Poppy Depaul, 13 ans
Isak Olofsson, 11 ans
Alma Cassidy, 10 ans
Theo Barnes, 9 ans
Flynn Barnes, 9 ans
Louisa Kellam, 9 ans
Viktor Olofsson, 9 ans
Noah Cole, 8 ans
Shannon Cassidy, 8 ans
Roman Cole, 7 ans
Nora Cassidy, 6 ans
Willa Cole, 6 ans
Cymbeline Barnes, 6 ans

Les choses avaient beaucoup changé aujourd'hui. La plupart d'entre nous étaient adultes. Trois étaient partis à la guerre. Martha et Elsa étaient mariées et avaient maintenant elles-mêmes des enfants. Alma allait bientôt rentrer de l'école d'infirmière. J'avais ouvert une bibliothèque et Poppy étudiait chez un vétérinaire pour revenir ici aider les fermiers et les gens du village avec leurs animaux. Avant de partir à l'école de bienséance, Louisa aidait sa mère adoptive à remplir les tâches propres à l'église. Les frères Cole et leur oncle avaient ouvert un café en ville.

Cependant, il me suffisait de fermer les yeux pour nous revoir tous à l'époque. Quelle drôle de bande nous formions ! Le rêve de papa d'ouvrir une école pour notre éducation s'était réalisé. J'étais fière en repensant à ce que maman et lui avaient construit ensemble. Cependant, aujourd'hui, des membres de notre groupe avaient des soucis, et nous devions leur venir en aide.

— Je peux presque t'entendre réfléchir, dit Phillip.

— Je pensais à la grange. Il va te falloir plusieurs hommes. Mais avec de l'aide, tu pourras terminer en quelques jours. Tout seul, cela te prendra des semaines.

— Tu n'as pas tort.

— Je ne veux pas que tu travailles là-bas seul au milieu de l'hiver. Tu pourrais glisser et te casser le cou.

— Tu te soucies de mon cou maintenant ?

— Peut-être un peu.

Je jetai un coup d'œil vers lui. Son cou était puissant et large, même s'il était caché sous une grosse écharpe pour le moment. Je le connaissais déjà par cœur. Plus d'une fois, je m'étais demandé quel effet cela ferait de passer mes doigts derrière ses oreilles et jusqu'à la base de sa gorge.

La neige s'était arrêtée de tomber et le monde semblait parfaitement calme et immobile.

— Je repensais à la première année que nous avons passé à l'école ensemble, dis-je en changeant de sujet. Tous les garçons de mon groupe seront heureux de t'aider avec la grange. Je vais aussi organiser quelque chose avec les femmes. Nous récolterons de l'argent pour leur acheter une nouvelle vache laitière.

— Comment ?

— En organisant une fête de Noël chez nous. Il y aura des gâteaux et des boissons. Et nous danserons.

— En quoi cela permettra-t-il de récolter de l'argent ?

— Je mettrai une boîte à don. Elle sera dans un coin discret pour ne pas paraître trop flagrante. Dans les invitations, je dirai que la fête est au profit de la famille Cassidy en temps de besoin et encouragerai les gens à donner ce qu'ils peuvent. Je demanderai à papa de rajouter l'équivalent de la somme récoltée à la fin de la soirée.

La nuit commençait déjà à tomber, mais nous étions presque à la maison. D'ici, je pouvais voir les lumières de nos fenêtres.

Sans que j'aie besoin de l'aider, Phillip dirigea aisément les chevaux dans notre allée.

— Il y aura des danses, hein ?

— Oui, tu aimes danser ?

— Ça dépend avec qui. Si je peux danser avec toi, par exemple, je pense que j'aimerais beaucoup ça.

— Je te réserverai au moins une danse.

— Une seule ? me dit-il en riant.

— Peut-être deux. Mais je serai sûrement très occupée à gérer la fête.

— Préfèrerais-tu réellement faire cela plutôt que t'amuser ? Te rendre utile, comme tu dis.

Je réfléchis un instant.

— Je n'y ai jamais pensé ainsi. Jusqu'à aujourd'hui, il n'y avait personne avec qui j'avais envie de danser.

— Jusqu'à aujourd'hui ? Tu veux dire jusqu'à ce que je sois là ?

Je rougis malgré la fraîcheur de l'air sur mes joues.

— Oui, c'est ce que je veux dire.

Le bruit des clochettes et des sabots des chevaux sur le sol emplit le silence qui suivit tandis que nous arrivions devant la maison.

❄

— Nous avons été rendre visite aux Cassidy à leur ferme aujourd'hui, dis-je au dîner.

— Quelles sont les nouvelles ? demanda maman.

— Elles ne sont pas très bonnes. En fait, la situation est pire que ce que je pensais, dis-je. J'aurais pourtant dû voir ce qui se passait.

Je leur partageai ce que nous avait raconté Mme Cassidy, sans oublier son projet de retourner en Irlande.

— Depuis qu'Alma est partie étudier, les deux plus jeunes ont dû s'occuper seules de la ferme. Malgré leurs efforts, la ferme continue à se délabrer. Elles n'ont pas suffisamment à manger. Les filles ont l'air maigres et épuisées.

— Je ne savais pas qu'elles avaient perdu tant de vaches, dit papa. Nous n'avons pas été de bons voisins ou amis. J'aurais dû penser à aller les voir.

— J'ai honte, dit maman. Moira a toujours été tellement secrète. Je suis certaine qu'elle n'a pas voulu demander de l'aide pour cette raison.

— En parlant d'aider, Phillip a proposé de travailler pour elles, en commençant par réparer le toit de leur grange.

Je lui souris. Mon héros au cœur pur me rendit mon sourire.

— Quelle idée adorable, Phillip ! dit maman.

— Je peux t'aider, affirma Cymbeline.

— Tu as l'école, ma chérie, répliqua papa. Mais c'est gentil de ta part de te proposer.

— Flynn et moi on peut te filer un coup de main, dit Théo. Nous ne pouvons pas faire grand-chose du côté du chalet tant que tout est sous la neige.

— Absolument, confirma Flynn. On t'accompagnera demain.

— J'ai pensé qu'Isak et Viktor pourraient aussi se joindre à vous, dis-je.

— Je suis sûr qu'ils seront d'accord, dit Théo. Nous serions tous contents d'aider les Cassidy. Nous nous sommes toujours serré les coudes, n'est-ce pas ?

— J'aurais aimé qu'on le sache plus tôt, dit Flynn. Je déteste l'idée qu'elles se soient senties seules face à leurs difficultés. C'est à cela que sert la communauté.

— Les choses ne se passent pas comme ça partout, intervint

Phillip. Je n'aurais jamais cru qu'un tel fonctionnement soit possible si je ne l'avais pas vu de mes yeux ici même.

— Tu as raison. C'est exactement ce que je voulais créer lorsque je rêvais de notre avenir ici.

Papa nous souriait chaleureusement depuis le bout de la table.

— Je me sens en paix en sachant que nous avons réussi à transmettre ces valeurs à nos enfants, qui à leur tour, les transmettront à leurs enfants.

— Que puis-je faire pour aider ? demanda Fiona.

— J'ai réfléchi à ce que toi et le reste des femmes de notre groupe pourriez faire, dis-je. Nous allons organiser une fête.

Je leur expliquai mon idée de faire une soirée pour récolter des fonds.

— Elle pourra avoir lieu ici. Nous préparerons des desserts et des boissons et nous mettrons de la musique pour danser. Nous inviterons tous nos anciens camarades d'école ainsi que tous ceux qui voudront venir. Nous leur glisserons que toute donation sera la bienvenue, même la plus petite.

— Li Wu revient de son école dans quelques jours, dit Fiona. Il pourra nous jouer de la musique.

— Quelle excellente idée ! s'exclama papa. Ce sera merveilleux de l'entendre jouer pour nous.

— Et toi aussi Fiona, dis-je.

Cela serait tellement joyeux s'ils jouaient ensemble.

— Pour créer une piste de danse, nous allons devoir déplacer les meubles dans le grand salon, dit maman.

Notre grand salon se situait à l'arrière de la maison. À part Fiona, qui y pratiquait son piano, nous y passions fort peu de temps. Cependant, lorsque nous organisions une fête ou pour d'autres grandes occasions, nous utilisions cette salle. Nous n'y avions jamais organisé une fête dansante, mais pourquoi pas ? Je pouvais déjà voir les couples tourbillonner au rythme de la musique.

— Nous mettrons les desserts sur la table de la salle à manger, dit maman. Et notre petit salon pourra servir pour ceux qui veulent un peu de calme pour discuter.

Nous nous mîmes tous à proposer nos idées, excités par ce plan pour aider nos amies. J'acceptai d'écrire toutes les invitations à la main et de les distribuer ce dimanche à l'église.

— Demain, j'aimerais aller voir Moira, dit maman. Je demanderai à Lizzie de leur préparer un panier de nourriture.

15

PHILLIP

Le lendemain matin, nous étions cinq pour nous attaquer aux réparations du toit de la grange. Les frères Olofsson, qui avaient la puissance d'une paire de bœufs, avaient immédiatement accepté de se joindre à nous. Nous commençâmes par évaluer les dégâts. La structure n'avait pas pu supporter le toit alourdi par la neige et plusieurs poutres s'étaient affaissées et avaient fini par se briser en deux, d'où l'effondrement d'une partie du toit. Après avoir estimé de quoi nous avions besoin, Flynn et moi prîmes le grand traîneau pour nous rendre à la scierie et acheter d'épaisses poutres de sapin pour remplacer celles qui étaient cassées. Nous commandâmes également des bardeaux et du contreplaqué que nous reviendrions chercher le lendemain.

Lorsque nous revînmes, Joséphine et Quinn étaient passées nous déposer des sandwichs et des thermos de thé chaud pour le déjeuner. Nous mangeâmes, installés sur le porche couvert à l'avant de la ferme, affalés sur les chaises basses ou sur la balancelle. Je venais de finir mon deuxième sandwich lorsque Shannon sortit nous voir.

— Je ne sais pas comment vous remercier les garçons, dit Shannon.

Elle portait un tablier par-dessus sa robe délavée. Elle avait rassemblé ses boucles en un chignon désordonné contre sa nuque.

Les hommes se levèrent tous d'un bond, retirant leur chapeau en signe de salut.

Flynn la fixa un peu plus longtemps que ne le permettait la bienséance.

— Shannon, tu as bien changé depuis la dernière fois que je t'ai vue.

— Je sais, j'ai l'air horrible. Cette ferme m'a vraiment volé ma jeunesse.

Elle esquissa un sourire et se tourna vers la grange.

— Je ressemble presque à mon père maintenant. Un tas d'os.

— Je crois que ce que voulait dire mon frère, c'est que la dernière fois qu'il t'a vue tu n'étais qu'une fillette, expliqua Théo.

— Oui, exactement, acquiesça Flynn.

— Cela me fait très plaisir de vous voir tous, dit Shannon. Le temps où nous étions tous ensemble à l'école paraît si loin, n'est-ce pas ?

— C'est vrai, répondit Isak. De l'eau a coulé sous les ponts depuis.

— Je veux vous remercier encore pour votre aide. J'étais un peu désespérée ces derniers mois. Maman parle de retourner en Irlande. Nora et moi ne pouvons supporter l'idée de quitter notre sœur et tous nos amis. Quoi que vous puissiez faire pour nous aider à rester ici, je vous en serai éternellement reconnaissante.

— On fera tout notre possible, affirma Flynn.

— Et vous ne devez pas hésiter à nous demander quand vous avez besoin de quelque chose, ajouta Théo. Nos familles sont unies pour la vie. Ne l'oublie pas.

— Non, je ne referai pas cette erreur, dit Shannon.

— Joséphine t'a-t-elle parlé de la fête qu'elle veut organiser ? demanda Flynn.

— Oui, répondit Shannon, les yeux brillants. J'ai hâte d'y assister, même si je n'ai rien à me mettre.

— Tu pourrais porter la robe que tu as là, dit Flynn. Tu es très bien comme ça.

Elle rougit légèrement et lui adressa un sourire timide.

— Flynn Barnes, serais-tu devenu charmant avec les années ?

— N'ai-je pas toujours été charmant ?

Il la regardait avec un énorme sourire sur le visage.

— Pas si je me rappelle l'incident impliquant une grenouille dans ma boîte à déjeuner.

— Je te jure que ce n'était pas moi, dit Flynn avec le plus grand sérieux.

— C'était définitivement lui, dit Théo.

— Nous réglerons cette question plus tard, dit Shannon. J'ai beaucoup de choses à faire dans la maison. Bon courage pour cette après-midi. N'hésitez pas à venir frapper à la porte si vous avez besoin de quoi que ce soit.

Elle nous salua de la tête et se glissa de nouveau dans la maison.

— Je n'arrive pas à croire que c'est la petite Shannon Cassidy, dit Flynn en secouant la tête. C'est une jeune femme maintenant.

Isak lui donna un petit coup d'épaule.

— Dis donc, tu n'as vraiment pas été discret.

— De quoi tu parles ? Je suis charmant, c'est tout. C'est elle qui l'a dit, dit Flynn.

Tout le monde éclata de rire tandis que nous reprenions le chemin de la grange.

❄

TARD DANS L'APRÈS-MIDI, nous décidâmes de nous arrêter pour la journée afin que chacun puisse rentrer chez lui avant la nuit. Les frères Olofsson partirent pour la ville avec leur traîneau. J'étais sur le point de monter avec les jumeaux lorsque des chevaux apparurent à l'horizon.

— C'est Joséphine, dit Flynn.

— Je te parie qu'elle n'est là pour aucun de nous deux, lui répondit Théo.

— Je prends le pari, dit Flynn en riant.

— Elle m'apprend à conduire, dis-je d'un air un peu penaud.

— Bien sûr, ça explique tout ! répondit Flynn.

— Alors, bon cours de conduite, me lança Théo.

Ils montèrent dans le traîneau et s'éloignèrent, croisant Joséphine dans l'allée.

Elle s'arrêta devant moi.

— J'ai pensé que tu aimerais conduire un peu. Il fait tellement beau.

— Tu sais bien que je ne dirai jamais non, dis-je en prenant la place du conducteur.

Le soleil était déjà bas dans le ciel, formant des rayons dorés à travers les branches des arbres tandis que nous quittions la ferme.

— Nous n'avons qu'à passer par la prairie pour rentrer, dit-elle.

— Très bien.

Nous discutâmes quelques minutes des progrès que nous avions faits sur la grange. Je la fis rire en lui décrivant la réaction de Flynn face à Shannon.

— Tu penses qu'ils iraient bien ensemble ? me demanda-t-elle, d'un air incrédule.

— Pourquoi pas ? Elle aurait de la chance d'être avec un homme comme ton frère.

Cela réglerait tous ses problèmes d'argent, mais je ne le dis pas à voix haute de peur d'offenser Joséphine.

— Ces derniers temps, Flynn ne fait que proclamer qu'il va rester célibataire toute sa vie, dit-elle.

— Les hommes changent tout le temps d'avis.

Nous arrivâmes près d'un bosquet de trembles, leurs troncs blancs contrastaient contre le ciel bleu.

— Une œuvre d'art de la nature, murmurai-je.

— N'est-ce pas ?

Nous continuâmes à travers la prairie jusqu'à atteindre la rive d'un ruisseau. Je fis tourner les chevaux pour qu'ils trottent le long de l'eau. Le ruisseau était d'un bleu glacial.

— Tu veux bien t'arrêter un moment ? demanda Joséphine. C'est un paysage si paisible. C'est un des endroits que je préfère sur notre propriété. J'ai toujours pensé qu'une petite maison sur le bord de cette rivière serait parfaite.

Je tirai les rênes pour indiquer aux chevaux de s'immobiliser. La prairie recouverte de neige s'étendait devant nous. De l'autre côté de la rivière, le paysage se transformait en une forêt épaisse. Au loin, nous pouvions voir les panaches de fumée qui s'échappaient de la maison des Barnes.

Joséphine pointa du doigt vers la forêt.

— Nos amis, les Cole, vivent de ce côté-là. C'est à eux qu'appartient le café en ville.

J'avais vu ces jeunes hommes s'activer dans le café à travers la vitrine un jour où j'étais passé devant. Les Cole avaient la peau foncée et n'auraient pas pu être propriétaires d'un commerce dans les quartiers blancs de New York. Mais ici, les choses étaient différentes. Bien que la plupart des habitants du village semblaient être d'origine européenne, personne ne semblait s'offusquer que les Cole soient noirs. Il y avait aussi la famille Wu. Mme Wu et sa petite-fille Fai avaient l'air aussi à l'aise chez les Barnes que Lizzie et Jasper. Joséphine m'avait expliqué que Lord Barnes avait envoyé Li Wu à l'école de musique. J'aurais voulu poser des questions à Joséphine sur ces deux familles, mais je ne voulais pas donner l'impression que je désapprouvais.

— C'est l'un de mes lieux préférés, quel que soit le moment de l'année. C'est l'un des endroits les plus larges et profonds de la rivière. L'été, nous venons nager ici. Comme tu peux le voir, c'est gelé à cette période de l'année.

— J'espère que tu n'as pas amené des patins, dis-je.

Elle rit et tira légèrement sur son écharpe, laissant entrevoir une petite partie de son cou.

— Ça ne serait pas prudent de patiner ici. On ne peut pas savoir si la glace est solide, elle pourrait facilement se briser sous notre poids. Si on tombe dans l'eau, c'est presque la mort assurée.

Je frissonnai.

— Tu n'auras pas à me le dire deux fois. Ça paraît horrible. Les enfants savent-ils qu'ils ne doivent pas s'en approcher ?

Elle se détourna du paysage pour me regarder.

— Oui, ils le savent. Papa et maman leur interdisent de marcher sur la glace ici, et même Cymbeline les écoute.

Le soleil avait encore baissé, et teintait maintenant la neige d'or. Au-dessus, le ciel avait pris cette couleur bleu foncé typique d'un crépuscule d'hiver.

Elle me regardait avec des yeux pétillants.

Je me rapprochai d'elle et passai doucement le pouce sur la courbure de sa joue.

— Tu es comme cette lumière magnifique, ma belle Joséphine.

Elle cligna des yeux, mais ne bougea pas.

— Phillip ?

— Oui ?

— As-tu déjà embrassé quelqu'un ?

Déstabilisé par sa question, je laissai mon regard glisser vers la rivière avant de revenir vers elle.

— Une fois.

Avant que je parte pour la guerre, une infirmière m'avait embrassé. J'en avais été tellement surpris que je n'avais rien pu faire d'autre que de me tenir là, raide comme un bâton, avant de tourner les talons et de m'enfuir en courant. Elle n'était pas à mon goût. Elle parlait fort et sentait la transpiration. La femme assise à côté de moi maintenant sentait bon. Très bon.

— Qui était-ce ? demanda Joséphine.

J'hésitai une seconde, tentant de déchiffrer le ton de sa voix. Que penserait-elle de moi si elle savait qu'une femme que je ne connaissais pas m'avait embrassé ? Cependant, je m'étais engagé à lui dire la vérité et ce n'était pas le moment de m'arrêter. Elle m'avait pardonné mon intrusion dans sa vie privée, en lisant ces lettres. Je ne pensais pas qu'elle m'en voudrait pour si peu.

— Je ne connais pas son nom. Je l'ai rencontrée juste avant de partir pour la guerre. Nous étions sortis avec quelques amis. Elle et plusieurs de ses amies s'étaient jointes à nous dans un bar et nous avons fait la fête jusqu'au petit matin.

Je grimaçai en me rappelant du moment où nous étions sortis dans la rue, éblouis par le soleil du matin. Elle s'était jetée à mon cou et m'avait embrassé avant de me souhaiter bonne chance.

— Elle m'a dit que je méritais un baiser avant de partir à la guerre. Je suppose qu'elle a décidé de prendre cette responsabilité sur ses épaules. Son haleine sentait l'oignon.

— L'oignon ? dit Joséphine, les yeux écarquillés. Ça n'a pas dû être très agréable.

— Ça ne l'était pas. Mais je suppose que tous les baisers ne sont pas comme ça. Je n'ai pas d'autres expériences pour comparer, mais je n'y suis pas opposé. Surtout si c'est avec toi. J'attends avec impatience le jour où tu me donneras la permission de le faire.

Je souris en passant le doigt le long de sa mâchoire délicate.

Mon sourire s'évanouit en regardant son visage s'assombrir. Après tout le temps que nous avions passé ensemble la semaine dernière, j'arrivais de mieux en mieux à interpréter ses expressions faciales. Je savais à son visage qu'elle était triste.

— Moi j'ai embrassé Walter, me dit-elle comme si je lui avais posé la question. Plusieurs fois.

Ma poitrine se serra. Je ne voulais pas le savoir. Ni combien de fois elle l'avait embrassé ni si elle avait aimé ça. L'idée de sa bouche pleine de mensonges contre la sienne m'était insupportable.

Elle baissa les yeux vers ses genoux.

— Quand je pensais qu'il m'aimait, cela me paraissait normal. Après tout, nous allions nous marier. Du moins c'est ce que je croyais. Maintenant que je connais la vérité à son sujet, je me sens sale.

Mon cœur s'adoucit et j'oubliai ma jalousie. Je ne voulais pas qu'elle se sente mal d'avoir été dupée. C'était entièrement sa faute à lui.

— Non, tu ne dois pas penser ça. C'est lui qui était en tort. De toute façon, ce ne sont que des idées d'un autre âge, qui nous viennent de nos racines puritaines. Tu es une femme moderne, tu n'as aucune raison d'avoir honte.

Le coin de ses lèvres se releva légèrement tandis qu'elle me regardait.

— Tu parles comme quelqu'un d'intelligent et d'expérimenté.

— Je ne le suis pas, mais j'aimerais être intelligent. Pour toi.

Je levai mes deux mains devant moi.

— J'ai bien peur que toute mon habileté soit ici, et pas là, dis-je en me tapotant la tempe.

— Tu n'as pas besoin d'être autre chose que toi-même, que ce soit pour moi ou n'importe qui d'autre. Tu es une bonne personne, ce qui est le plus important. Et tu es intelligent. J'ai beaucoup d'admiration pour toi.

Ses compliments me réchauffèrent le cœur.

— Pour moi ? Comment ça ?

— Tu es un survivant. Tu as dû faire face à tellement d'obstacles dans ta vie, et pourtant tu es là, à aider les autres.

— Ta famille et toi m'inspirez cette générosité. C'est moi qui t'admire.

Elle resta silencieuse un moment. Un petit moineau sautait de branche en branche devant nous.

— Quand je pense à la manière dont il m'a embobinée, je suis remplie de honte, dit-elle. Je me demande comment tu peux m'admirer alors que j'ai agi aussi sottement.

— Ayant moi-même été à la recherche de l'amour et d'une famille depuis tellement longtemps, je peux très bien comprendre qu'on se laisse berner. Nos désirs viennent troubler notre bon sens. De toute façon, c'est de lui que j'ai une mauvaise opinion. Quand je vois à côté de quoi il est passé avec toi, je ne peux imaginer un être plus stupide.

Elle leva le regard vers moi.

— J'aurais dû garder mon premier baiser pour quelqu'un qui le méritait vraiment.

— Tu pourrais aussi oublier tout cela et te donner une chance de recommencer à zéro. Cela peut rester entre toi et moi. On pourrait tous les deux reprendre à « zéro baiser ».

Joséphine baissa à nouveau les yeux. Ses joues étaient devenues rouges, la rendant encore plus belle.

— Et à qui donc devrions-nous offrir notre premier baiser ? L'un à l'autre ?

— Je ne suis pas opposé à cette idée.

Oz et Willie rapprochèrent leurs museaux l'un de l'autre, comme pour nous montrer comment faire.

Elle sourit à nouveau et se tourna lentement vers moi.

— Je ne pensais plus jamais embrasser qui que ce soit, et te voilà. Honnêtement, j'ai du mal à savoir si je suis encore en train de tomber amoureuse de l'amour, mais tes sentiments pour moi sont exaltants.

— Y'a-t-il ne serait-ce qu'une part de toi qui pense que tu pourrais être amoureuse de moi et non de l'amour ?

Elle plissa le front.

— Comment le savoir ? J'ai peur de me tromper à nouveau.

— Si cela peut t'aider à prendre une décision, je suis d'accord pour t'embrasser.

Ses yeux s'élargirent et elle écarta légèrement les lèvres. Était-ce une invitation ? Je voulais attendre d'entendre les mots sortir de ses douces lèvres roses. Je ne craignais rien plus que de commettre une erreur et de l'effrayer.

— Attends-tu ma permission ? demanda-t-elle.

— Oui. Puis-je t'embrasser ?

— Tu peux.

Elle leva le menton et ferma les yeux.

— Vas-y.

Je ris.

— Ce n'est pas la peine de te montrer si stoïque. Tu pourrais au moins faire semblant que tu en as envie.

Elle rit aussi en ouvrant les yeux.

— J'en ai envie. Je ne suis juste pas certaine de savoir comment ça marche avec toi. Avec…

Je levai la main pour l'arrêter, je ne voulais pas qu'elle se remette à me parler de Walter.

— Ne dis rien. Je ne veux pas en entendre plus sur lui ou sur ses baisers.

Elle se reprit et baissa piteusement le menton en secouant la tête.

— Je suis désolée. Tu as raison. Plus un mot.

— Regarde-moi merveilleuse Joséphine.

Elle s'esclaffa soudain.

— Je me sens nerveuse tout à coup.

Je me penchai en avant, sans trop réfléchir cette fois-ci, et pris son visage entre mes mains gantées. Le monde s'évanouit autour de nous tandis que j'embrassais ses lèvres sucrées.

Celles-ci s'écartèrent légèrement, m'invitant à plonger davantage, ce que je fis. Après quelques secondes, je m'écartai pour la regarder. Elle me fixait avec de grands yeux.

— Est-ce que ça allait ?

— Je n'en suis pas certaine.

Elle me gratifia d'un large sourire.

— On devrait essayer à nouveau pour que je puisse te dire.

16

JOSÉPHINE

Embrasser Phillip était une expérience tout à fait nouvelle pour moi. Les baisers de Walter avaient été agréables, mais cette incroyable émotion qui m'envahissait jusque dans mes orteils était complètement différente. Le monde autour de moi avait disparu, seules la sensation de sa bouche contre la mienne et son odeur boisée existaient. Un profond désir parcourut tout mon corps.

Finalement, il mit fin à notre baiser. J'étais incapable de savoir depuis combien de temps nous nous embrassions. Quelques secondes, ou peut-être des années.

— C'était… magique, dit-il.

Je hochai la tête, incapable de prononcer le moindre mot.

— Apparemment, on peut être doué pour embrasser même avec peu d'expérience, dit-il.

— Ça n'a rien à voir avec mes précédents baisers.

Ceux de Walter étaient rapides et chastes, il ne faisait qu'effleurer mes lèvres. N'avait-il eu vraiment aucun sentiment pour moi ? Aucune passion ? Et qu'en était-il de mes sentiments envers lui ? Rien de ce qu'il avait fait, même ses baisers, n'avait jamais provoqué en moi un tel désir.

— Je ne savais vraiment pas comment c'était censé être, mais maintenant je sais.

— J'espérais qu'il en serait ainsi, mais n'ayant comme seule expérience que mon baiser à l'oignon, je ne pouvais pas en être certain.

Nous éclatâmes tous les deux de rire comme des enfants, libres de toute inhibition. Comme deux personnes qui n'avaient pas traversé les horreurs de la guerre ou la perte d'un parent, ou même la honte de la trahison. Était-ce le véritable effet de l'amour ? Avait-il le pouvoir d'effacer le passé ? Ou tout du moins de le mettre de côté pour faire place à une vie nouvelle ?

— Phillip, je ne savais pas.

— Savoir quoi ?

— Qu'un homme était censé me regarder comme tu le fais. Si je l'avais su, je n'aurais pas perdu ces années avec Walter. Et si tu n'étais jamais venu ? J'aurais passé ma vie entière sans connaître un tel sentiment.

Phillip effleura mes lèvres des siennes, mais sans s'attarder.

— Tout ça n'était pas pour rien. Si tu n'avais pas écrit à Walter toutes ces lettres, je ne t'aurais pas connue. Je n'aurais pas eu l'idée de venir ici.

Je levai les yeux vers le ciel. La lumière baissait peu à peu. Nous devions reprendre la route si nous voulions arriver à la maison avant la tombée de la nuit.

— Je voudrais que ce moment dure toujours, mais il faut que nous rentrions à la maison avant que maman ne commence à s'inquiéter.

— Un dernier baiser avant d'y aller ?

Il me fixait d'un air plus audacieux que jamais. Nous étions vraiment montés d'un cran dans l'intimité. Il était plus sûr de lui à mon égard et moi au sien. Je ne pouvais plus douter de Phillip. C'était un homme bon, un homme honnête qui me voyait comme un cadeau du ciel. Non, il n'était pas comme Walter. Cela me paraissait maintenant évident dans la lueur tombante du jour. Je n'avais plus à me punir moi-même, mais je pouvais simplement remercier Dieu de m'avoir donné une nouvelle chance de choisir la bonne personne.

— Un dernier.

Je lui souris en répondant à sa demande d'un autre baiser. Je ne savais pas qu'il était possible de sourire depuis mon ventre, comme si tout commençait là et montait ensuite jusqu'à ma bouche.

Il m'embrassa à nouveau, cette fois-ci avec un bras autour de ma taille, qui m'attirait tout contre sa poitrine.

— Il n'existe pas une autre fille comme toi, Joséphine Barnes. Pas dans tout l'univers.

— On dit qu'il n'existe pas deux flocons de neige identiques.

— Si tu étais un flocon de neige, tu rendrais tous les autres jaloux.

— Es-tu sûr que je suis celle de nous deux qui sait utiliser les mots ? demandai-je en souriant.

Il rit en ordonnant aux chevaux de repartir enfin vers la maison.

❄

LORSQUE NOUS ARRIVÂMES à la maison, les joues rosies par le froid, mais encore remplis de la chaleur de nos baisers, je fus surprise et ravie d'entendre le son de la voix de Poppy venant du salon. Je retirai rapidement les épingles de mon chapeau.

— Poppy est revenue, dis-je à Phillip. Viens, je vais te la présenter.

— Va donc lui dire bonjour pendant que je range nos manteaux. J'arrive.

Je le remerciai et me précipitai vers le salon. Dès que j'aperçus Poppy, assise entre Fiona et Cymbeline sur l'un des canapés, je m'arrêtai. Ses cheveux. Elle avait coupé ses longs cheveux bruns en un carré court qui lui arrivait juste au-dessus du niveau de la mâchoire.

— Poppy, qu'as-tu fait ?

— Elle s'est coupé les cheveux, répondit Cymbeline, l'air visiblement enchanté. N'a-t-elle pas l'air moderne ?

Je traversai la pièce en courant tandis que Poppy se levait du canapé.

— Tout est... tout est parti.

Je posai les mains sur ma bouche en essayant de ne pas pleurer.

Poppy me tendit les mains dans un geste d'apaisement.

— Jo, ne sois pas fâchée. Beaucoup de filles en ville se coupent les cheveux au carré. C'est très parisien.

— C'est aussi ce que disent les magazines de mode, ajouta Fiona.

Le carré de Poppy était légèrement ondulé, ce qui faisait ressortir sa solide mâchoire et ses grands yeux bruns. Mais tout de même, je ne pouvais m'empêcher de regretter ses longues mèches brillantes que j'avais tant de fois brossées et tressées lorsque nous étions jeunes. Son épaisse chevelure était impressionnante. Tout comme pour Jo dans *Les quatre filles du docteur March*, sa glorieuse beauté.

— Mais... mais... pourquoi ? demandai-je.

— C'est tellement plus facile à gérer, dit Poppy. Je me levais tous les matins à l'aube et souvent on m'appelait pour venir dans une ferme au milieu de la nuit. Comme ça, je peux me lever et sortir sans plus de préparation.

Je ne répondis rien, mais une tresse ou un chignon n'étaient-ils pas aussi simples ?

Comme si elle m'avait entendu, Poppy continua à argumenter :

— De toute façon, cette masse de cheveux me donnait mal à la tête. Tu ne veux pas que je souffre de maux de tête, n'est-ce pas ? Tu es bien trop gentille pour cela.

Elle me lança un sourire taquin, car elle savait très bien que ses paroles allaient me faire craquer. Elle me connaissait depuis trop longtemps.

— Jo, elle avait des maux de tête, dit Cymbeline en écho depuis le canapé. N'est-ce pas horrible ?

Je jetai à ma sœur un regard cinglant, qu'elle ignora complètement. À la lueur qui brillait dans ses yeux, je pouvais voir qu'elle prévoyait déjà sa nouvelle coupe de cheveux.

— Je sais très bien ce que vous êtes en train de faire *toutes les deux*, dis-je. Vous essayez de m'amadouer.

— Est-ce que ça fonctionne ? demanda Poppy. Je t'en prie, dis-moi que tu me pardonnes. J'étais tellement inquiète à l'idée de te montrer mes cheveux.

— Bien sûr que je te pardonne. Après tout, c'est ta tête.

— Exactement, c'est sa tête, confirma Cymbeline.

— Cym, dit Fiona. Tout ça ne te regarde vraiment pas.

— Poppy est aussi mon amie.

Cymbeline croisa les bras sur sa poitrine.

— J'ai le droit d'avoir mon opinion, et je pense qu'elle a l'air sophistiquée et contemporaine, libérée d'une société patriarcale.

Je ris tandis que mon irritation envers ma sœur s'apaisait.

— Cym, où vas-tu chercher ces idées ?

— Dans les livres, comme tu le sais très bien, répliqua Cymbeline. Des livres qui viennent de ta bibliothèque, devrais-je préciser.

— Il est vrai qu'il m'a semblé que je me débarrassais de beaucoup des attentes qui pesait sur moi en tant que femme, expliqua Poppy. Je me sens plus moi-même ainsi. Libre et indépendante.

— Elle a son propre travail, dit Cymbeline d'une voix surexcitée. Réfléchis donc à ça. Elle n'aura jamais à dépendre d'un homme.

— C'est vrai, dis-je. Je suis tellement fière de toi.

— Elle n'arrête pas de vanter tes mérites à quiconque veut bien l'écouter, dit Fiona. Nous le faisons tous.

Poppy nous adressa à chacune un sourire.

— Mes très chères amies, je suis contente d'être rentrée. Vous m'avez toutes tellement manqué.

Vraiment, qui étais-je pour la juger ? Poppy vivait dans un monde d'hommes, fait de fumier et de boue, tandis que je m'occupais de mes précieux livres dans une bibliothèque bien chauffée toute la journée. Cependant, Cymbeline était encore une enfant qui n'avait pas la moindre idée de combien son impétuosité pouvait lui apporter des problèmes. Un jour, elle aurait peut-être envie d'avoir un homme dans sa vie. Un concept qu'elle méprisait tant pour le moment pourrait l'intéresser plus tard. J'avais hâte de la voir tomber amoureuse et comprendre que la vie n'est pas toujours une course ou une compétition. Aimer quelqu'un allait la transformer, l'adoucir. C'était en tout cas ce que j'espérais.

— Toi aussi tu nous as manqué, dis-je à Poppy. Viens-là, que je te serre dans mes bras.

Quand elle passa les bras autour de ma taille, je sentis les muscles dans ses bras et ses épaules se contracter.

— Tu es devenue tellement forte.

— Je passe mon temps à essayer de maîtriser des animaux de la ferme, ça muscle.

Elle relâcha son étreinte et se rassit entre les filles.

En m'asseyant en face d'elles, je continuai à observer Poppy. En plus de sa nouvelle coupe de cheveux, il émanait d'elle une assurance et une confiance en elle qu'elle n'avait pas auparavant. Elle portait une robe de voyage bleu clair qui mettait en valeur sa stature petite, mais solide. À peine plus grande qu'un mètre cinquante, elle me rappelait souvent les quarter, cette race de chevaux qu'elle aimait tant, petits, forts et si gracieux.

Lorsque nous étions plus jeunes, je m'inquiétais qu'elle ne se sente écrasée par l'ombre des filles Barnes. Avait-elle parfois été jalouse de nous ? Si tel avait été le cas, cela ne s'était jamais ressenti. Mais son frère était notre employé. Même si papa et maman s'étaient toujours assurés d'inclure les enfants Wu et Poppy dans toutes les fêtes et les gâteries que nous recevions, cela ne changeait pas la réalité. Nous étions riches et ils ne l'étaient pas.

Quoi qu'il en soit, j'avais aujourd'hui devant moi une véritable femme du monde. Une professionnelle qui allait réellement apporter sa pierre à notre communauté.

— Tu es la personne la plus chanceuse au monde, dit Cymbeline. Tu travailles à l'extérieur toute la journée et tu n'as pas à te soucier des bonnes manières ou de rester propre et jolie.

— On peut très bien à la fois être forte et jolie, tu sais ? dit Fiona. Comme Poppy.

— Merci ma douce Fiona, dit Poppy. Tu as beaucoup grandi depuis la dernière fois que je t'ai vue. Toi aussi tu deviens une beauté comme tes sœurs.

Fiona rayonnait.

— Tu le penses vraiment ? Crois-tu que je deviendrai une belle jeune femme comme Jo et toi ?

— Je n'en doute pas une seconde, répondit Poppy.

— Bon sang, en quoi est-ce important ?

Cymbeline sauta sur ses pieds et vint se placer devant la cheminée.

— Tout ce bla-bla concernant la beauté est tellement ennuyeux.

— Je ne voulais pas dire que tu n'étais pas aussi jolie, dit Fiona, visiblement touchée. Mais tu n'as pas encore fini de grandir.

— Je sais bien, bécasse, dit Cymbeline en se radoucissant. Ce n'est pas pour ça que je l'ai mal pris.

À la lueur des flammes, son teint rayonnait de santé et de vitalité.

— Je suis d'accord pour dire que vous avez toutes l'air très belles.

— Tout à fait. Et toi, Joséphine Barnes, tu es toute brillante et rose.

Poppy plissa un peu les yeux.

— Je dirais même plus que tu ressembles à une fille amoureuse. Tes sœurs m'ont déjà parlé de votre invité. C'est avec lui que tu étais sortie ?

À cet instant, Phillip apparut à la porte.

— Le voilà. Phillip, viens donc saluer Poppy, dit Fiona.

Il se dirigea vers nous, mais la fatigue se voyait sur son visage.

— Je ne suis pas très présentable, j'ai travaillé toute la journée. Mais je voulais tout de même dire bonjour.

— Enchantée de faire ta connaissance, Phillip, dit Poppy.

Il hocha la tête.

— Moi de même. J'ai beaucoup entendu parler de toi.

Poppy l'inspecta de son regard brun plein de sagesse, sans chercher à cacher sa curiosité. Je n'avais pas écrit à Poppy depuis l'arrivée de Phillip, sachant qu'elle devait rentrer bientôt et que je pourrais tout lui raconter en personne. Que penserait-elle de mon scandaleux revirement quand je lui aurais exposé mes sentiments ? Tomber amoureuse de l'ami de mon ancien amour ? Ce n'était pas vraiment ça, me rappelai-je. Walter était un imposteur. Cependant, elle n'en savait rien, à moins que mes sœurs lui en aient déjà parlé.

— Je ne veux surtout pas savoir ce qu'elle t'a dit de moi, dit Poppy. Jo et moi nous connaissons depuis que nous sommes toutes petites. Elle sait tout de moi. Le bon, le moins bon et les secrets honteux.

— Elle aussi connaît tous mes secrets, ajoutai-je.

— Jo n'a vraiment rien à cacher, dit Poppy. De nous toutes, elle a toujours été la plus sage.

— On sait toutes que ce n'est pas Cymbeline, dit Fiona en plaisantant.

— Fiona, tu es censée être de mon côté.

Cymbeline lui donna un petit coup de coude pour la taquiner.

— Nous avons connu plus d'un incident, dis-je. Surtout à cause de Flynn et Cym.

— Tout ça est très exagéré, elle cherche seulement l'effet comique, dit Cymbeline.

— On s'amusait bien au cours de nos aventures, dit Poppy. Même s'il nous est arrivé d'avoir des problèmes.

— Phillip, joins-toi à nous, dit Fiona. Il reste du thé.

— J'aimerais beaucoup, dit Phillip. Mais je suis trop sale pour me permettre de m'asseoir avec de charmantes jeunes filles. Si vous voulez bien m'excuser, je vais aller me débarbouiller. Je vous verrai toutes au dîner.

Fiona prit quelques sandwichs d'un plateau et les mit sur une assiette qu'elle tendit à Phillip.

— Prends donc ceci avec toi dans la chambre. Tu dois être affamé.

— Merci beaucoup, Miss Fiona, dit-il en saluant poliment de la tête. C'est très gentil à toi d'y avoir pensé.

Elle lui sourit.

— Avec plaisir.

Il hocha la tête dans ma direction et se dirigea vers la porte. Ma main lui fit impulsivement un signe d'au revoir, comme si je ne la contrôlais pas.

❄

Avant le dîner, les cinq filles Barnes se rassemblèrent dans la chambre avec Poppy. Mes deux plus petites sœurs avaient déjà mangé et elles étaient en pyjama, blotties sous les couvertures dans leur lit superposé. Fiona brossait les cheveux de Cymbeline devant la coiffeuse. Poppy et moi étions assises côte à côte sur la banquette à côté de la fenêtre. Addie et Delphia mitraillaient de questions une très patiente Poppy depuis plus d'un quart d'heure.

— Est-ce que les animaux se sentent mieux grâce à toi ? demanda Addie. Sont-ils souvent malades ?

— Ils ne sont pas toujours malades. Parfois, c'est parce qu'ils vont accoucher qu'ils ont besoin de mon aide.

— De quels genres d'animaux t'occupes-tu ? demanda Delphia. Est-ce que tu as déjà vu des chatons ?

— On s'occupe surtout des cochons, des vaches, des moutons et des chevaux. Parfois, on nous demande de venir aider pour un animal de compagnie comme un chien ou un chat.

Poppy écarquilla les yeux et prit une voix menaçante.

— Et même une fois pour un vilain coq.

— Comme Rico ? demanda Addie. Il est très vilain. Parfois il me court après.

— Rico est gentil comparé à Red, dit Poppy.

— C'est comme ça qu'il s'appelait ? rigola Delphia.

— Oui, à cause de son tempérament de feu, dit Poppy.

— Que faisait-il comme bêtises ?

Les yeux de Delphia brillaient de curiosité. Un peu trop d'ailleurs, comme si elle cherchait des idées.

— Il donnait des coups de bec au fermier et à sa femme, et les chassait à chaque fois qu'ils venaient récolter les œufs, dit Poppy.

— Mais pourquoi ? demanda Addie.

— Red pensait que son devoir était de protéger les poules. Du coup, le fermier ne pouvait pas récupérer les œufs puisque ce vilain coq têtu l'en empêchait. Un jour, Red a mis des coups de becs sur la main de leur petite fille et elle a saigné. C'est à ce moment-là qu'ils nous ont appelé, Dr Miller et moi-même, pour leur venir en aide.

— Qu'as-tu fait ? demanda Addie.

— Nous avons conseillé au fermier d'établir sa domination. Les coqs sont très orgueilleux. Il fallait apprendre à Red que le fermier et sa femme étaient les maîtres.

— L'orgueil est un péché, dit Fiona en plaçant une barrette dans les cheveux de Cymbeline.

— Même pour un coq ? demanda Delphia, l'air déçu.

— J'en ai bien peur, dit Poppy.

— Est-ce que ça a marché ? demanda Addie. Ont-ils réussi à l'apprivoiser ?

— Pas cette fois-ci, rien n'y a fait. Red n'arrêtait pas d'attaquer les gens. Finalement, le fermier a décidé que cela était trop dangereux pour sa petite fille et il a dû se séparer de son coq.

— Où l'a-t-il envoyé ? demanda Delphia.

Poppy hésita avant de répondre.

— Je n'en suis pas certaine. Peut-être dans une autre ferme.

— Il est probablement passé à la casserole, oui, dit Cymbeline.

— Pourquoi était-il aussi méchant ? demanda Addie.

— Il était simplement très protecteur vis-à-vis des poules, dit Poppy. Certaines races sont comme ça. Red voyait tout le monde comme une menace pour ses poules.

— C'est vraiment désolant pour lui, dit Fiona. Il ne pouvait pas s'en empêcher.

— C'est vrai.

Poppy jeta un regard autour de la pièce.

— Vous m'avez toutes tellement manqué.

— Toi aussi, dit Fiona. Jo est presque perdue sans toi.

— Elle n'a pas tort, dis-je.

— Ça fait du bien d'être à la maison, dit Poppy. Mais je ne regrette pas d'être partie me former. Maintenant je vais pouvoir aider les fermiers d'Emerson Pass. J'ai beaucoup appris.

— En parlant de cela, dis-je, les Cassidy ont récemment perdu cinq de leurs vaches. Lorsque tu seras installée, j'aimerais t'emmener là-bas pour que tu les aides à comprendre ce qu'il s'est passé.

— J'en serais ravie, dit Poppy. Je suis très reconnaissante à Lord Barnes de m'avoir envoyée faire mon apprentissage avec le Dr Miller. Bien que Miller ne se soit pas montré très accueillant au départ. Je ne sais pas quel genre de faveur il devait à Lord Barnes, mais il est clair qu'il ne m'a pas reçue de gaieté de cœur.

— Parce que tu es une fille, précisa Cymbeline en se renfrognant. Il faudrait que nous nous répandions en remerciement simplement parce qu'on nous donne une occasion de travailler gratuitement.

— Cymbeline, sois gentille !

Fiona battait des cils en réprimandant sa sœur.

— Je n'ai pas envie d'être gentille, répliqua Cymbeline. Ce que je veux c'est pouvoir faire des choses, devenir quelqu'un d'important. Je ne veux pas passer le reste de ma vie à pondre des bébés.

— Je te comprends, dit Poppy. Mais la réalité c'est qu'il est plus difficile pour une femme de faire autre chose que d'être une mère, une infirmière ou une institutrice.

— Est-ce que ça a été dur pour toi ? demandai-je.

— Est-ce que le Dr Miller a été méchant avec toi ? demanda Fiona.

— J'espère que tu lui as rendu la pareille, s'exclama Cymbeline.

Poppy afficha un large sourire.

— Disons juste que la première fois qu'il m'a vue maîtriser un poulain sauvage, il a arrêté de bougonner au sujet de la fille qu'on lui avait mise dans les pattes. Après ça, il s'est montré plus respectueux, même s'il n'était pas particulièrement chaleureux.

— Je suis sûre que tu aurais une chose ou deux à lui apprendre au sujet des chevaux, dit Cymbeline.

— Il connaissait très bien l'anatomie des chevaux, dit Poppy. Mais moi, je connais leur âme et je sais les apprivoiser.

— Je suis fière de toi, dis-je en serrant sa main dans la mienne. Quelle belle réussite !

— Maintenant, racontez-moi ce qui se passe ici, dit Poppy. Qu'est-ce que j'ai raté ?

Mes sœurs se mirent toutes à lui répondre en même temps.

— Jo a un amoureux, dit Fiona.

— Et elle a enfin arrêté de se morfondre au sujet de cet horrible Walter, ajouta Cymbeline. Qui s'est révélé être un escroc.

— On va organiser une fête avec plein de gâteaux, dit Delphia.

— C'est une fête pour les Cassidy, expliqua Fiona. Ils ont des soucis d'argent et Jo organise une fête pour lever des fonds afin qu'elles ne perdent pas leur ferme.

— Phillip leur a fabriqué une jolie table, dit Addie. Et les jumeaux vont ouvrir un domaine skiable où on peut descendre la pente à toute allure sur des planches en bois.

— Seigneur, j'en ai raté des choses, dit Poppy. Mais commençons par le jules de Joséphine.

Elle se tourna vers moi.

— Raconte-moi absolument tout.

17

PHILLIP

Une routine quotidienne s'était installée, ce qui faisait passer les jours plus rapidement. Le matin, les jumeaux et moi partions pour la ferme des Cassidy. Au bout de quelques jours, avec l'aide de Viktor et Isak, nous avions terminé de réparer le toit de la grange. Je passais le reste de la semaine à faire des petites réparations et d'autres tâches. En fin d'après-midi, Joséphine venait me chercher avec le petit traîneau pour que je puisse nous ramener à la maison. Ces excursions nous servaient à deux choses. D'une part, je conduisais de mieux en mieux et je devenais aussi meilleur à embrasser Joséphine. D'autre part, nous discutions et riions beaucoup ensemble, et nous nous arrêtions toujours dans notre coin préféré, près de la rivière, pour échanger quelques baisers.

Chaque jour qui passait voyait mes sentiments pour elle s'approfondir. Je n'avais qu'un désir, épouser Joséphine Barnes. Mais qu'avais-je à lui offrir ? Je ne possédais même pas ma propre maison. Pour le moment, je n'avais qu'un seul client prêt à me payer pour un meuble. Le pasteur Lind m'avait demandé de lui construire un nouveau pupitre, qui soit digne de sa congrégation grandissante. Tandis que je travaillais à fabriquer ce meuble pendant mes soirées, je me rendais de plus en plus compte à quel point ouvrir mon propre atelier serait une gageure. Cela prendrait peut-être des années.

— Qu'y a-t-il ? demanda Joséphine.

Elle posa les doigts sur sa bouche, comme si elle s'inquiétait d'avoir fait quelque chose de mal.

— Il y a quelque chose qui t'importune, je le vois dans tes yeux.

— Je pense à l'avenir. Notre avenir.

— Et alors ?

— Peux-tu te projeter dans un futur avec moi ?

Elle me regarda dans les yeux, caressant ma joue du bout de ses doigts.

— Je pense que tu connais très bien ma réponse. Je ne serais pas ici avec toi si ce n'était pas le cas.

— Je n'ai pas de foyer à t'offrir, et mon propre avenir est incertain.

— Le moment venu, papa nous aidera.

— Quel genre d'homme cela ferait-il de moi ?

Je scrutai son visage à la recherche d'une réponse, mais la faible lumière d'hiver projetait des ombres qui m'empêchaient de bien l'observer. Je n'arrivais pas vraiment à discerner son expression.

— L'argent n'est pas tout, dit Joséphine.

— Dit quelqu'un qui n'a jamais manqué de rien.

Elle se raidit et se détourna de moi.

— Je suis désolé, dis-je. Je ne voulais pas me montrer méchant.

— Tu as raison. J'ai tout ce qu'il me faut. J'ai toujours vécu dans le confort. Je dois avoir l'air d'une enfant gâtée à tes yeux.

— Pas du tout.

J'avais du mal à trouver les bons mots pour m'exprimer.

— Tu es si pleine de grâce et tu travailles dur. Le vrai problème c'est que je ne suis pas assez bien pour toi.

— Un homme sûr de lui doit croire en ses capacités à réaliser ses rêves. Tu crois en tes talents et ta motivation, n'est-ce pas ?

— Oui, j'y crois. Mais tout ne dépend pas de moi. Il y a des circonstances qui échappent à mon contrôle.

— Et tu penses que c'est quelque chose que je ne comprends pas ?

Sa voix était aussi légère qu'une plume, mais aussi cassante que les glaçons qui pendaient des branches des arbres.

Je prononçai mes paroles suivantes avec une extrême prudence, car je savais qu'elles avaient le potentiel de la mettre encore plus en colère.

— Je pense que tu as reçu de l'aide et que moi je n'ai pas reçu grand-chose. C'est tout. J'ai peur de te décevoir.

Elle releva soudain la tête pour me regarder bien en face.

— La seule chose qui pourrait me décevoir c'est que tu agisses avec lâcheté. Si je suis vraiment celle que tu veux, alors fais tout ce qui est en ton pouvoir pour m'avoir.

— Ce n'est pas mon désir qui est en question. Je veux vraiment faire partie de ta famille. Mais il faut que je gagne ma place.

Elle releva légèrement le menton, me regardant de haut.

— Est-ce moi ou ma famille que tu veux ?

Je tressaillis, surpris par cette réaction. Pensait-elle que seule sa famille m'attirait vers elle ? Pensait-elle que j'en avais après son argent, comme ce stupide Walter ?

— C'est toi, Jo, par-dessus tout, c'est toi. Il est évident que ta famille est une bénédiction supplémentaire. Je mentirais si je disais que ces dernières semaines n'ont pas été les meilleures de ma vie, en partie grâce à la manière dont ils m'ont accueilli parmi eux. J'adore faire semblant d'être un grand frère pour tes sœurs. Le lien de camaraderie que j'ai formé avec les jumeaux est le genre d'amitié que tout homme rêve d'avoir. L'attention que me porte ton père et ses conseils sont une réponse à mes prières. Mais sans toi, Jo, ils ne sont qu'une famille que j'aime beaucoup. C'est toi que je veux, n'en doute jamais.

Je tendis les mains pour prendre les siennes.

— Je sais que tu es méfiante à cause de ce qui s'est passé Walter. Je ne peux pas te le reprocher. Mais moi, j'ai traversé tout le pays en dépensant mon dernier sou pour voir si ce que je croyais était vrai.

J'hésitai, incertain de comment continuer.

— C'est juste que je veux le meilleur pour toi, et je ne suis pas sûr de pouvoir te l'offrir.

— Les sentiments que j'ai pour toi… si tu venais à me trahir, j'en serais anéantie. Ce n'est pas comme avec Walter. J'avais fait de lui quelque chose qu'il n'était pas. Mais toi, tu es réel et je suis amoureuse de toi, Phillip Baker.

— Vraiment ?

— Oui. J'étais convaincue d'avoir complètement fermé mon cœur à l'amour jusqu'à ce que tu débarques. Si tu décides de m'abandonner parce que tu es pauvre, cela *me* brisera le cœur.

Ses paroles me firent littéralement fondre.

— Que veux-tu que je fasse ?

— Demande à papa la permission de m'épouser. Permets-lui de t'aider à concevoir un plan pour monter ton affaire ou pour trouver du travail. Emprunte-lui de l'argent si nécessaire. Ne laisse pas ton orgueil ruiner cette chance que nous avons d'être heureux.

— Mon orgueil est la seule chose que je possède, dis-je en souriant.

— Maintenant, tu m'as moi. Et mon étouffante famille qui se mêle de tout. Je préférerais vivre avec toi dans une cabane plutôt que dans un manoir avec quelqu'un d'autre.

Je l'embrassai de nouveau, le cœur rempli d'amour.

— Tu es sûre que c'est ce que tu veux ? demandai-je.

— J'en suis certaine !

— Je demanderai la permission à ton père, dis-je. S'il dit oui, me diras-tu oui aussi ?

— Phillip, oui. Je viens de te le dire.

— D'accord, d'accord, dis-je en riant, face à l'impatience dans sa voix. Il faut que tu te rappelles que je suis un homme, ce qui me rend plus lent à comprendre que toi.

— Voilà une vérité, dit-elle avec un grand sourire.

Pendant quelques secondes, elle avait l'air d'une enfant de huit ans qui venait de recevoir un cadeau.

— Et s'il dit non ? Que ferais-je alors ?

— Il ne dira pas non. Papa veut que je sois heureuse. Il nous aidera à démarrer dans la vie si nous en avons besoin.

J'espérais fort qu'elle ait raison. Si elle l'avait mal cerné, je ne sais pas ce que je pourrais faire pour le convaincre de me donner une chance. La vérité était toute simple. J'étais un homme sans fortune qui se préparait à demander la main d'une héritière. De telles unions n'étaient pas censées se produire. Je pouvais seulement espérer que le pays sauvage qu'il habitait coulait aussi dans les veines de Lord Barnes.

Tandis que nous reprenions le chemin vers la maison, je priai en silence. Mon Dieu, j'ai besoin d'un miracle.

❄

CHEZ LES CASSIDY, les jumeaux et moi passâmes la matinée à réparer une barrière, et à remplacer les planches pourries dans la grange. Les frères Olofsson n'avaient pas pu se joindre à nous ce jour-là, et je ressentais une tension entre les jumeaux. Ils avaient l'habitude de plaisanter et de se chamailler pendant le travail, mais aujourd'hui ils étaient silencieux.

Lorsque nous fîmes une pause pour le déjeuner, ils ne semblaient pas aussi joyeux que je l'étais. Nous venions de terminer un travail important pour une famille dans le besoin.

Étant donné leurs grands cœurs, j'étais surpris qu'ils ne soient pas plus enthousiastes d'avoir accompli une telle tâche.

Accoudés au traîneau, nous mangions nos sandwichs tout en buvant le thé chaud que Lizzie nous avait fait envoyer. La lumière de midi rendait la neige presque aveuglante, alors nous nous tenions dos au soleil.

— Je vais aller dire à ces dames que nous avons terminé pour le moment, dit Flynn.

Je m'attendais à ce que Théo le taquine au sujet de Shannon, mais il ne dit rien et ne montra même pas qu'il avait entendu.

J'attendis que Flynn soit à l'intérieur avant de me tourner vers Théo.

— Il y a quelque chose qui ne va pas entre vous ? Vous vous êtes à peine adressé la parole depuis ce matin.

Théo soupira et reposa sa tasse vide dans le panier à pique-nique.

— On s'est disputé. C'était vraiment terrible.

— Je suis navré de l'entendre, dis-je. Est-ce qu'il y a quelque chose que je puisse faire ?

— La seule manière dont tu pourrais aider serait de me remplacer dans notre entreprise de ski.

Je savais qu'il plaisantait, alors je répondis avec légèreté :

— Je ne crois pas être qualifié pour cela. Tu ne veux plus le faire ?

Je doutai soudain que ce fût une plaisanterie.

— Je voudrais aller à l'université, c'est ce que j'ai toujours voulu. Flynn a le chic pour m'entrainer dans ses combines. Maintenant je suis coincé. Il ne peut pas gérer un domaine skiable sans une personne plus analytique et attentive aux détails que lui. Il sera la face publique de notre entreprise, gérant l'aspect relationnel, tandis que moi je m'occuperai des opérations.

Il se frotta les tempes avec ses doigts, comme si sa tête lui faisait mal.

— Mais la réalité, c'est que je déteste ça. Tout cela me paraît horriblement ennuyeux, et nous ne sommes pas d'accord sur des aspects fondamentaux de la gestion de notre entreprise. Je ne suis pas sûr que cela vaille la peine de risquer notre relation fraternelle. Nous allons finir par nous détester.

— Que voudrais-tu réellement faire de ta vie ?

J'avais du mal à imaginer ce qui pourrait être mieux que de gérer une affaire avec son frère.

— Je veux devenir chirurgien.

— Chirurgien ?

— Pendant la guerre, j'ai appris quelques techniques médicales. Des médecins m'ont appris à poser des points de suture, à faire un plâtre ou à nettoyer une plaie. Je me sentirais utile en faisant ce genre de travail. Le ski c'est très amusant, mais ce n'est pas l'œuvre de ma vie. Flynn a toujours aimé passer du temps dehors. À la minute où il a vu les pistes de ski en Europe, c'est comme si une flamme s'était allumée en lui. Il a trouvé sa voie. Et moi aussi. Malheureusement, ce ne sont pas les mêmes. J'ai beaucoup réfléchi. Ce n'est pas normal que je me retrouve à marcher dans la neige pendant mon sommeil. Il est temps que je fasse ce que j'ai envie de faire. Si je ne le fais pas, ça va finir par me tuer. Je sais que c'est la vérité. Je lui en ai parlé hier soir, et c'est pour cela que nous nous sommes disputés. Pour lui, prendre ma propre voie revient à le trahir.

J'avais déjà laissé mon esprit errer vers des pensées dangereuses en l'écoutant. Je serais le parfait partenaire pour Flynn. J'étais plutôt doué en maths et j'avais le sens du détail nécessaire à faire rouler l'entreprise tandis que Flynn charmerait les clients et créerait une atmosphère de joie et de légèreté. Je mourais d'envie de dire tout cela, mais je savais que ce n'était pas une bonne idée. Ils me trouveraient ridicule de proposer une telle solution alors que je n'avais aucune expérience dans ce domaine.

Théo continua :

— Le raisonnement de Flynn n'est pas entièrement égoïste. Si c'était le cas, il me serait plus facile d'argumenter contre lui. Il pense que la seule manière dont Emerson Pass pourra survivre dans l'avenir, c'est d'ouvrir une entreprise qui créera des emplois. Nous devons imaginer un lieu qui attirera les gens fortunés. Un lieu pour les familles riches qui ont de l'argent à dépenser pour leur loisir, comme des vacances au ski. Papa est d'accord avec lui. Pour le moment, il n'y a pas beaucoup d'autres idées d'entreprises qui ne soient pas déjà prises. Une ville ne peut pas se développer sans de grosses entreprises qui génèrent de l'emploi. La scierie ne suffit pas, sauf si nous voulons sacrifier tous les arbres qui couvrent cette montagne. Ce village est parfait pour développer le tourisme. Il n'y a pas que les pistes de ski, il y a aussi le patin à glace.

Je n'avais jamais entendu Théo aligner autant de mots à la suite. Cependant, il s'arrêta brusquement lorsque Flynn réapparut. Son visage resta sombre.

— Tout va bien à l'intérieur ? demandai-je.

— Oui. Ces dames m'ont demandé de vous remercier, dit Flynn. Je n'ai pas vraiment envie de rentrer à la maison maintenant. Que pourrait-on faire ?

— On pourrait s'arrêter en ville et demander à votre père s'il a besoin qu'on fasse quelque chose à la maison, suggérai-je.

Comme s'il ne m'avait pas entendu, Flynn se tourna vers la montagne nord.

— Phillip, j'aimerais bien te montrer notre chalet. Ça te dirait de venir voir ce que nous avons fait avant de rentrer à la maison ?

— Bien sûr, si on a le temps.

— Je vais atteler les chevaux, dit Théo en poussant un soupir.

— Qu'est-ce qu'il y a frangin ? demanda Flynn à Théo. C'est quoi encore ton problème ?

Je ne savais pas ce qu'il avait cru entendre dans le ton de

Théo, qui m'avait semblé normal. Mais ces deux-là se connaissaient par cœur.

— Rien, répondit Théo. Nous ferons ce que tu commandes.

— C'était une *question*, pas un *ordre*.

La colère se lisait dans les yeux de Flynn.

— Tu cherches à me faire dire ce que je n'ai pas dit. Je n'ai rien à me reprocher.

— Rien à te reprocher ? explosa Théo. Non, rien, si ce n'est que tu n'as fait que ça toute notre vie.

— Fais quoi ? Suggérer que nous fassions autre chose que de rester assis dans notre chambre à lire constamment au lieu de vivre notre vie ?

— C'est ça que tu penses que je fais ?

— Si je n'étais pas là, pour sûr, répondit Flynn.

— Tu es un vrai mulet, tu sais ?

Théo se dirigea à grandes enjambées vers la grange où attendaient Oz et Willie.

Ne sachant pas vraiment comment réagir, je m'occupai en rassemblant les restes de notre déjeuner.

— Je suis désolé que tu aies eu à entendre ça, dit Flynn.

— Non, ce n'est rien.

— Il veut tout arrêter.

Flynn plissa les yeux en regardant le ciel.

— Il pense que c'est moi qui l'ai poussé à s'engager dans ce projet, ce que j'ai probablement fait. J'ai tendance à m'enthousiasmer pour les choses et j'ai toujours envie qu'il partage ce qui me fait vibrer. Mais il a d'autres projets. Des projets dont je ne fais pas partie. Depuis notre enfance, cette idée ne m'a jamais effleuré. J'ai toujours pensé qu'on allait tout faire ensemble.

— Vous avez tous les deux un lien qui est plus profond que la plupart des frères, dis-je. Cela rend parfois les choses plus compliquées.

— Je ne savais pas à quel point il m'en voulait jusqu'à récemment.

Il retira son bonnet et passa sa main dans ses cheveux.

— Et maintenant ça. Je ne sais pas quoi faire.

— Laisse-le partir, dis-je sans trop y réfléchir. Embauche quelqu'un pour gérer l'entreprise avec toi. Je suis sûr qu'il y a beaucoup d'hommes compétents qui seraient heureux qu'on leur offre une telle opportunité.

— Mais je veux un partenaire. Quelqu'un qui peut s'engager aussi sur le plan financier.

Théo ressortit de la grange avec les chevaux. Les jumeaux ne prononcèrent pas un mot tandis qu'ils attelaient Oz et Willie ensemble, s'occupant chacun d'un cheval. Ils bougeaient presque de manière identique. Pourtant, ils avaient des rêves et des désirs profondément différents. J'espérais, pour leur bien, que cela n'allait pas les diviser pour de bon. Aucune entreprise ne valait la peine de perdre son frère. Moi qui n'en avais pas, je le savais mieux que personne. La séparation serait difficile, même pour Théo. Mais peut-être était-elle nécessaire pour qu'ils puissent devenir les hommes qu'ils voulaient être.

❄

QUINZE MINUTES PLUS TARD, nous nous arrêtâmes devant le chalet fait de rondins. La lumière me fit cligner des yeux, tandis que j'admirais ce paysage de montagne. La pente avait été débarrassée de ses arbres pour former deux pistes qui serpentaient le long de la montagne, tels des ruisseaux de neige.

Flynn sauta du traîneau.

— À cette même époque l'année prochaine, des skieurs dévaleront ces pistes. N'est-ce pas magnifique ? demanda Flynn.

Il me montra le système de remontées mécaniques qu'ils avaient installé.

— Avec ça, tu peux monter au sommet. Tu n'auras même pas à te fatiguer. Allez viens, Phillip. Nous allons te montrer l'intérieur.

Je le suivis dans le bâtiment en rondins. Théo traînait des pieds derrière, mais il nous suivit tout de même.

La grande pièce rectangulaire était aussi rustique à l'intérieur qu'à l'extérieur. Les fissures entre les rondins avaient été bouchées avec du ciment.

— Tu ne peux pas imaginer le temps que ça nous a pris pour retirer l'écorce de ces troncs, dit Flynn avec fierté. Les Olofsson nous ont pas mal aidés, mais, on y a tout de même passé une bonne partie du printemps.

— Ils sont magnifiques, dis-je.

J'avais l'impression qu'il me demandait de faire un commentaire sur son propre bébé.

Flynn continua à faire le tour, en me montrant où se situerait le bar où l'on servirait des boissons chaudes et des sandwichs. Il me montra l'espace sous les fenêtres.

— C'est là que nous installerons les tables. Les gens pourront manger et boire, ou juste se détendre et se réchauffer avant de ressortir.

— Nous avions prévu de servir de la bière, dit Théo. Mais avec la prohibition, cela ne sera pas possible.

— Ça serait possible, dit Flynn, si mon puritain de frère voulait bien fermer les yeux.

— Je ne veux pas que notre établissement ferme parce que nous ne respectons pas la loi, dit Théo avec un regard noir. Mais mon criminel de frère refuse de se rendre à la raison.

— Tu sais très bien que le bar du village continuera à servir de la bière maison et de l'alcool en secret.

Flynn désigna une trappe sur le sol.

— C'est la raison même pour laquelle nous avons une cave.

Son plan consistait-il à servir de l'alcool dans sa cave ou à le fabriquer ? Quoi qu'il en soit, je ne pensais pas que ce soit le moment de poser la question.

— Qu'est-ce que tu en penses ? me demanda Théo.

— Je... Je n'en sais rien. Il est certain que la nouvelle loi sera contournée. Je ne pense pas que les gens vont arrêter de boire juste parce que le gouvernement le leur ordonne.

— Surtout à l'ouest, dit Flynn.

— Quelle que soit votre décision, il vous faudra rester unis.

Je me recroquevillai intérieurement, m'attendant à ce que leur dispute reprenne.

— Mais toi, qu'en penses-tu ? insista Flynn. Nous voulons connaître ton opinion. Départage-nous.

Je n'avais pas vraiment envie de donner mon avis, mais je le fis tout de même.

— Je ne connais pas grand-chose en tourisme, mais il me semble que servir de l'alcool serait rentable. Tant que vous ne vous faites pas attraper.

— Tu vois ? Lui, il est raisonnable, dit Flynn.

— Si on ne se fait pas attraper, répéta Théo. Nous n'avons aucune garantie de cela.

— Vous pourriez mettre en place des systèmes, dis-je. Des manières de vous débarrasser de l'alcool ou de le cacher si la police vient.

— Où nous pourrions simplement graisser la patte de notre shérif, dit Flynn. Tout le monde sait que Lancaster est un gredin de toute façon.

— Le seul point sur lequel nous sommes d'accord, dit Théo. Lancaster ne vaut pas mieux que les criminels qu'il met en prison.

— Peut-être que le mieux est de mettre cette question de côté pour le moment, dis-je. Vous n'avez pas vraiment à prendre cette décision tout de suite.

Pour qu'ils arrêtent de se quereller, je regardai la pièce plus avant, en proposant des aménagements, comme par exemple, où mettre la cheminée.

— Le plus important c'est de créer une atmosphère. Si vous voulez attirer de riches touristes, vous devriez réfléchir à votre décoration avec les femmes en tête. Pour celles qui ne skient pas, elles voudront peut-être passer leur après-midi ici. Il vous faudra une bonne flambée dans la cheminée, vous ne pensez pas ? Je pourrais vous fabriquer un beau tour de cheminée. J'y mettrais des gravures représentant des ours et des cerfs, ou autre chose qui soit typique d'ici. Il faudrait aussi des canapés confortables pour que les gens puissent se détendre après une longue journée de ski. D'ailleurs, avez-vous réfléchi à proposer une auberge sur place ? Sinon, où les touristes vont-ils loger ?

Lorsque je me retournai vers eux, ils me regardaient tous les deux avec de grands yeux.

— Je dépasse les bornes ? Je suis désolé. Je trouve ce projet très excitant.

— Non, non, continue, dit Flynn. Tu as d'autres idées ?

— Peut-être pas une auberge, dis-je, réfléchissant à voix haute. Quelque chose de plus grand, de plus impressionnant, comme ce qu'ils ont en Europe. Vous voyez ce que je veux dire ? Il faudrait aussi réfléchir à des activités que les gens puissent pratiquer l'été.

— La pêche à la mouche, murmura Flynn dans sa barbe. Nous pourrions proposer aux gens des vacances pour venir pêcher. Ils pourraient rester une semaine entière. Je les emmènerai dans les meilleurs endroits.

— Vous pourriez vendre le matériel sur place, dis-je, incapable de contenir mon excitation. Des cuissardes, et des mouches, tout ce qu'il faut. Et aussi les skis et des vêtements d'hiver. Comme ça vous multiplierez vos sources de revenus.

Flynn et Théo se regardèrent.

— C'est de ça que je parlais hier soir, dit Théo. Le genre d'enthousiasme que je devrais avoir, mais qui ne me vient pas. Il te faut un partenaire qui soit aussi motivé et excité que toi par cette aventure.

— Tu penses à ce que je pense ? demanda Flynn à son frère.

Le visage de Théo passa d'une expression combative à une expression contemplative.

— Ça me paraît assez évident. La solution à tous nos problèmes est juste en face de nous. Il est clair que Phillip est fait pour ce genre de travail.

Il se tourna vers moi.

— Phillip, toi tu as besoin d'un moyen de subsistance si tu veux pouvoir épouser Joséphine.

— Cela règle tous nos problèmes, dit Flynn avec un grand sourire. Je suis un génie.

— Mais… je n'ai pas les qualifications requises. Je n'y connais rien en ski.

Malgré mes protestations, mon ventre tressaillait d'excitation.

— On s'en fiche. Tu as le sens des affaires. C'est exactement ce qu'il nous faut.

Flynn posa une main sur mon épaule.

— Qu'en dis-tu, mon pote ? Ça te dirait de devenir mon partenaire ?

— Je n'ai aucun capital pour investir dans l'entreprise.

Cette réalité me démoralisa. Il était impossible que je devienne partenaire à parts égales.

— Je te prêterai ce qu'il faut, dit Théo. Tu me rends un fier service en me permettant de sortir de là, alors c'est le moins que je puisse faire. Quand vous commencerez à faire du profit, tu pourras me rembourser petit à petit.

— Te sortir de là ? dit Flynn en répétant les paroles de Théo. C'est vraiment si horrible que ça pour toi ?

— L'idée de pouvoir aller à l'université me retire un vrai poids des épaules, dit Théo. J'ai besoin de prendre mon propre chemin. Et de toute façon, Phillip va devenir notre frère quand il se mariera avec Joséphine, alors ça reste dans la famille.

— Si votre père accepte, dis-je.

— Tu sais bien qu'il va dire oui, dit Flynn. Nous, en tout cas, on le sait.

— Nous n'avons jamais vu notre très sérieuse sœur aussi heureuse, dit Théo. On te remercie pour ça.

— Bon, alors on est d'accord ? demanda Flynn. On se serre la main ?

C'est exactement ce que nous fîmes. Dans cette solide poignée de main, j'avais l'impression de voir toute ma vie se mettre en place. Dieu m'avait accordé mon miracle. Était-il possible que je reçoive ce que j'avais attendu si longtemps ? Une famille, un travail honnête et la femme de mes rêves ?

18

JOSÉPHINE

Après le petit-déjeuner, Poppy et moi nous rendîmes chez les Cassidy. Nous trouvâmes Shannon et Nora dans la grange, en train de nourrir le bétail.

— Elles sont tellement minces, me chuchota Poppy.

— Elles traversent une période difficile. C'est la raison pour laquelle je suis tellement contente que tu sois là pour les aider.

Je repris une voix normale pour lancer :

— Les filles, j'ai une surprise.

Elles se retournèrent toutes les deux vers moi en même temps. Elles portaient chacune une salopette et des bottes en caoutchouc pour homme. Leurs cheveux étaient recouverts d'un foulard, comme les paysannes.

Nora poussa un petit cri :

— Poppy, c'est bien toi ?

Elle lâcha sa fourche et courut vers nous.

— Oui, je suis rentrée, confirma Poppy.

Shannon posa sa pelle contre le mur et s'approcha.

— Je t'embrasserais bien, mais je ne suis vraiment pas propre. On doit faire peur, mais on a beaucoup de travail aujourd'hui.

Elle toucha le foulard sur sa tête de sa main.

— Ne dis pas n'importe quoi. Ça fait trop longtemps qu'on ne s'est pas vues pour que tu ne viennes pas m'embrasser.

Poppy prit les deux filles dans ses bras.

— Je suis vraiment désolée pour votre père.

Les yeux de Shannon s'emplirent immédiatement de larmes.

— C'est gentil. Il n'a pas souffert, c'était une crise cardiaque.

— Je suppose qu'on peut être reconnaissants pour cela, dit Poppy. C'était un homme bon. Je me rappelle à quel point il s'est montré encourageant quand je suis partie faire ma formation. Je lui ai promis d'apprendre tout ce que je pourrais.

— Il a toujours parlé de toi en termes très positifs, dit Shannon. Avec mes sœurs, on aimait bien le taquiner en disant qu'il aurait voulu avoir une fille comme toi.

— Tes cheveux, ils ressemblent à ce que j'ai vu sur une couverture de magazine, dit Nora timidement.

— Tu as bien changé, mais j'imagine que nous aussi, dit Shannon. Surtout habillées comme des garçons.

— Je trouve que vous avez l'air fortes et indépendantes, dit Poppy. C'est quelque chose que j'admire. Parlez-moi donc des vaches malades que vous avez perdues.

Je les laissai discuter et me rendis dans la maison pour apporter un panier de nourriture que Lizzie avait préparé. Une fois devant la porte d'entrée, je frappai et attendis Mme Cassidy. Lorsqu'elle vint m'ouvrir, elle m'accueillit avec un grand sourire.

— Entre donc, ma belle. Tu as encore ramené de la nourriture ? Jamais je ne pourrais suffisamment remercier ta famille pour votre gentillesse.

— Ce n'est rien. Nous sommes voisins.

Je déposai mon panier sur leur nouvelle table de cuisine. La pièce sentait le café. Une pâte à pain était en train de monter dans un bol à côté de la cuisinière.

— Comment vous sentez-vous aujourd'hui ?

— Le docteur est venu il y a quelques jours et m'a donné une poudre à prendre lorsque je sens venir le mal de tête.

Elle parlait doucement, comme si le simple fait d'en parler à voix haute risquait de déclencher une crise.

Son teint blafard ne s'était pas amélioré depuis la dernière fois que je l'avais vue.

— Est-ce que ça vous fait du bien ?

— Je n'ai plus eu de maux de tête depuis. C'est toujours comme ça, n'est-ce pas ?

Je soupçonnais que le travail effectué par les hommes dans sa grange et le reste de la ferme avait dû grandement la tranquilliser, ce qui devait aider à diminuer les maux de tête.

— Assieds-toi donc ! Je te sers un café ?

Mme Cassidy s'essuya les mains sur le devant de son tablier.

— Je n'ai pas grand-chose d'autre à t'offrir.

— Non, merci. C'est gentil, mais j'en ai déjà bu un ce matin.

Je m'assis à la table, dans l'une de leurs chaises branlantes. L'un des pieds était plus court que les autres, et la chaise vacilla lorsque je me tournai vers Mme Cassidy.

— Poppy est avec les filles. Je l'ai fait venir pour voir si elle arrive à comprendre ce qui s'est passé avec votre bétail l'été dernier.

— J'espère vraiment qu'elle trouvera. Shannon s'inquiète tellement pour le reste de notre troupeau.

Elle soupira en s'asseyant en face de moi.

— Mes pauvres filles ont le poids du monde sur leurs épaules. Parfois, j'aimerais avoir un fils pour les soulager d' une part de leur fardeau.

— Vous devriez être fière, elles font un vrai travail d'homme.

— Je suis très fière. Mais, ça n'empêche que ce n'est pas la vie dont je rêvais pour mes enfants lorsque j'ai quitté mon pays.

— Est-ce que vous envisagez encore de rentrer en Irlande ?

Elle secoua la tête en jetant un coup d'œil par la fenêtre, en direction de la grange. La lumière qui venait de dehors rendait visibles les fines rides autour de ses yeux et de sa bouche. Mme Cassidy était si jeune pour être veuve. L'année qui venait de s'écouler l'avait fait vieillir plus que de raison.

— Les filles sont complètement contre cette idée. Puisque c'est elles qui ont repris le travail de leur père, je ne peux pas leur imposer quoi que ce soit. Si elles sont d'accord pour fournir tout ce travail pour rester, qui suis-je pour refuser ? De toute façon, tous nos amis sont ici. Ces dernières semaines, j'ai vraiment pu constater à quel point une communauté peut faire la différence. J'aurais dû demander de l'aide plus tôt.

— En parlant de ça, j'ai une idée à vous proposer.

Je lui expliquai notre projet de fête.

— Ce sera à la fois un moment où tout le monde pourra s'amuser en cette fin d'année, et en même temps, cela permettra de vous soulager un peu financièrement.

Mme Cassidy s'essuya les yeux avec le coin de son tablier.

— Vous êtes tous si bons. Je ne pourrais jamais vous remercier. Vous inviteriez tous ces gens chez vous, juste pour nous aider ? Je ne sais pas quoi dire.

— Peut-être qu'un jour vous aurez la possibilité de rendre la pareille à d'autres. C'est comme ça que les choses fonctionnent, n'est-ce pas ? Parfois nous sommes en position d'aider les autres, et parfois c'est nous qui avons besoin d'aide.

L'inquiétude vint remplacer la gratitude dans ses yeux.

— Les filles et moi n'avons rien à nous mettre. Rien qui ne nous ferait pas honte.

— Maman fait à peu près la même taille que vous. Et mes sœurs et moi avons certainement des robes à prêter aux filles.

— Je ne sais pas trop. Ça fait beaucoup.

— Je vous en prie, laissez-nous faire ça pour vous. Pour vos filles. Ne méritent-elles pas une soirée pour s'amuser ? Une soirée où elles peuvent se sentir jolies et danser ?

— C'est vrai. Quand tu le dis comme ça, je vois bien que tu as raison. Je ne peux pas les priver de cela. Puis-je te parler d'une autre de mes inquiétudes ?

Elle me regardait en essuyant à nouveau son œil.

— Bien sûr, de quoi s'agit-il ?

— Ma Shannon semble avoir le béguin pour ton frère Flynn. J'ai peur qu'elle ne se ridiculise. Il y a peu de chances qu'une fille comme elle plaise à un Barnes.

Je me couvris brièvement la bouche, ne pouvant retenir un sourire.

— Mme Cassidy, je pense que vous sous-estimez la beauté intérieure comme extérieure de votre fille. Elle a en effet tapé dans l'œil de mon frère. Il n'y a pas qu'elle qui soit éprise. En réalité, nous avions peur que vous le trouviez trop canaille pour votre fille.

— Je vous connais tous depuis que vous êtes enfants, dit-elle. Je me souviens de lui petit garçon. Il était toujours gentil avec les plus petits.

— C'est vrai. Il a un grand cœur, même si parfois cela lui apporte des problèmes.

— Et il est courageux. Ma fille aurait de la chance d'être avec quelqu'un comme lui.

— Eh bien, maintenant que vous voilà tranquillisée, nous devrions toutes les deux faire en sorte de ne pas interférer. S'ils pensent que nous approuvons cette relation, cela pourrait ralentir tout le processus.

Nous fûmes interrompues par Poppy et les filles qui entrèrent dans la cuisine. Mme Cassidy interrogea immédiatement Poppy.

— Alors, qu'en penses-tu Poppy ? As-tu trouvé ce qui tuait nos vaches ?

— Le problème vient des glands, répondit Poppy.

— Les glands ?

— Oui, les glands.

Poppy pointa vers la fenêtre.

— Il y a beaucoup de chênes le long de votre barrière. Leurs glands tombent chez vous et les vaches les mangent, sans savoir qu'ils sont toxiques. Cela déclenche exactement les symptômes décrits par vos filles. J'ai vu un cas similaire l'année dernière dans un ranch.

— Que pouvons-nous faire ? demanda Mme Cassidy.

— Il va falloir couper les arbres si vous ne voulez pas que cela arrive à nouveau, expliqua Poppy.

— C'est ça ou ramasser des tonnes de glands chaque année, dit Shannon. Nous avons suffisamment de travail comme ça.

— Quand la neige aura fondu, Phillip et les garçons pourront venir vous aider à abattre les arbres, dis-je. Ça vous fera du bon bois pour le feu.

— Je vous suis tellement reconnaissante, dit Mme Cassidy. Nous ne pouvons plus nous permettre de perdre la moindre vache.

— Si vous faites ça, vous ne devriez plus avoir de problème, dit Poppy. Et je serai là au printemps pour les surveiller.

Mme Cassidy se mit à pleurer et se leva pour venir vers nous.

— Comment pourrais-je vous remercier ?

— En gardant vos filles ici, cela nous suffira, dit Poppy en souriant. Avec un peu de temps, je suis sûre que votre situation va s'améliorer. Et je serai là si vous avez besoin de moi, comme pour le reste de la communauté. J'ai envie que Lord Barnes soit fier de m'avoir envoyée étudier chez le Dr Miller.

— C'est déjà le cas, dis-je.

❄

— QU'EST-CE que tu en penses, Jo ? me demanda Flynn en s'affalant à côté de moi sur le canapé du salon.

Théo se tenait dos à la cheminée et me regardait avec les yeux brillants.

Il venait de passer les dernières minutes à m'exposer leur idée de faire entrer Phillip dans leur entreprise de ski et tourisme. Au départ, je n'étais pas convaincue. Il m'avait semblé que Phillip était passionné par son métier d'ébéniste. Gérer un domaine skiable ne semblait pas vraiment lui correspondre. Cependant, plus j'écoutais Flynn décrire la manière dont Phillip avait partagé avec animation ses idées pour le chalet et l'entreprise, plus je changeais d'avis.

— Pensez-vous que cela le rendra heureux ? demandai-je. Ou fait-il cela pour moi ?

— C'est toi qui le rends heureux, dit Théo. La question n'est pas de savoir s'il le fait pour toi ou pas.

— Je ne suis pas d'accord, dis-je. S'il ne le fait que pour moi, après un certain temps, il finira par m'en vouloir.

— Comme a fait Théo ? demanda Flynn.

Personne ne dit rien pendant un moment. Il était difficile de nier la réalité de cette affirmation.

— Je suis désolé, Théo, dit Flynn après un long silence gêné.

Théo le regarda avec un sourire fatigué.

— Ne le sois pas. Tu m'as donné ta bénédiction pour que je prenne mon propre envol. Je crois que maintenant nous pouvons mettre de côté nos rancœurs.

— Oui, tu as raison frangin, dit Flynn avant de se tourner vers moi. Ne vois-tu pas, Jo ? C'est une solution parfaite pour nous tous. Chacun de nous obtient ce qu'il veut, même Phillip.

Théo acquiesça.

— Il était vraiment enthousiaste, et il est clair qu'il est doué en affaires.

— Il a envie de faire partie d'une équipe, dit Flynn. Une famille, une fratrie. Toutes ces choses qui sont pour nous des évidences.

— S'il est sûr de lui, dis-je. Mais un homme n'aime pas avoir des dettes envers la famille de sa femme. Ce prêt m'inquiète un peu.

— Jo, tu t'inquiètes trop, dit Flynn. Tout va bien se passer.

J'observai le regard chaleureux de mon frère. De nous trois, il était celui qui ne s'inquiétait jamais, qui plongeait tête la première dans tous ses projets avec l'assurance que tout allait marcher comme sur des roulettes. Peut-être que son approche était meilleure que celle de Théo et moi, qui avions tendance à nous faire du souci au sujet de la moindre décision. Quoi qu'il en soit, je soutiendrai Phillip, quelle que soit sa décision. Il voulait faire en sorte que nous puissions nous marier, et c'était aussi ce que je désirais. J'espérais seulement qu'il n'aurait pas à sacrifier une trop grande part de son orgueil et de sa dignité pour y arriver.

Théo vint s'asseoir à côté de moi et plaça sa main sur la mienne.

— Jo, c'est une bonne chose pour tout le monde. J'en suis profondément persuadé.

Flynn prit mon autre main.

— S'il te plaît, Jo, dis-nous que tu es d'accord.

— Je suis d'accord, dis-je en leur souriant à tous les deux. Que Dieu soit avec nous.

— Amen, répondirent mes frères en chœur.

❄

JE FUS RÉVEILLÉE au milieu de la nuit par un rêve. Je m'assis dans mon lit et allumai ma lampe de chevet. Mon cœur battait la chamade et ma chemise de nuit était trempée de transpiration. Je pris plusieurs grandes inspirations et sortis de mon lit en enfilant ma robe de chambre en flanelle. Je frissonnai en me rendant jusqu'à la commode pour en sortir une nouvelle chemise de nuit. Plutôt que de retourner dans mon lit, j'allai m'asseoir devant la fenêtre. La nuit était claire et la pleine lune flottait dans le ciel.

Des bribes de mon rêve me revenaient. J'avais rêvé de ma

mère. Elle se tenait au-dessus de moi avec un couteau alors que je dormais. Dans mon rêve, j'avais ouvert les yeux juste avant que le couteau ne s'abatte sur ma poitrine.

— Qu'est-ce que tu fais ? lui avais-je demandé en arrêtant sa main au-dessus de moi.

— Théo, avait-elle répondu avant que je ne me réveille.

Théo. Malgré l'accord qu'avaient passé mes frères, Théo n'était pas sorti de l'auberge. Est-ce que le fait de se retirer de l'entreprise allait aider ? Je l'espérais.

Une faible lueur du côté de la grange attira mon regard. Je pressai mon visage contre la vitre. La silhouette d'un homme se tenait devant la barrière. Théo. Il était dehors. Faisait-il une crise de somnambulisme ?

J'enfilai un manteau et les bottes que je mettais pour aller à la grange et je sortis de ma chambre pour me diriger vers l'escalier.

Je me précipitai hors de la maison. L'allée qui menait à la grange était gelée, mais je courus aussi vite que possible. Je glissai, me rattrapant sur les mains. Je pris à peine conscience de la douleur qui s'est répandue dans mes paumes, et repartis aussitôt. Lorsque j'atteignis la grange, Théo s'était tourné vers moi.

— Théo, est-ce que ça va ?

— Jo, qu'est-ce que tu fais là ?

Il avait l'air lucide. Ses yeux étaient ouverts et il parlait d'une voix normale.

— Qu'est-ce que *toi* tu fais là ? demandai-je sans répondre.

— Une petite balade nocturne. Qu'est-ce que tu croyais ?

— Je croyais que tu étais somnambule à nouveau.

Il secoua la tête.

— Pas du tout. Je vais bien.

Je me rapprochai de lui, encore un peu inquiète.

— Pourquoi te promènes-tu dehors à cette heure-ci ?

— Je n'arrivais pas à dormir.

Ses joues brillaient à la lumière de la lune. Je réalisai qu'il avait pleuré.

— Théo, qu'est-ce qui ne va pas ?

— Je n'arrive pas à me débarrasser de ses mauvais souvenirs, Jo. C'est tout. Et les cauchemars. Parfois je crains de m'endormir.

Je plongeai les mains dans les poches de mon manteau. Le froid commençait à saisir mes jambes nues.

— Personne ne sait vraiment quoi faire pour t'aider.

— Je ne suis pas sûr qu'il y ait quelque chose à faire. Si ce n'est de me plonger dans quelque chose qui aura du sens pour moi. Quelque chose qui m'aidera à me concentrer sur l'avenir plutôt que sur le passé.

— N'est-ce pas la raison pour laquelle tu veux aller à l'université ?

— En partie, je suppose.

— Qu'est-ce qu'il y a d'autre ?

— Je ne sais pas vraiment comment l'expliquer. J'ai toujours ce sentiment étrange… celui de vouloir échapper à mon propre corps.

Je levai les yeux vers le ciel. Les étoiles scintillaient, comme pour m'encourager, mais je n'arrivais pas à recevoir leur lumière ce soir. Je me sentais enveloppée de ténèbres. Mon petit frère souffrait et il n'y avait rien que je puisse faire pour lui.

— Si je pouvais devenir médecin et sauver des gens, alors peut-être que Dieu me pardonnerait ce que j'ai fait là-bas. Les vies que j'ai enlevées.

— Théo, tu n'as fait qu'obéir à des ordres. Tu as fait ce qu'on te demandait.

— Je suis un homme pour lequel ce qu'on m'a demandé de faire pèse trop lourd. Les autres ne voyaient pas nos ennemis comme des êtres humains. Mais moi, oui. Je pouvais imaginer leur mère, comme la nôtre, qui attendait et priait tous les soirs pour leur retour. Et moi, je les ai privés de ça. Quel est le sens de ces guerres ? Nous nous battons pour des hommes qui veulent de plus grands territoires à occuper. Et qui en paye le prix ? Des mères, des épouses, des sœurs. Tout ça pour rien.

Je ne pouvais pas le contredire. Il s'agissait là de pensées qui m'avaient si souvent traversée lorsque mes frères, Isak et Walter étaient là-bas. Même aujourd'hui, sachant ce que Walter avait fait, je portais tout de même le deuil de sa perte et de celle de tous les hommes et femmes dans le monde qui avaient fait ce sacrifice ultime. Comme le disait mon frère, cela n'avait servi à rien.

— Je me demande parfois, continua Théo, si ce pour quoi nous luttions était même réel.

— La lutte pour que tous soient libres ?

— Oui, mais sommes-nous vraiment libres ?

— Pour ceux d'entre nous qui vivent dans des pays où règne la démocratie, je suppose que nous sommes aussi libres que possible.

— Je ne me sens pas libre. J'ai l'impression d'être enchaîné par les démons dans ma tête.

Il balaya la couche de neige qui recouvrait la barrière.

— Avant, je me disais que si seulement je pouvais rentrer à la maison, tout irait bien. Je serais vivant. C'est tout ce que j'avais en tête. Maintenant que je suis ici, je me rends compte qu'être vivant n'était pas la seule chose dont je devais m'inquiéter. J'aurais dû réfléchir à tous les dégâts que je ramenais avec moi.

— Oui, moi aussi je m'en rends compte maintenant. Ma seule prière à l'époque était : « Ramène-les à la maison. »

— Flynn dit qu'il va bien, mais je sais que ce n'est pas le cas. Et c'est pareil pour Isak. Aucun de nous ne redeviendra le garçon insouciant d'avant la guerre.

— Je pense qu'aucun d'entre nous ne peut être le même que quand nous étions enfants. La guerre nous a changés, même pour ceux qui sont restés ici. Mais Théo, même avant ça, nous étions touchés par la tragédie. Toi et moi avons perdu notre innocence le jour où mère est morte.

— Même avant ça, son étrangeté, sa violence…

— Les filles sont trop jeunes pour s'en rappeler, et Flynn a toujours eu cette manière de concentrer toute son énergie sur le présent. Mais toi et moi, nous sommes ceux qui en avons souffert.

Il tourna la tête pour me regarder un moment avant de se remettre à fixer l'étendue de neige.

— Oui, toi et moi.

— Pourtant, je me sens plus impuissante que jamais. Le jour où tu es revenu après avoir trouvé mère dehors, j'ai immédiatement su que tu ne serais jamais plus le petit garçon que tu étais censé être. Elle t'a volé ton enfance. Et à cause de cela, je la déteste.

— Est-ce que tu la détestes vraiment encore ?

— En réalité, j'essaye surtout de ne pas penser à elle.

— J'éprouve plus de pitié pour elle qu'auparavant. J'ai l'impression de la comprendre un peu. Je crains vraiment de devenir comme elle.

Sa voix se mit à trembler en prononçant ces derniers mots.

— Non, Théo. Tu n'es pas comme elle. Je me souviens d'elle mieux que toi. Tu n'es pas un malade mental comme elle l'était. Tu es seulement hanté par tes expériences. C'est horrible certes, mais ce n'est pas la même chose.

Je voulais tellement qu'il me croie. Tandis que je regardais une myriade d'émotions traverser son visage, je ne savais pas si ce serait le cas un jour. En était-il seulement capable ?

— Je ne sais pas quoi faire, Jo.

Je cherchais mes mots, sachant que mes prochaines paroles étaient d'une importance capitale. Papa m'avait dit un jour que le seul but de notre existence était de découvrir comment nous pouvions servir les autres au mieux grâce à nos propres talents.

— Théo, de nous tous, tu es le plus intelligent. Tu as toujours été l'intellectuel de la famille. Deviens médecin et va aider les autres. Expurge tes démons en te mettant au service des autres.

— C'est ce que papa nous a dit toute notre vie. Je pense que c'est ce sentiment qui a poussé Flynn à vouloir s'engager dans la guerre. Il voulait se servir de ses muscles pour combattre les méchants.

Je souris en pensant à mon frère et à ses capacités physiques.

— Il a fait ce qu'il pouvait pour avoir l'impression de donner quelque chose au monde. Maintenant, c'est à toi de faire la même chose.

— J'ai un aveu à te faire.

— Qu'y a-t-il ?

— Il y a une autre raison pour laquelle je suis en colère contre Flynn.

J'attendis sans rien dire.

— Louisa est amoureuse de lui. La fille que j'aime aime mon frère jumeau.

Mon cœur se serra. Pauvre Théo.

— Comment le sais-tu ?

— J'ai trouvé une lettre qu'elle lui a écrite pendant la guerre. Il ne m'en a jamais parlé, car il connaissait mes sentiments pour elle. J'essaye vraiment de ne pas être jaloux, mais je n'arrive pas à m'en empêcher. Il a tout ce que j'aurais aimé avoir.

19

PHILLIP

Le soir de la fête, je me tenais devant un miroir, ajustant ma cravate. Les jumeaux avaient déjà revêtu leurs costumes de soirée et ils étaient affalés sur leur lit.

— J'espère que Shannon en pince toujours pour moi et qu'elle dansera avec moi toute la soirée, dit Flynn.

Nous levâmes tous la tête en entendant frapper à la porte.

— C'est Cymbeline, dit la voix de l'autre côté de la porte. Je peux entrer ?

— À tes risques et périls, lui répondit Flynn.

La porte s'ouvrit et laissa apparaître Cymbeline. Elle portait une robe bleu clair ornée de manches en tissu brillant. Ses cheveux étaient rassemblés en un chignon sophistiqué, avec quelques mèches bouclées qui encadraient savamment son visage.

— Je n'arrive pas à croire que maman m'oblige à porter cette robe ce soir !

Cymbeline posa ses mains sur ses hanches.

— Je ressemble à ce coussin à épingles bleu qu'elle garde dans son panier à couture. Et regardez mes cheveux. Jo m'a fait une coiffure beaucoup trop… féminine.

— Quel est le problème ? interrogea Flynn. Tu es jolie.

Cymbeline frappa du pied.

— Je n'ai pas envie d'être un gros coussin. Fiona, elle, a le droit de porter une robe normale.

— Elle n'a que treize ans, soupira Théo. Je pensais que tu serais contente de pouvoir commencer à porter des robes de grandes.

— Je ne le suis pas. Tous les garçons de l'école vont se moquer de moi en me voyant comme ça.

— Je ne suis pas sûr que ce sera vraiment le cas, dit Flynn en fronçant les sourcils. D'ailleurs, il vaudrait peut-être mieux que tu ne t'éloignes pas trop de nous ce soir.

— Je suis d'accord, dis-je. Tu es bien trop jolie. Nous allons devoir garder l'œil sur toi.

Elle releva le menton et prit l'air hautain.

— Il est hors de questions que je laisse qui que ce soit me mettre en position compromettante. Ils vont recevoir mon poing dans la figure.

Si elle n'avait pas eu l'air d'un ange avec sa peau d'albâtre, ses beaux cheveux bruns et ses lèvres pleines, elle aurait peut-être eu une chance d'intimider les garçons. Mais Flynn avait raison. Aucun d'entre eux n'allait se moquer d'elle, ou avoir peur d'elle. À seize ans, elle était déjà de toute beauté, ce que sa robe ne faisait que mettre en valeur. Les garçons d'Emerson Pass n'avaient qu'à bien se tenir.

— Ne t'en fais pas, Cymbie, nous prendrons soin de toi, dit Flynn. Personne ne va embêter notre petite sœur.

Elle se précipita vers lui et le poussa des deux mains. Il tomba en arrière sur ses oreillers et éclata d'un rire sonore.

— Tu sais très bien que je déteste quand tu dis ça. Je n'ai pas besoin qu'on prenne soin de moi, surtout pas mes frères.

— D'accord, ne me fais pas de mal, Cym, dit Flynn en levant moqueusement les poings devant sa figure pour se protéger. Nous te jetterons aux loups si c'est ce que tu veux.

— Oui, c'est exactement ce que je veux.

Elle croisa les bras sur sa poitrine en le toisant du regard.

— Et arrête de te moquer de moi !

— Je suis désolé, mais tu es tellement drôle, dit Flynn. Je n'arrive pas à m'en empêcher.

— Calme-toi, petite sœur, dit Théo. Tu vas défaire ta coiffure.

Elle tourna sur elle-même pour lui faire face.

— Tu penses vraiment que j'en ai quelque chose à faire de ma coiffure ?

— Eh bien, tu devrais.

Nous nous retournâmes tous pour voir Joséphine qui se tenait sur le pas de la porte.

— Cela m'a pris un bon moment pour réussir à dompter ta crinière. Je ne serai pas très contente si tu te décoiffes avant même que la fête ne commence.

J'essayai de ne pas la fixer, mais mes yeux furent immédiatement attirés par son incroyable beauté. Elle portait une robe couleur lavande avec de longs gants blancs qui lui arrivaient en haut des bras. Ses cheveux étaient coiffés en une tresse élaborée que je n'avais jamais vue auparavant, mais qui mettait en valeur ses yeux et sa nuque.

— Toi.

Cymbeline pointa un doigt rageur vers Joséphine.

— Maman et toi vous avez comploté contre moi.

— Pour faire de toi une jeune fille digne de ce nom ? Pas vraiment.

Elle fit signe à Cymbeline de venir.

— Viens là, ma petite tigresse. Nous devons descendre toutes les deux. Papa nous appelle.

— Je préférerais passer la soirée avec les animaux, se murmura Cymbeline à elle-même.

Fiona apparut derrière Joséphine, puis se glissa sous le bras de celle-ci pour entrer dans la chambre.

— Oh, tout le monde est si beau ce soir ! N'est-ce pas merveilleux que nous puissions tous nous rassembler pour nous amuser tout en aidant les Cassidy ?

— Bon sang, Fiona, tu es obligée d'être toujours aussi joyeuse ? demanda Cymbeline.

Mais tout énervement avait disparu de sa voix. J'avais déjà remarqué que Fiona avait la capacité de la calmer par sa simple présence. Elle était adorable dans sa robe à col marin, du même bleu que celle de Cymbeline, mais coupée juste en dessous des genoux. Elle portait également un grand ruban blanc dans ses cheveux.

— Vous voulez qu'on descende tous ensemble ? demanda Flynn. Les cinq mousquetaires et notre cher invité.

— Où sont les petites ? demandai-je.

— Elles sont déjà en bas avec maman, dit Fiona. Elle leur a dit qu'elle pouvait manger une part de gâteau et rester un peu avec les grands.

— Je détestais ça quand il y avait des fêtes avec du gâteau et des cookies et que nous n'étions pas invités, s'exclama Cymbeline.

— Tu te souviens le jour où nous t'avions cachée dans le monte-plats pour essayer de voler quelques friandises ? demanda Théo.

— Tu es restée coincée entre deux étages, se rappela Flynn. C'était tellement drôle.

— Bien sûr que je m'en souviens, dit Cymbeline en grimaçant. Comment pourrais-je l'oublier ? Je pensais que j'allais pourrir là jusqu'à ce que je meure de faim ou de soif.

— Elle pensait que nous allions l'abandonner là-dedans, me dit Joséphine. Mais on était seulement partis chercher de l'aide.

Cymbeline nous jeta un regard mauvais en se frottant les mains.

— Pendant qu'ils étaient partis, je réfléchissais à toutes les manières dont j'allais les hanter quand je reviendrai sous forme de fantôme.

— Tu ne nous as pas raconté, dit Flynn.

— Je voulais faire goutter de l'eau sur votre visage pendant que vous dormiez, dit Cymbeline. J'avais aussi prévu de cacher vos affaires et de rire en vous regardant les chercher. À cause de moi, vous alliez finir par croire que vous étiez fous. J'avais préparé tout un plan.

— Un esprit machiavélique à l'œuvre, dit Théo.

— Mais non, elle n'aurait pas réellement fait tout cela, dit Fiona. Même en tant que fantôme.

— Notre petite princesse voit toujours le meilleur chez les autres, dit Théo.

— Même quand il n'y a rien à voir, ajouta Flynn, moqueur.

— Quand je pense que vous m'avez manqué tous les deux quand vous étiez partis, soupira Cymbeline.

Joséphine rit tout en prenant la main de Cymbeline pour sortir de la chambre.

— Allez, viens, vilaine. On a une fête qui nous attend.

Nous suivîmes tous. Théo avait donné le bras à Fiona et tous deux se souriaient en longeant le couloir. Il ne restait que Flynn et moi. Il me tendit la main pour que je la lui serre.

— Ne sois pas timide ce soir. Joséphine adore danser.

— Merci du conseil. Je vais faire de mon mieux.

— C'est tout ce qu'on peut faire, mon frère.

Mon frère. Ça sonnait vraiment bien.

❄

LE GRAND SALON avait été entièrement décoré de guirlandes lumineuses. Le chandelier en cristal projetait des petites lumières qui dansaient sur les murs. Un sapin de Noël décoré de vraies lumières remplissait la pièce de son odeur épicée. Les meubles avaient été poussés sur les côtés pour laisser la place aux danseurs. Au fond de la pièce, sur une grande table, se trouvaient toutes sortes de bonnes choses : gâteaux, cookies, tartes et bonbons. Équipée d'une petite louche, Lizzie servait un mélange de jus de fruits dans des flûtes à champagne qu'elle alignait soigneusement sur la table. Mme Wu, que je n'avais jamais vue en dehors de la cuisine, arriva, chargée d'assiettes et de couverts. Fiona se dirigea directement vers le piano pour ranger ses partitions.

— Prends donc un verre de jus, me proposa Joséphine. Amuse-toi. Moi, je dois jouer les hôtesses pendant quelque temps.

Les invités parurent arriver tous en même temps. Fiona et Li enchaînaient les airs de Noël tandis que la salle se remplissait. Jasper et Lord Barnes faisaient des allers-retours pour ouvrir la porte, prendre les manteaux et escorter les invités vers le grand salon. Joséphine et Quinn s'assuraient que tout le monde avait quelque chose à boire ou à manger. Je me tenais dans un coin de la pièce, à côté du sapin, observant toute cette animation.

Théo vint se placer à côté de moi et commença à me dire qui était qui en me donnant quelques détails de leurs liens avec la famille. Il se raidit soudain lorsque le pasteur Lind et sa femme entrèrent, accompagnés d'une jeune fille. Elle était frêle, comme Joséphine, mais un peu plus grande qu'elle. Elle portait des tresses blondes ramenées délicatement en arrière. Ses grands yeux bleus se posèrent immédiatement sur nous.

Il se tourna vers moi, faisant dos à la porte.

— C'est Louisa. Elle doit être revenue de son école. Je ne l'ai pas vu depuis que je suis parti pour la guerre.

Sa voix s'était faite plus rauque.

— Elle est encore plus belle que quand je suis parti, dit Théo. Je ne pensais pas que c'était possible.

— Vas-tu aller lui dire bonjour ? Elle regarde dans notre direction.

Je dis cela le plus discrètement possible, tout en regardant autour de la pièce pour faire semblant que je ne l'avais pas remarqué.

— Je ne peux pas. Je ne saurais pas quoi lui dire. La dernière fois que je l'ai vue, j'ai fait une énorme gaffe.

— Comment ça ?

— Je lui ai déclaré mon amour éternel et lui ai demandé si elle m'écrirait quand je serai en Europe.

— En quoi était-ce une gaffe ?

— Elle a éclaté en sanglots et elle est partie en courant, dit Théo. C'était avant que je sache qu'elle était amoureuse de mon frère.

— Non, vraiment ?

— Oui, vraiment, répliqua-t-il. Elle veut quelqu'un comme lui, qui soit fort et rapide.

— Pourquoi dis-tu ça ?

— La vie n'a pas été facile pour elle jusqu'à ce que le pasteur Lind et sa femme ne la recueillent quand elle avait neuf ans. Son père la battait et la torturait par d'horribles jeux, comme de la poursuivre dans la forêt, armé d'un fusil, pour lui apprendre à se défendre.

— C'est terrible !

J'eus l'estomac retourné à l'idée que quelqu'un pouvait se comporter ainsi envers une enfant innocente.

— Au fil des années qu'elle a passé chez les Lind, je l'ai vue s'épanouir. Elle a fini par perdre ce regard effrayé, le regard de quelqu'un qui attend le prochain coup.

Nous avions reçu à l'orphelinat quelques enfants qui venaient de foyers violents. Ils avaient en effet ce regard méfiant d'un animal battu, ils étaient toujours sur leurs gardes. Ils avaient tendance à sursauter et à se couvrir le visage au moindre bruit ou mouvement brusque.

Louisa se dirigea immédiatement vers nous.

— Elle arrive, dis-je en chuchotant.

— Quoi ? Tu es sûr ?

Je n'eus pas le temps de répondre à sa question qu'elle se tenait devant nous, m'adressant un sourire timide avant de poser la main sur la manche de Théo.

— Bonsoir, Théo.

Il se retourna vers elle, feignant la surprise.

— Bonsoir, Louisa. Tu es rentrée de l'école ?

Il baisa sa main gantée.

Elle inclina légèrement la tête.

— Oui, j'ai enfin reçu mon diplôme. Je connais maintenant toutes les différentes fourchettes et je peux traverser une pièce avec un livre en équilibre sur ma tête.

— Je te présente notre ami Phillip Baker.

Il posa une main sur mon épaule.

— Phillip, je te présente Louisa Lind.

Elle se tourna vers moi.

— Enchantée de faire ta connaissance.

— Également enchanté.

Je pris la main qu'elle me tendait, et inclinai la tête pour la saluer.

— Flynn est-il là ? demanda Louisa à Théo.

Elle n'avait pas attendu une seconde pour parler de Flynn. Je compatissais vraiment avec Théo. Ce n'était jamais facile d'être rejeté, mais c'était encore pire lorsque votre rival était votre charmant et populaire frère jumeau.

Théo se mit à parler très vite, sans reprendre sa respiration :

— Il est quelque part dans le coin. La dernière fois que je l'ai vu, il discutait avec Shannon Cassidy. Un verre de jus de fruits ? Louisa, Phillip ? Je pense que je vais rajouter un peu de whisky dans le mien.

— Je veux bien du jus, répondit Louisa.

— Moi aussi, ajoutai-je.

— Je reviens tout de suite.

Sans attendre notre réponse, Théo traversa la pièce à grandes enjambées vers le bol qui se trouvait sur la grande table.

Je m'éclaircis la gorge. Qu'étais-je censé faire maintenant ? J'avais bien envie de lui passer un savon. Quelle audace de lui parler de Flynn après la dernière conversation qu'ils avaient eue !

— Alors, tu habites avec les Barnes ? me demanda Louisa.

— Pour le moment, oui.

— Comment va Théo ? Te parait-il en forme ?

Je ne savais pas ce qu'elle connaissait de son état mental, et je ne voulais pas étaler des secrets de famille.

— Il a l'air d'aller plutôt bien.

Si ce n'est qu'il s'est amouraché de toi, pensai-je.

— Ma mère m'a dit qu'il ne paraissait pas lui-même lorsqu'elle l'a vu au festival de fin d'année. Je m'inquiète pour lui.

Elle s'inquiétait ? Par amitié, je supposai.

— J'ai cru comprendre que vous vous connaissiez tous depuis longtemps.

— Oui, nous sommes tous allés à l'école ensemble quand nous étions plus jeunes. Isak et les jumeaux sont partis à la guerre, et tout a semblé changer du jour au lendemain. Je repense souvent avec nostalgie à notre enfance.

— Le temps passe vite, n'est-ce pas ?

— Trop vite. Sauf quand ils étaient partis. Le temps semblait s'être arrêté tandis que nous attendions que cette horrible guerre se termine et que nos garçons nous reviennent. J'ai été envoyée à l'école de bienséance juste avant leur retour. Tous mes amis me manquaient, mais j'avais particulièrement hâte de revoir les jumeaux. J'ai un lien spécial avec leur famille.

Les jumeaux, ou seulement Flynn ?

— Ils se sont montrés si bons envers moi, répondis-je en parlant des Barnes.

— C'est ce que ma mère m'a dit.

Elle leva vers moi des yeux bienveillants, mais je n'avais aucun mal à les imaginer également méfiants et pleins de doutes. Les années n'avaient pas complètement rétabli son innocence. Elle avait connu la cruauté et la terreur. Tout cela se cachait encore derrière le vernis de son diplôme de bienséance.

— Elle m'a aussi parlé de ce que toi et les autres avez fait chez les Cassidy. Tout le monde vous en est très reconnaissant.

Je lui souris.

— C'est le moins que je pouvais faire pour une communauté qui m'a aussi bien accueilli. Je n'ai jamais réellement eu un endroit à appeler chez moi.

— Je n'ai pas grandi dans un orphelinat, mais je comprends ce que tu veux dire.

Théo revint et nous tendit à chacun un verre.

— Es-tu contente d'être de retour ? demanda Théo en donnant son verre à Louisa.

— Tu ne peux pas savoir à quel point. Après ce temps passé à Chicago, je suis encore plus certaine de préférer la vie à la campagne qu'à la ville.

— Je pense que Phillip ressent la même chose.

Je ris doucement en hochant la tête.

— Tant qu'on ne me chasse pas, j'ai bien l'intention de rester ici.

— Je ne m'étais pas rendu compte à quel point cet endroit est spécial jusqu'à ce que je le quitte. Parfois, on ne réalise pas ce qu'on a jusqu'à ce qu'on le perde.

Son front se plissa tandis qu'elle fixait son verre.

Théo la regarda porter son verre à ses lèvres et boire une gorgée.

— Mon père m'a dit que Flynn et toi avez dégagé un flanc de la montagne pour en faire des pistes de ski ?

— C'est exact. Nous voulons reproduire les pistes que nous avons vues en Europe.

— J'espère que cela n'amènera pas trop de monde ici. J'aimerais que notre petit village tranquille ne change pas trop.

Le regard de Louisa fut attiré vers la porte au moment où Flynn entra dans la pièce.

— Le voilà, murmura-t-elle, comme si elle avait entièrement oublié notre présence.

Je jetai un discret regard à Théo, qui descendit une grosse gorgée de son verre.

Louisa leva la main pour saluer Flynn qui venait vers nous.

— Bonsoir, Louisa. Bienvenue à la maison.

Flynn dit cela en lui baisant la main.

Ses joues devinrent toutes roses.

— Merci. Toi aussi. As-tu reçu mes lettres ?

Son visage pâlit tandis qu'il jetait un regard coupable en direction de Théo.

— Tout à fait. Merci.

— Je pensais qu'elles n'étaient peut-être pas arrivées, tu ne m'as jamais répondu, dit Louisa.

— Euh, c'est vrai. Je n'ai jamais été doué pour écrire, répondit Flynn.

Louisa replongea son regard dans son verre. Quand elle répondit, sa voix n'était qu'un murmure et il était clair qu'elle retenait ses larmes.

— Je devrais aller saluer les autres. Je vous souhaite une bonne soirée, messieurs.

Elle se précipita vers la porte et sortit en nous laissant tous les trois dans un silence gêné.

— Je suis désolé, dit Flynn. Je ne lui ai jamais demandé de m'écrire.

— Ce n'est pas grave. Ça ne me surprend pas.

Théo finit de vider son verre.

— Je ne voulais pas que tu le découvres, et surtout pas comme ça, dit Flynn à voix basse. Je suis désolé.

— Je le savais déjà. J'ai vu les lettres.

— Oh, non. Pardon. Je me sens nul !

— Ce n'est pas ta faute, dit Théo. Tu es naturellement drôle et charmant. À côté de toi, je n'ai aucune chance.

— Ce n'est qu'une fille, dit Flynn. Regarde toutes les autres qui sont autour de toi.

— C'est facile à dire pour toi, répondit Théo. Tu peux avoir n'importe laquelle.

— Pourquoi elle, de toute façon ?

Flynn sortit une flasque de sa poche et en but une rasade.

— Pourquoi tombe-t-on amoureux d'une personne et non d'une autre ?

Théo tendit son verre à Flynn.

— Sers-moi de ce truc, veux-tu ?

Flynn versa du liquide ambré dans le verre vide de Théo.

— Oublie-la. Elle n'a rien compris si elle me choisit plutôt que toi.

Flynn avait dit cela d'un ton léger, il essayait clairement de remonter le moral de son frère.

— Ouais, ouais. Comme tu veux.

Théo prit une gorgée de whisky et toussa.

— Je sors. J'ai besoin d'aller prendre l'air.

Il leva la main devant nous qui nous apprêtions à le suivre.

— Seul !

Nous le regardâmes traverser la pièce et sortir.

— Qu'est-ce que je peux faire ? m'interrogea Flynn.

— Je ne sais pas trop. Ça me fend le cœur pour eux deux. Il est clair qu'elle a un sérieux béguin pour toi.

— Ouais, super ! J'ai vraiment tout faux avec mon frère en ce moment.

Joséphine se joignit à nous, comme pour me secourir.

— Qu'est-ce qui ne va pas ? Vous avez tous les deux l'air tourmentés.

— C'est Théo et Louisa, expliqua Flynn.

— Ah, ça ! dit Jo.

— Elle m'a demandé pourquoi je n'avais pas répondu pas à ses lettres, dit Flynn. En présence de Théo.

— Quel manque de délicatesse ! s'exclama Joséphine.

— Je suis bien d'accord, renchéris-je.

Shannon Cassidy apparut. Avec ses cheveux coiffés et une magnifique robe verte ornée de perles, elle ne ressemblait pas à la fille que j'avais vue quelques jours auparavant à la ferme.

Flynn sembla s'illuminer comme un arbre de Noël en la voyant. Il lui prit les deux mains.

— Tu es… tout simplement… magnifique.

Elle sourit en faisant une petite révérence.

— Merci. J'ai l'impression d'être la reine d'Angleterre ce soir.

— Cette robe te va comme un gant, la complimenta Jo.

— Merci. Merci pour tout. Je n'oublierai jamais cette soirée, dit Shannon, l'œil humide.

Fiona se mit à jouer un air de valse au piano.

— M'accordes-tu cette danse ? demanda Flynn à Shannon.

— Avec plaisir.

Il lui prit la main et ils se dirigèrent vers la piste de danse, se joignant aux quelques couples qui dansaient déjà.

Je me tournai vers Joséphine en lui tendant la main pour l'inviter à danser.

— Mademoiselle ?

— Je te suis.

Mes jambes tremblèrent face au sourire qu'elle m'adressa. J'espérais être capable de tenir debout.

Je l'escortai jusqu'à la piste, puis, je passai le bras autour de sa taille de guêpe et pris sa main. C'était la première fois que je la tenais ainsi contre moi. J'eus un mal fou à ne pas la prendre dans mes bras et la porter jusqu'à la chambre.

— T'ai-je dit à quel point tu es belle ce soir ? dis-je à son oreille.

— Pas encore.

Elle leva les yeux vers moi ce qui me fit rater un pas.

— Je suis désolé, dis-je. Je ne suis pas le meilleur des danseurs.

— Mais non !

— C'est qu'en ta présence, mes jambes ne m'obéissent plus tout à fait.

— Cela n'arrive que dans les livres, non ?

— Je peux te dire par expérience qu'il n'en est rien.

— Oh, Phillip, je t'adore.

Elle soupira et posa sa joue contre ma poitrine.

— Je pourrais rester ainsi toute ma vie.

— Certaines soirées devraient durer toujours, dis-je.

— Mais cela ne sera pas le cas. Le matin viendra, que nous le voulions ou non.

— Lorsque deux personnes partagent un tel moment, il reste gravé dans leur mémoire à jamais. Un jour, nous nous assoirons sur notre porche, vieux et grisonnants, et je te dirai : « Jo, te souviens-tu de cette nuit où nous avons dansé ensemble pour la première fois ? »

— Et je te dirai : « Tu étais très beau dans ton costume, et je me souviens de l'odeur de ta crème à raser ». Que me répondras-tu ?

— Qu'il n'y a jamais eu de femmes plus merveilleuses dans l'histoire du monde que Joséphine Barnes.

— Tu es un vieil homme charmant. J'ai hâte de connaître ce futur toi, dit-elle en riant. Penses-tu vraiment que nous serons un jour vieux et grisonnants ? Je ne peux m'imaginer être quoi que ce soit d'autre que ce que nous sommes maintenant.

— Si nous avons de la chance, nous vivrons une longue vie ensemble et aurons beaucoup d'histoires à raconter sur notre amour à nos enfants et à nos petits-enfants.

— C'est ce que j'espère, dit Jo.

— Une vie entière de merveilleux souvenirs, voilà ce que je nous souhaite, dis-je.

La chanson touchait à sa fin, mais nous restâmes enlacés, en nous balançant doucement jusqu'à ce que la chanson suivante commence. Nous n'avions besoin que de la musique des battements de nos deux cœurs mêlés.

20

JOSÉPHINE

Plusieurs jours après notre petite fête, je me tenais sur une échelle dans la bibliothèque, en train de ranger des livres qui nous avaient été retournés sur les plus hautes étagères. Je sifflotai un air gai, heureuse de la manière dont s'était passée la fête pour les Cassidy. Nous avions récolté suffisamment d'argent pour leur permettre de traverser l'hiver confortablement et de remplacer plusieurs des vaches qu'elles avaient perdues en rachetant des veaux au printemps.

La matinée avait été bien occupée par les clients qui venaient chercher des livres pour les vacances de Noël, et je n'avais pas encore eu le temps de ranger les livres rapportés. Demain nous serions fermés pour Noël et pour le week-end qui suivait. Les gens ne voulaient pas manquer de lecture. Dehors, le ciel se chargeait de nuages lourds. Une tempête s'approchait. Je me dépêchai, pour ne pas rentrer trop tard.

Fiona m'avait accompagnée au travail aujourd'hui, pour m'aider à tout gérer. Phillip devait venir nous chercher vers seize heures pour nous ramener à la maison. Nous serions en sécurité chez nous avant que la tempête ne commence.

Quel mois nous venons de passer, me dis-je en posant le dernier livre. Un vrai tourbillon d'émotions, à commencer par le coup de poignard de la trahison, si rapidement et complètement remplacé par mon amour pour Phillip.

Fiona m'avait suppliée de l'amener avec moi. Elle s'ennuyait à la maison maintenant que l'école était fermée. Je l'avais laissée dans le bureau, pour se pencher sur la comptabilité. Papa lui en avait récemment enseigné les bases. Il m'avait demandé de la laisser s'entraîner en s'occupant du budget de la bibliothèque pour l'année à venir. Comme je détestais cette part du travail, j'étais ravie de la laisser faire. Je demanderai à papa de passer derrière pour s'assurer que ses calculs étaient corrects.

Du haut de mon échelle, je vis que mes dernières clientes, Mme Rory et sa fille June attendaient devant le comptoir pour emprunter leurs livres.

— J'arrive tout de suite, Mme Rory.

— Merci, Miss Barnes.

Je descendis prudemment l'échelle et me dirigeai vers le comptoir.

— Désolée de vous avoir fait attendre, dis-je. Je ne vous avais pas vues.

— Ce n'est rien, dit Mme Rory.

— Comment vas-tu aujourd'hui, June ? demandai-je à la fillette. Est-ce que toi aussi tu t'ennuies quand il n'y a pas école, comme Addie ?

Elle hocha la tête en me regardant timidement.

Les Rory et leur fille June vivaient juste à côté de l'église. Ils étaient venus de l'est du pays. Le mari travaillait à la gare. June et Addie étaient dans la même classe.

Nous discutâmes encore un peu tandis que j'enregistrais les livres pour elles. June continuait à me fixer, tout en s'accrochant d'une main au manteau de laine de sa mère.

— Vous avez fait de très bons choix, dis-je en leur donnant leurs livres. *Robinson Crusoé,* est très apprécié chez nous.

— Addie est mon amie, dit June soudain. Tu savais ça ?

Je lui souris.

— Je le savais en effet. Veux-tu que je lui passe le bonjour de ta part ?

— Oui, s'il te plaît. Et dis-lui que j'ai hâte que l'école reprenne. On s'assoit toujours ensemble pour le déjeuner.

— Je suis ravie d'entendre ça, dis-je. Maintenant vous devriez y aller avant que la tempête n'arrive.

— Comment savez-vous qu'une tempête arrive ? demanda Mme Rory.

— Le ciel, dis-je. Il me semble orageux.

Elle me remercia et elles sortirent précipitamment. Je passai les quinze minutes suivantes à terminer de tout ranger. Dehors, le ciel s'était obscurci et la neige commençait à tomber. J'eus soudain le sentiment qu'il fallait que nous rentrions immédiatement. *Ne commence pas à t'inquiéter,* me dis-je. Tout irait bien tant que le vent ne se mettait pas à souffler trop fort. Je me mis à nettoyer les tables et les chaises, tout en chantonnant pour éviter de trop réfléchir à la météo. Papa aurait-il le même instinct concernant la tempête et penserait-il à envoyer Phillip plus tôt ? Il se pouvait que nous soyons obligées de passer la nuit dans son bureau. Il y gardait toujours de la nourriture et des couvertures dans ce but précis. Il y avait aussi toujours du bois pour le feu, afin de rester au chaud.

Avais-je tort de tant m'inquiéter ? J'avais un mauvais pressentiment. *Tu exagères toujours,* me dis-je pour me rassurer. *Tout va bien.*

Je jetai un œil par la fenêtre arrière. La neige ressemblait à de la glace, et le vent s'était levé, agitant les branches des arbres.

Lorsque j'entendis la clochette de la porte d'entrée retentir, je me retournai, m'attendant à voir Phillip. J'avais oublié de verrouiller la porte d'entrée, tant j'étais préoccupée par la météo. Soudain, je m'immobilisai, le regard fixe. Pendant un instant, je n'arrivais pas à comprendre ce que je voyais. Ce n'était pas Phillip qui se tenait devant moi, c'était quelqu'un d'autre. *Non, c'est impossible ! Ça ne peut pas être lui.* Je devais avoir des visions. Je secouai la tête et clignai des yeux. Mais quand je les rouvris, il était toujours là. J'eus soudain la tête qui tournait. Je dus m'appuyer sur la chaise qui se trouvait devant moi pour ne pas tomber.

Ce n'était pas Phillip qui se trouvait devant moi, c'était Walter Green. Un Walter Green bien vivant.

21

PHILLIP

Une demi-heure avant le moment de partir chercher Jo et Fiona à la bibliothèque, je frappai à la porte du bureau de Lord Barnes. C'était maintenant ou jamais. J'avais l'estomac noué en attendant qu'il m'invite à entrer.

— Oui, qui est-ce ?

— C'est Phillip, monsieur. Puis-je vous parler un instant ?

— Bien sûr. Entre.

J'ouvris la porte avec les mains moites.

— Je m'excuse de vous interrompre, Lord Barnes.

Il était installé dans un fauteuil en cuir, un livre à la main, à côté d'un feu de cheminée. Je l'avais interrompu dans sa lecture.

— Est-ce que je vous dérange ? demandai-je.

— Pas du tout. Que puis-je faire pour toi ?

C'était la première fois que j'entrais dans le bureau de Lord Barnes. Joséphine m'avait expliqué qu'il s'agissait de son sanctuaire privé et que seule Quinn y passait parfois du temps avec lui. Une pièce simple et masculine, avec des meubles foncés et un long bureau en acajou. Sa lampe de bureau projetait une lumière jaune et chaleureuse contre le bois sombre. C'était l'endroit où il se réfugiait pour trouver le calme. *J'ai intérêt à me montrer bref,* me dis-je. Il voulait sûrement reprendre sa lecture.

— J'ai quelque chose à vous demander.

— J'allais justement me servir un petit whisky. Tu en veux un ? me demanda Lord Barnes.

— Merci, monsieur. Voulez-vous que je nous serve ?

— Oui, c'est gentil.

Il plaça un marque-page en plume dans son livre avant de le déposer à côté de lui.

— Je suis vraiment navré de vous interrompre en pleine lecture.

Les mains tremblantes, je réussis à verser deux verres de whisky sans rien renverser.

— Ce n'est pas grave. Je suppose que si tu es là c'est que tu as quelque chose d'important à me dire.

Il me regarda d'un œil pétillant. Il devait savoir pourquoi j'étais là. J'eus l'impression de pouvoir un peu mieux respirer. Il s'attendait à ce que je lui demande la main de sa fille. Il allait me l'accorder. Jo et les jumeaux avaient raison.

— Oui, monsieur.

Je lui tendis un verre et attendis qu'il m'invite à m'asseoir.

— Assieds-toi, je t'en prie.

Je m'exécutai et pris une gorgée de whisky. L'alcool me brûla la gorge. Je toussai et tapai mon poing contre ma poitrine.

— Tu n'es pas vraiment un amateur de whisky, n'est-ce pas ? me demanda Lord Barnes d'un air amusé.

— Non, pas vraiment.

— La première fois que j'en ai donné à Quinn, elle n'arrivait plus à s'arrêter de tousser et a ensuite déclaré qu'il s'agissait de la pire chose qu'elle avait jamais goûtée, ou quelque chose du genre. Je sais que c'est terrible, mais ça m'a fait rire.

Je posai mon verre sur la petite table entre nous.

— Que puis-je faire pour toi, jeune homme ?

Je déglutis. Le whisky semblait vouloir remonter.

— Je suis là pour vous demander la main de Joséphine.

— Je vois.

Lord Barnes m'observa sans ciller.

— Je comprendrai que je ne sois pas votre premier choix.

— Alors pourquoi devrais-je accepter ?

— Parce que je l'aime comme personne n'a jamais aimé une femme. Je la chérirai et je prendrai soin d'elle mieux que n'importe qui. Je ferai tout mon possible pour lui offrir une vie agréable. Elle me donne envie de me battre. Je sais que je ne suis pas assez bien pour elle, cela est une évidence. Mais pour une raison ou une autre, elle m'aime autant que je l'aime. Je suis venu ici sans rien, mais cela ne durera pas. Si tout se passe bien avec le domaine skiable, bien entendu.

— J'ai toute confiance en Flynn et toi.

— Vraiment ?

— Absolument. Cette solution paraît parfaite, tant qu'elle te convient réellement. Qu'en est-il de l'ébénisterie ?

— Cela restera pour moi un hobby intéressant, dis-je. Je pourrais continuer à fabriquer des choses pour notre famille.

Il plissa les yeux en me regardant.

— Tu as vraiment l'air sûr de toi.

— Je le suis, monsieur.

— Tu as apporté de la joie à tous mes enfants en venant ici. Théo est maintenant libre de faire ce qu'il veut, avec la bénédiction de son frère. Je te donne ma permission d'épouser Joséphine.

— Oh, je vous remercie, monsieur.

Je sentis ma poitrine enfler de bonheur et de soulagement.

— Je vous promets que vous ne le regretterez pas.

— Pensais-tu que j'allais te dire non ?

— Je ne pouvais pas en être sûr.

— Sois tranquille, dit Lord Barnes. J'espère juste que ce changement va faire du bien à Théo.

— Je l'espère aussi, monsieur.

Lord Barnes ne dit rien pendant un moment, sirotant son verre de whisky.

— Tout va à une telle vitesse, jeune homme. Un jour ce sont des petits enfants en culottes courtes, et le lendemain ils partent à la guerre. Ou ils s'apprêtent à se marier avec un jeune homme plein d'avenir.

— Merci, monsieur.

— Je ne peux qu'espérer que je leur ai transmis ce qu'il faut pour qu'ils s'en sortent. Je ne parle pas financièrement, mais émotionnellement. Mon Théo.

Il tourna le regard vers la cheminée. Une profonde tristesse emplit son regard.

— Je m'inquiète sans arrêt pour lui.

Que pouvais-je dire qui ne paraîtrait pas galvaudé ? Je ne savais pas ce que c'était d'élever des enfants et de les voir devenir adultes. Je ne savais même pas ce que c'était d'être l'enfant bien aimé de quelqu'un. Quel effet cela aurait-il fait d'avoir un père comme Lord Barnes, encourageant qui m'aimait inconditionnellement ?

— Monsieur, si je peux me permettre, ils ont de la chance de vous avoir pour père.

— C'est gentil de ta part. Parfois, je me pose la question. Je doute de toutes mes décisions en me demandant comment les choses se seraient passées si j'avais fait ceci plutôt que cela.

— Ils sont tous devenus des gens bons, monsieur.

— Oui, c'est vrai. Si cela vient de leur père, alors je m'en suis bien sorti.

— Je le crois, monsieur.

— Pendant les années où mes garçons étaient partis, je ressentais une pression permanente sur ma poitrine. J'avais toujours la même question en tête. Mes précieux fils allaient-ils me revenir ? Pendant la première année de leur vie, ils dormaient collés l'un contre l'autre, comme s'ils étaient encore dans le ventre de leur mère.

Il se tourna vers moi, l'œil vitreux.

— Je passais de longues minutes à les regarder, en m'émerveillant à la vue de leurs parfaits petits doigts, de leurs parfaits petits orteils, et presque jaloux de savoir qu'ils seraient toujours là l'un pour l'autre. Je me sentais plutôt seul à l'époque. Tu connais l'histoire de ma première femme.

— Oui, je comprends.

— Un jour, quand les jumeaux avaient environ un mois, j'ai retrouvé Joséphine à côté de leur berceau. Elle avait trois ans à l'époque, mon petit ange aux cheveux si blonds qu'ils paraissaient argentés et au regard d'une sagesse sans fond. Elle m'a regardé et a dit : « Papa, comment se fait-il qu'il n'y ait pas une autre moi ? Ça me donne l'impression d'être seule. »

— Que lui avez-vous répondu ?

L'image d'une Joséphine si petite était émouvante.

— Je lui ai dit que je la comprenais très bien. Que moi aussi, je les enviais. Puis je l'ai prise sur mes genoux et je lui ai assuré que je l'aimais de tout mon cœur. Elle s'est pelotonnée contre moi, avec toute la confiance des enfants. Nous sommes restés ainsi à regarder dormir les bébés, jusqu'à ce qu'elle lève les yeux vers moi. Elle m'a dit : « Papa, je serai une bonne grande sœur, n'est-ce pas ? Même si je suis un peu jalouse ? » J'ai ri en voyant son regard inquiet et je lui assurai qu'elle serait parfaite. Et je ne me suis pas trompé, elle qui a aimé ses frères lorsque sa mère ne pouvait pas le faire.

Il se tourna sur son fauteuil pour me faire face.

— Phillip, il y a toujours eu quelque chose de solitaire en elle. Peut-être parce qu'elle était la grande sœur de jumeaux et qu'elle se sentait exclue. Ou peut-être parce que sa mère ne pouvait pas être là pour elle. Ses sœurs, qui sont nées à trois ans d'intervalle, ont toujours été proches toutes les deux, peut-être parce qu'elles sont si différentes. Jusqu'à l'arrivée de Quinn, Cymbeline et Fiona étaient plus comme les enfants de Jo que ses sœurs. Même après cela, elle a toujours gardé ce regard distant, mais plein de désir dans ses yeux. Parfois, je la trouvais regardant par la fenêtre, comme si elle attendait que quelqu'un vienne pour elle. Et un jour, tu es arrivé. Dès que tu es entré dans cette maison, j'ai su que tu étais celui qu'il fallait pour ma Joséphine. Tu es celui qu'elle attendait, même si elle ne le savait pas. Elle est différente quand elle est avec toi. Son cœur semble plus léger, plus joyeux. Elle ne soupire plus après quelque chose d'invisible. Elle s'est ouverte à toi, jeune homme. C'est un cadeau à ne pas négliger.

J'avais la larme à l'œil et j'eus du mal à me reprendre pour parler.

— Si je peux me permettre, j'aimerais dire que moi aussi, j'avais ce profond besoin de trouver quelqu'un. Je ressentais cette solitude sans fin qui n'a disparu que lorsque j'ai commencé à lire les lettres de Jo. Je ne sais pas très bien pourquoi ni comment, mais nous arrivons à remplir ce vide l'un pour l'autre.

— Et pour cela, jeune homme, je te serai éternellement reconnaissant d'avoir débarqué chez nous en déclarant ton amour pour une jeune fille que tu ne connaissais qu'à travers ses lettres. Elle a écrit ces lettres à l'âme sœur qu'elle a cherchée pendant toutes ces années. Dieu a voulu qu'elles tombent entre tes mains. Ce n'est pas par hasard.

Je penchai la tête, et à mon grand désarroi, je me mis à pleurer.

Lord Barnes posa une main sur mon épaule.

— Ah non, fiston. Pas de larmes aujourd'hui. Tu as sûrement suffisamment pleuré pour toute une vie. Tu es un Barnes désormais. Tu ne seras plus jamais seul.

Sa gentillesse ne fit qu'empirer les choses. Je posai les mains sur mon visage et essayai de m'arrêter de pleurer. Avant que j'aie pu comprendre ce qu'il m'arrivait, Lord Barnes m'avait fait lever de mon fauteuil et me serrait dans ses bras. J'aurais dû me raidir et m'éloigner comme un homme, mais à cet instant j'étais redevenu petit garçon. Un petit garçon abandonné. Un petit garçon qui n'attendait que les bras d'un père autour de lui.

— Tout va bien, mon garçon, dit Lord Barnes en me tapotant le dos. Tout cela est derrière toi maintenant. Nous voulons que tu fasses partie de la famille. Chacun d'entre nous. Même notre très guindé Jasper t'aime bien, et il n'aime personne.

Je ris à travers mes larmes avant de me redresser.

— Je suis désolé. Je ne sais pas ce qui m'a pris.

— Cela faisait trop longtemps que tu étais seul, c'est tout.

Lord Barnes posa ses deux mains sur mes épaules.

— N'aie jamais honte de montrer tes sentiments à Joséphine. Une épouse aime savoir ce qu'il se passe dans la tête d'un homme. C'est Quinn qui m'a appris cela. Elles ont moins peur des émotions que nous.

— Oui, monsieur. Cela étant dit, peut-être pourrions-nous éviter de dire à ma future femme que j'ai pleuré devant vous comme un petit garçon.

Il rit en lâchant mes épaules.

— J'espère que tu n'hésiteras pas à venir me voir si tu as besoin de quoi que ce soit. De conseils ou juste d'une oreille.

— Merci, monsieur. Je le ferai.

— Maintenant, il y a autre chose dont nous devons discuter. Vous allez avoir besoin de votre propre maison pour commencer votre famille.

Je baissai immédiatement la tête, honteux.

— Je pensais louer un petit appartement en ville pour nous.

Il se versa encore un peu de whisky.

— Je ne pense pas que cela sera nécessaire. J'ai mis de côté des fonds pour chacune des filles lorsqu'elles se marieraient. C'est Quinn qui en a eu l'idée. S'il devait m'arriver quelque chose, elles auraient tout de même une dot. Même sans tes revenus, Joséphine a ce qu'il lui faut pour vivre modestement pendant plusieurs années, et même pour se construire une maison si elle le désire.

— Je ne sais pas quoi dire.

— Il y a une condition.

— Oui ?

— Si tu peux trouver dans ton cœur un peu de miséricorde envers ton beau-père, je te serais très reconnaissant si vous construisiez votre maison sur notre propriété. Vous pouvez choisir l'endroit qui vous convient, tant que je peux voir les lumières de chez vous depuis ma fenêtre. C'est la seule chose que je te demande.

— Lord Barnes, j'en serais heureux. D'ailleurs, je crois que je connais déjà l'endroit que Jo choisira.

Il soupira, visiblement soulagé.

— Merci d'avoir pitié de moi. Je te promets que je n'interférerai pas trop dans votre vie. Bien que nous serions ravis de vous avoir à la maison pour le dîner du dimanche. Seulement de temps en temps, bien sûr.

— Ce sera avec plaisir !

Il claqua des doigts.

— J'ai failli oublier. J'ai quelque chose pour toi.

Il se dirigea vers son bureau.

— Lorsque Joséphine est née, mes parents m'ont envoyé une bague qui est dans la famille depuis des années. Ils m'ont demandé de la lui donner quand elle se marierait. Elle appartenait à une tante dont ma mère était très proche, qui s'appelait aussi Joséphine.

Il me tendit un petit sac en velours. Je l'ouvris et en sortis une bague sertie d'une émeraude, entourée de petits diamants.

— Monsieur ? Vous êtes sûr ?

— Tu penses qu'elle la trouvera trop classique ?

— Elle est classique. Je crois qu'elle va l'adorer.

— Sers-t'en pour la demander en mariage, dit-il. Je veux que ma fille se souvienne de ce moment et le raconte à ses enfants. Elle a été tellement bonne pour moi toutes ces années, je veux le meilleur pour elle maintenant.

Maintenant, c'était lui qui avait la larme à l'œil.

— Regardez-moi ce vieux sentimental, dit-il en s'essuyant les yeux.

On frappa doucement à la porte et la voix de Quinn se fit entendre.

— Puis-je entrer ?

— Oui, ma chérie. Je suis avec Phillip.

Elle entra, l'œil pétillant et curieux.

— Alors ? C'est fait ?

— Comment le savais-tu ? demanda Lord Barnes.

— Tu sais bien qu'il n'y a aucun secret dans cette maison, répondit Quinn. Même Delphia était au courant.

Lord Barnes rit doucement.

— Je lui ai donné la bague.

— Quand vas-tu faire ta demande ? demanda Quinn. Je te promets que je ne dirai pas un mot.

— Et pourquoi pas ce soir ? dis-je avec excitation.

— Tu pourrais l'amener faire un tour en traîneau, dit Quinn. Ce serait romantique.

Je secouai la tête.

— Non, je veux le faire en présence de toute la famille. C'est ce qu'elle voudrait.

— Je pense que tu as raison, dit Quinn en me tendant les bras. Je suis tellement heureuse. Tu es une véritable réponse à nos prières. Bienvenu dans la famille.

Pour la seconde fois de la soirée, je me laissai aller aux embrassades d'une figure parentale que j'avais attendue toute ma vie.

22

JOSÉPHINE

J'agrippai le dossier de la chaise devant moi et fixai cette apparition.

— Tu ne me dis pas bonjour ? dit Walter en traversant la pièce pour me rejoindre.

Oui, c'était bien sa voix, grave et pleine de charme. Il était plus mince que la dernière fois que je l'avais vu et ses cheveux dorés étaient un peu plus sombres. Cependant, il était aussi beau que dans mes souvenirs. Ses traits semblaient gravés dans le marbre le plus fin, le portrait craché d'un dieu grec.

— Walter ? Je te croyais mort.

— Je suis vivant.

Il m'adressa un large sourire et me tendit les mains comme s'il était parfaitement normal qu'il ait été porté disparu pendant deux ans et se tienne maintenant au milieu de ma bibliothèque.

— N'es-tu pas heureuse de me voir ?

— As-tu été capturé ?

Mon esprit essayait de comprendre comment cela avait pu se produire. S'il avait été capturé, l'armée l'aurait su, n'est-ce pas ?

— Je ne comprends pas. Tu étais mort.

— Non, pas exactement mort.

Ses yeux bleu clair, qui avaient déjà auparavant fait chavirer, se levèrent vers le plafond.

— Les détails sont plutôt flous, mais je vais faire de mon mieux pour te raconter.

J'attendais en le fixant intensément. J'espérais seulement être capable de dire si son récit était vrai ou non.

— Pendant la bataille, j'ai été touché et j'ai perdu connaissance. Je ne sais pas exactement ce qu'il s'est passé, mais je me suis réveillé au milieu d'un tas de cadavres. J'avais reçu une balle dans l'épaule, mais j'ai réussi à me relever. Mon unité était déjà partie. Blessé et désorienté, je me suis mis à marcher. Je n'avais aucun plan ni la moindre idée de la direction que je prenais. J'ai marché pendant des jours sans voir personne. Finalement, épuisé et affamé, je me suis effondré. La seule chose dont je me souviens après cela, c'est de m'être réveillé dans un hôpital suisse. Je n'avais aucun souvenir de ce qui m'était arrivé. Les choses me sont revenues plus tard, après la guerre. Je ne savais plus qui j'étais. J'avais dû perdre mes plaques d'identité en cours de route. Les Suisses ont eu pitié de moi et ils m'ont laissé rester dans un sanatorium. Quand la guerre s'est terminée, je n'avais toujours aucune idée de mon identité, alors je suis resté là.

— Mais comment as-tu fait pour te rendre jusqu'en Suisse ? Quelqu'un t'aurait forcément vu et il t'aurait soit capturé, soit aidé.

— Comme je te l'ai dit, mes souvenirs sont très flous. Les infirmières m'ont dit que je suis arrivé dans une de leurs ambulances. Pendant des années, je n'avais aucun souvenir de qui j'étais.

— Et tout à coup, la mémoire t'est revenue ?

Il sourit et mon estomac se serra. Ce sourire. J'y avais été si sensible auparavant, mais je savais maintenant au fond de moi que c'était un menteur.

— Cela a pris du temps, mais j'ai fini par me rappeler de presque tout. Je savais qu'il fallait que je revienne à toi. J'ai eu des soucis avec l'administration, étant donné que l'armée me pensait mort, alors mon chemin jusqu'à toi a été long et difficile.

Abasourdie par toutes ces informations, je pris quelques secondes pour retrouver mes esprits.

— Tout ça me paraît bien peu vraisemblable.

— Je suis d'accord. Mais c'est pourtant l'exacte vérité.

Le coin de sa bouche se releva en un demi-sourire et il se rapprocha encore de moi.

— N'es-tu pas heureuse de me voir ?

Je reculai derrière ma chaise. Mon cœur battait à tout rompre dans ma poitrine. Lest comme un chat, il contourna la chaise et me prit les deux mains qu'il baisa l'une après l'autre.

— Je n'arrive pas à croire que tu sois vraiment là en face de moi.

Je retirai brusquement mes mains.

— Pourquoi ne m'as-tu pas écrit quand la mémoire t'est revenue ?

Sans ciller, en me regardant droit dans les yeux, il me répondit avec emphase :

— Je l'ai fait. Au moins vingt fois depuis que j'ai retrouvé la mémoire.

— Je n'ai rien reçu.

— Je ne comprends pas pourquoi elles ne sont pas arrivées, mais je craignais que ce fût le cas, car je savais que si tu les avais reçues tu m'aurais répondu. J'aurais tellement aimé avoir tes lettres avec moi tous ces derniers mois. Celles que tu m'avais écrites pendant la guerre, afin d'avoir un peu de toi avec moi. Cela m'aurait aidé à survivre tandis que je faisais tout mon possible pour te rejoindre. Te rappelles-tu de tout ce que tu me disais dans ces lettres ? J'avais l'habitude de les lire et de les relire sans cesse. Personne ne m'a jamais aimé comme toi. Et je n'ai jamais aimé personne d'autre que toi, Jo.

Il se rapprocha. Une odeur de whisky s'échappait de son

haleine. Avait-il l'habitude de boire du whisky au cours des dîners que nous avions partagés ? Je ne m'en souvenais plus.

— Nous pouvons enfin être ensemble. Tu es plus belle que jamais. Encore plus belle que dans mes souvenirs, si cela est possible. Dis-moi que tu n'es pas encore mariée.

— Non, Walter, je ne suis pas mariée. Mais de toute façon, c'est trop tard pour nous. Il s'est passé trop de choses. Et je suis amoureuse de quelqu'un d'autre.

J'eus soudain profondément envie qu'il s'en aille, mais ce sentiment fut suivi de peur. Je ne voulais pas qu'il reste là, mais comment allais-je me débarrasser de lui ? Devais-je lui parler de Phillip, ou cela empirerait-il les choses ? Pourquoi était-il revenu alors que j'étais enfin heureuse ? Et cette histoire d'amnésie ? Je n'en croyais pas un mot. Avait-il déserté ? Je savais déjà que c'était un menteur. Peut-être avait-il vu une occasion d'échapper à son devoir et il l'avait saisie.

— Ne dis pas ça, Joséphine. Je t'en prie. Je ne voulais pas rester loin de toi aussi longtemps. À l'instant même où je me suis rappelé de mon identité, je savais que tu m'attendais quelque part. C'est ce que tu disais dans tes lettres.

— J'ai attendu. Même après t'avoir cru mort, je t'ai juré éternelle fidélité. J'ai dit à ma famille que je resterai vieille fille, n'ayant aimé que toi. Je pensais que personne ne pourrait jamais te remplacer. Toutes ces années, j'ai vécu dans le souvenir de ces deux semaines que nous avions passées ensemble.

— Tu vois, je savais que tu serais là pour moi. Je savais que ma fidèle Joséphine ne me laisserait pas tomber. Notre histoire d'amour est spectaculaire.

Il sourit tout en posant les mains sur mes épaules. Son expression devint tendre. Ce n'était que maintenant que je pouvais percevoir avec quel talent il composait les expressions de son visage afin de me montrer ce qu'il pensait que je voulais voir.

Comment avais-je pu passer à côté de tous ces faux-semblants ? Il était expert dans l'art de tromper les gens.

Il me caressa la joue et j'eus un violent mouvement de recul. Je ne voulais pas qu'il me touche. Pas là où Phillip m'avait touchée. Mon cœur lui appartenait désormais.

Il continua, comme s'il n'avait pas remarqué mes réticences.

— Nous pouvons enfin commencer notre vie ensemble. Comment va ta famille ? J'ai tellement hâte de les rencontrer. Tu n'imagines pas à quel point je souffrais d'être loin de toi. Je ne pouvais supporter l'idée que tu sois avec quelqu'un d'autre que moi. Ma plus grande peur était de te trouver mariée en arrivant.

Il prit ma main gauche. Ses yeux se remplirent de larmes tandis qu'il portait ma main à sa bouche.

— J'ai tant rêvé de ce moment. L'idée que tu m'attendais ici est la seule chose qui m'a donné la force de continuer. Tu vas m'épouser maintenant, n'est-ce pas ?

J'arrachai ma main des siennes et reculai de quelques pas.

— Et ma photo ? L'as-tu encore sur toi ? N'a-t-elle pas servi à te soutenir pendant ces longs mois de séparation ?

Je l'appâtai, juste pour voir avec quelle rapidité il se remettrait à mentir.

Il afficha une expression attristée.

— Mon amour, j'ai dû la perdre en cours de route. J'en ai perdu le sommeil tant je me demandais où elle était passée. Si seulement je pouvais me rappeler de ce qu'il s'est passé quand on m'a tiré dessus. Peut-être pourrais-je me souvenir de l'endroit où je l'ai perdue. Ainsi, j'aurais au moins pu l'imaginer posée quelque part en France, m'attendant, tout comme toi.

Exaspérée par ce énième mensonge, une rage aveugle me submergea.

— Et pour les autres ? Ces autres femmes qui pensaient que tu les aimais ? Elles qui pensaient aussi être ton seul amour ? As-tu aussi perdu leurs photos ou les as-tu laissés dans une vulgaire boîte comme la mienne ?

— Quelles autres femmes ?

Il me regardait avec des yeux innocents.

— Je sais la vérité. Je sais que je n'étais pas la seule qui attendait ton retour. Es-tu allé les voir avant de venir ici ? Suis-je ta dernière chance ? As-tu procédé par élimination ? Étaient-elles déjà toutes mariées ? Tes pernicieux mensonges ne font que s'accumuler, Walter. Je sais que ma photo n'était pas sur toi comme tu me l'avais affirmé.

Je levai une main pour l'empêcher de répondre.

— Ce n'est pas la peine d'essayer de te défendre. Je sais tout. Tout ce qui sort de ta bouche n'est que mensonge. Tu ne t'intéressais qu'à ma fortune.

— Comment diable peux-tu savoir cela ?

Son ton se fit menaçant. Un éclair de colère traversa ses yeux. Il se révélait enfin tel qu'il était. *Je le vois pour la première fois*, me dis-je. *Voilà sa vraie personnalité. Sombre et tordue. Sournois.*

— Savoir quoi ? Pour les autres femmes, ou la manière dont tu visais des femmes fortunées afin d'utiliser ton charme pour les séduire ?

— Tout ça !

Il cracha ses paroles comme du venin.

— Où étais-tu vraiment pendant toutes ces années ? As-tu vu les autres femmes ? Suis-je ton dernier espoir ?

Sa mâchoire se serra. J'avais raison. J'étais le dernier arrêt sur sa route. Sa dernière chance de tromper une femme qui ne se douterait de rien. Les autres avaient tourné la page. Elles étaient mariées peut-être. Il était venu vérifier si j'étais encore disponible et me charmer avec ses mensonges pour expliquer son absence prolongée.

Il me saisit par les épaules et me secoua.

— Réponds à ma question. Comment sais-tu tout cela ?

Tout mon corps s'engourdit tandis que la colère me quittait. Je l'avais provoqué et il était dangereux. Un animal acculé.

Comment savoir ce qu'il allait faire ?

Fiona. Elle était dans le bureau. Je priai à voix basse pour qu'elle y reste.

Il se mit à me serrer plus fort, enfonçant ses doigts dans ma chair, juste au-dessus de mes omoplates.

Je poussai un petit cri de douleur.

— Comment es-tu au courant pour les autres ? demanda-t-il à nouveau.

— En quoi est-ce important ?

Mes paroles semblaient chargées de colère, mais en réalité c'était la peur qui me saisissait désormais.

— Les seules personnes qui connaissent l'existence des autres femmes, ce sont les hommes qui ont combattu avec moi en France, et la plupart d'entre eux sont morts le jour de cette bataille où je me suis échappé. Qui a survécu pour venir t'en parler ?

Ses yeux avaient complètement changé depuis le moment où il était entré dans la bibliothèque. De joueurs, ils étaient devenus bestiaux. Ils me rappelaient le regard de ce chat sauvage que j'avais un jour croisé dans la forêt.

— Alors tu t'es enfui ? Cette histoire d'amnésie est-elle un nouveau mensonge ?

Je n'arrivais pas à m'arrêter.

— Tais-toi, cracha-t-il.

— Comment as-tu pu ainsi abandonner tes frères d'armes ? Tu les as laissés mourir pour te sauver toi-même.

— Un tout petit soldat ne fait pas la différence dans une guerre.

— Un soldat lâche.

— Je t'ai dit de te taire.

Ses mains remontèrent jusqu'à mon cou et se mirent à serrer pendant quelques secondes avant de relâcher légèrement leur étreinte.

— Tu ne sais pas ce que c'est d'être là-bas. La terreur permanente et l'absence totale d'espoir. J'ai vu que j'avais une chance de survivre et je l'ai saisie. N'importe qui dans ma situation aurait fait la même chose.

— Non, certains hommes avaient des raisons de vouloir rentrer. Des femmes qui les aimaient, les attendaient et priaient pour eux chaque soir. Si tu aimais vraiment quelqu'un, tu aurais fait tout ce qui était en ton pouvoir pour la retrouver, même si cela signifiait continuer de combattre. Tu es un lâche et un menteur.

Il serra à nouveau ses doigts autour de mon cou. J'appuyai de toutes mes forces sur ses poignets, enfonçant mes ongles dans sa chair, mais cela ne sembla pas l'arrêter.

— Dis-moi qui t'a raconté ces choses ou je te tue ici et maintenant.

Des taches noires se mirent à flotter devant mes yeux. Il était hors de question que je meure ainsi. Peut-être la vérité me donnerait-elle un peu plus de temps.

— Phillip.

Ses yeux s'écarquillèrent de surprise. Ses mains se détendirent autour de mon cou. Avant que je puisse porter les mains à ma gorge pour masser les endroits où il avait sûrement laissé des bleus, il me gifla si violemment de la paume de sa main que je tombai par terre et atterris lourdement sur mon bras gauche. Je poussai un cri au moment où il m'attrapa par les cheveux. *Fiona, je t'en prie, ne sors pas du bureau,* suppliai-je en silence.

— Phillip ? Comment le connais-tu ?

— Il est venu ici me rapporter les lettres que je t'avais envoyées, dis-je. Et me dire la vérité concernant l'homme que je pensais aimer.

— Phillip Baker. Quel traître ! J'aurais dû m'en douter. Quand il m'écoutait lire des passages de tes lettres, je voyais bien dans ses yeux qu'il aurait aimé en être le destinataire. Mais il savait très bien qu'une fille comme toi était inaccessible pour lui.

— C'est faux ! Il vaut cent fois plus que toi.

— Comment oses-tu ? As-tu la moindre idée du genre de personne qu'il est ?

Il me jeta à nouveau par terre en me frappant l'autre joue.

Je me recroquevillai pour essayer de me protéger.

— Je t'en prie, laisse-moi tranquille. Va donc trouver une autre jeune innocente qui croira tes mensonges.

Il tomba à genoux à côté de moi.

— Où est-il ? Phillip, où puis-je le trouver ?

— Comment le saurais-je ?

Mon instinct me dictait de ne rien lui dire.

Il ouvrit la bouche, puis la referma, comme s'il réfléchissait à ce qu'il allait dire ensuite.

— Son père est mort en prison, tu le savais ?

— C'est faux. Ses parents sont morts de la fièvre jaune.

Il se figea. Quand il se remit à parler, il garda les mâchoires serrées.

— Je me demande pourquoi tu le crois lui et pas moi. Après tout ce que j'ai traversé. Il t'a menti au sujet de son père. Il a pu te mentir pour d'autres choses, non ?

— Il ne m'a pas menti. Il ne me mentirait jamais.

Son regard méchant se plissa, comme les yeux d'un serpent.

— Je n'en reviens pas ! Tu es amoureuse de lui ? C'est la vérité, n'est-ce pas ? Je l'entends bien à ton ton sirupeux. Celui que tu utilisais avant uniquement avec moi.

Je serrai les lèvres et avançai fièrement le menton, espérant paraître plus rebelle et courageuse que ce que je ressentais.

Il claqua des doigts en me regardant.

— Ah, je comprends maintenant. Il est ici à Emerson Pass, n'est-ce pas ? J'aurais dû m'en douter. À l'instant où il m'a cru mort, il s'est mis à comploter pour te séduire, à commencer par tous les mensonges qu'il t'a racontés à mon sujet.

— Phillip ne ment pas. Il en est incapable. Il n'avait même pas prévu de me parler de tes mensonges, car il ne voulait pas me faire du mal. Mais il ne pouvait pas me laisser continuer à penser que tu étais un homme merveilleux, alors la vérité lui a échappé.

Walter leva les yeux au ciel.

— Ma pauvre fille, je suppose qu'il t'a cerné aussi vite que moi.

— Que veux-tu dire par là ?

Je savais bien qu'il ne cherchait qu'à me provoquer, mais je ne pouvais pas m'empêcher de poser la question.

— Tu es crédule et facile à manipuler. Une petite princesse qui vit dans la tour d'Ivoire de son père n'a pas la moindre idée de ce que cela signifie d'avoir à se battre dans la vie. Tu n'as jamais eu le moindre souci. Cela fait de toi une cible parfaite.

— Phillip va bientôt arriver. Tu ferais mieux de partir.

— Certainement pas. Tu viens avec moi.

Il me tira par le bras pour me relever.

— Pourquoi ? Que veux-tu de moi ?

— Ce que j'ai toujours voulu, petite idiote. Ton argent.

Il releva le bas de sa veste pour me montrer un pistolet attaché à sa ceinture.

— Sois gentille et il ne t'arrivera rien. Si ton riche papa me donne ce que je veux, je te laisserai partir. Tu pourras épouser cet imbécile de Phillip et vivre heureuse.

— Où penses-tu m'emmener par ce temps ?

Il s'arrêta un instant.

— Quelque part où je pourrais te cacher. J'ai besoin de réfléchir.

Il me tira vers la porte arrière. Pendant tout ce temps, je priai en silence. *Dieu, je t'en prie, prend soin de Fiona. Fais qu'elle ne nous suive pas. Fiona, attends Phillip ici. Il saura quoi faire*. Avec sa fine oreille de musicienne, j'étais certaine qu'elle avait entendu toute la conversation. Je l'imaginais terrorisée, peut-être cachée sous le bureau. Elle avait sûrement peur pour moi, mais ne savait pas quoi faire. Et si elle décidait de nous suivre ? *Non. Reste là.*

Raconte à Phillip tout ce que tu as entendu. Il valait mieux pour elle être un témoin silencieux que de se confronter à cet homme armé d'un pistolet. À cet instant, j'eus une idée. Il fallait qu'elle sache que Walter était armé.

— Je n'ai pas peur de ton pistolet, dis-je d'une voix forte.

— Tu as tort.

Il me jeta dehors dans le froid. Ce ne fut que lorsque la porte se referma derrière nous que je me rendis compte que je ne portais ni manteau ni chapeau. La tempête s'était levée. J'allais vite mourir de froid par ces températures, sans être couverte. J'espérais qu'il avait prévu un endroit sec et chaud pour me garder captive.

23

PHILLIP

Je sus à l'instant où je me garai derrière la bibliothèque que quelque chose n'allait pas. Fiona était accroupie en haut des marches, les bras serrés autour de sa taille. La lampe au-dessus de la porte éclairait son visage pâle tandis qu'elle levait des yeux paniqués vers les chevaux et moi.

— Phillip, Phillip, à l'aide !

Elle se redressa d'un coup et courut vers moi.

Je sautai du traîneau. Elle se jeta dans mes bras, toute tremblante et en pleurs. Je l'attrapai par les épaules.

— Que s'est-il passé ? Quelque chose est arrivé à Joséphine ?

Un sentiment de terreur me remplit tout entier.

— Oui, il l'a emmenée. Un homme. Il était là et il l'a emmenée.

— Qui l'a emmenée ?

— Walter. Walter Green.

— Fiona, qu'est-ce que tu racontes ? Walter est mort.

Les paroles jaillissaient de sa bouche en cascade. Des mots que je n'aurais jamais cru entendre. Des mots qui me glacèrent d'effroi.

— Non. Non, il est vivant. Il s'est enfui du champ de bataille et est allé en Suisse, mais il est revenu pour Jo. Il a dit qu'il avait perdu la mémoire, mais qu'elle lui était revenue et que c'est pour ça qu'il avait décidé de venir la chercher. Lorsque Jo lui a dit qu'elle ne voulait plus de lui, il s'est mis à hurler et je pense qu'il l'a frappée, car j'ai entendu Jo crier. Et maintenant, il est parti avec elle. Il a un pistolet, Phillip.

— Où sont-ils allés ?

Je luttai de toutes mes forces pour ne pas laisser la panique m'envahir. *Reste calme,* m'ordonnai-je. *C'est comme à la guerre. Je dois agir comme un soldat, séparer mes émotions de mes actes et faire ce qu'il y a à faire.*

— Dis-moi tout ce dont tu te souviens.

La neige tombait en flocons épais et le vent s'était levé. Joséphine avait dit qu'il existait plusieurs types de neige différents. Celle-ci était redoutable. Une couche blanche recouvrait déjà le chapeau et le manteau de Fiona.

— Je n'ai pas vu où ils sont allés. Ils étaient déjà partis quand je suis sortie. Mais ils ont laissé des traces.

Elle me montra les traces de pas de deux personnes, que la neige recouvrait rapidement. Je ne voyais pas beaucoup plus loin que ce que la lampe du porche éclairait.

— Ils sont à pied ? demandai-je.

Comme si ce n'était pas une évidence. Où pensait-il pouvoir l'amener à pied par ce temps ? Je relâchai Fiona et nous nous mîmes à suivre les empreintes sur le sol. Elles disparurent au niveau de la rue, dissimulées par les traces laissées par les traîneaux et les charrettes.

— Que veut-il ? dis-je, plus pour moi-même que pour Fiona. Pourquoi reviendrait-il ici après toutes ces années ? Où était-il tout ce temps ? Comment avait-il réussi à passer pour mort ?

Toutes ces questions se bousculaient dans ma tête, mais furent bientôt remplacées par l'implacable réalité. Il avait kidnappé Jo et je ne savais pas où ils étaient.

— L'argent, dit Fiona dans ton neutre. C'est pour ça qu'il est là. Il veut que papa lui donne de l'argent.

Je le maudis en silence. Bien sûr que c'est ce qu'il voulait. Il n'était pas venu voir Jo par amour, mais pour se sauver lui-même. Dans ma tête, je réfléchis rapidement à ses motivations. Je savais ce qu'il voulait et la manière dont il allait réagir. S'il avait réellement souffert d'amnésie, ce dont je doutais fort, il était rapidement arrivé à la conclusion qu'il avait besoin d'argent et qu'il était temps de mettre son plan à exécution. Mais les choses ne s'étaient pas passées comme prévu pour qu'il vienne jusqu'ici.

Cet endroit était forcément son dernier choix tant il était isolé. Il se voyait comme un dandy du grand monde. Un citadin. Il était probable que les autres femmes soient déjà mariées. Je me rappelais avoir vu sur les enveloppes que la plupart d'entre elles vivaient dans des états de l'est du pays. Il avait forcément été les voir en premier. Si, pour une raison à une autre, ces femmes l'avaient rejeté, il avait été forcé de venir tenter sa chance ici avec Joséphine. Mais, maintenant qu'elle connaissait la vérité, elle n'était plus dupe de ses mensonges. Une fois qu'il avait découvert cela, complètement désespéré, il avait sûrement choisi de passer à la phase finale de son plan : la kidnapper contre rançon. Était-il capable de lui faire du mal s'il n'obtenait pas ce qu'il voulait ? Nous avions tous les deux tué pendant la guerre. Verrait-il les choses de la même manière ici ? Un combat pour obtenir la vie qu'il voulait ?

— Phillip, qu'allons-nous faire ?

Fiona s'essuya les yeux de ses doigts gantés.

— Il faut que je les retrouve.

Ils ne pouvaient pas être allés bien loin. Emerson Pass était un petit endroit. Cependant, si mon raisonnement était exact, le mieux était peut-être de rentrer à la maison et d'attendre qu'il fasse sa demande de rançon. De toute façon, il allait faire ce qui était le plus facile.

— Fiona, sais-tu comment entrer dans le bureau de ton père ? Je voudrais téléphoner à la maison pour leur demander de se joindre à nous dans nos recherches.

Elle hocha la tête.

— Oui, nous avons tous une clé au cas où nous resterions bloqués en ville pendant une tempête. Allons-y maintenant, ce sera plus rapide que de rentrer à la maison.

Nous nous précipitâmes vers le traîneau. Willie et Oz hennirent en nous voyant, comme si eux aussi comprenaient l'urgence de la situation.

Le bureau de Lord Barnes ne se trouvait qu'à quelques rues. Fiona et moi fouillâmes tous les deux les alentours du regard en descendant la rue principale, dans l'espoir de dénicher le moindre indice. Nous passâmes devant la pension.

— Tu penses qu'il a pris une chambre ici ? demandai-je. Peut-être qu'il est revenu là avec elle.

— Ils connaissent Jo ici, répondit Fiona. Ils auraient tout de suite compris que quelque chose clochait si elle était arrivée avec un étranger.

Il avait dû l'emmener dans un endroit à l'abri des regards, comme une grange ou un grenier vide. Par ce temps, ils n'avaient pas pu aller bien loin. Dès que j'aurai téléphoné chez les Barnes, je ressortirai à leur recherche.

❄

Dès que j'eus raccroché avec Lord Barnes, je me dirigeai vers la porte.

— Fiona, reste là et ferme la porte à clé jusqu'à ce que ton père arrive. Il vient avec Jasper, les jumeaux et Harley. Nous allons la retrouver, ne t'en fais pas.

— Attends ! Prends ça.

Fiona prit une lampe à kérosène sur le bureau.

— Nous la gardons ici en cas de coupure d'électricité.

D'un geste rapide, elle retira la partie en verre et alluma la mèche avec une allumette qu'elle avait trouvé dans l'un des tiroirs du bureau.

— Je t'en prie, fais attention à toi.

— Je te le promets. Referme bien la porte derrière moi et occupe-toi de faire le feu. Je ne veux pas que tu prennes froid.

Dès que je sortis du bâtiment, sous une neige abondante, je compris à quel point il aurait été stupide de ma part de sortir sans lanterne. La nuit était tombée et la visibilité était très faible. Les chevaux étaient encore attelés au traîneau, juste devant la porte du bureau.

Cependant, je décidai de commencer mes recherches à pied. Ils devaient être quelque part en ville. Ils ne pouvaient pas être allés très loin en marchant. Mais où étaient-ils ? *Réfléchis*. Où ce sournois de Walter se cacherait-il ? *Toujours la solution de facilité*. Il n'aurait pas eu envie de marcher longtemps sous cette neige qui tombait désormais en biais et me fouettait le visage. Il avait dû trouver un abri quelque part en ville.

Il avait un pistolet. Avait-il menacé des personnes avec pour pénétrer dans leur maison ou dans leur magasin ? Je parcourus la rue du regard pour repérer la moindre lumière. Tous les magasins étaient plongés dans le noir. Chacun était rentré chez soi pour le repas du réveillon de Noël.

Puis, ce qui semblait être un petit miracle se produisit. Les guirlandes lumineuses qui étaient accrochées au-dessus de l'étang s'allumèrent, éclairant alors le square. *Fiona*, pensai-je. *Quelle gamine intelligente !* L'interrupteur pour ces lumières était situé juste à l'extérieur du bureau de Lord Barnes. J'aurais dû y penser moi-même.

Plus sûr de moi désormais, je me mis à examiner l'autre côté de la rue. Une faible lueur était visible dans la vitrine du tailleur. Il ne s'agissait pas des ampoules électriques qui éclairaient habituellement le magasin, mais plutôt de la lueur d'une bougie. À l'étage, là où vivait la famille Olofsson, les lumières étaient toutes éteintes. Pourquoi leur appartement n'était-il pas éclairé à cette heure de la journée ? Isak m'avait un jour expliqué que son père travaillait souvent jusqu'à l'heure du souper, profitant d'un temps de calme tandis que Mme Olofsson préparait le repas à l'étage.

Était-il en train de travailler lorsque Walter était arrivé avec Joséphine ? M. Olofsson n'aurait pas hésité à les faire rentrer, même si le magasin était fermé et que Jo était accompagnée d'un étranger. Il la connaissait et lui faisait entièrement confiance. Une fois à l'intérieur, Walter aurait sorti son pistolet et les aurait fait monter à l'étage. Les avaient-ils tous ligotés ? Les garçons étaient-ils à la maison ? Si oui, étaient-ils également sous sa menace ?

Ils devaient être là.

Je n'avais pas de pistolet. Il serait idiot de faire irruption dans la pièce sans arme. Lord Barnes et Harley allaient amener leurs fusils. Devais-je les attendre ou pénétrer tout de même dans l'appartement ?

— Phillip.

Quelqu'un murmura mon nom. Je me retournai pour savoir de qui il s'agissait. Isak était accroupi dans la petite allée entre les deux bâtiments, caché derrière un baril vide. Il me fit signe de le suivre.

Je me glissai derrière lui le long de l'allée jusqu'à l'arrière du bâtiment. Soit il s'était échappé, soit il avait eu l'intuition, comme moi, que quelque chose n'allait pas dans le magasin et la maison de ses parents.

Dès que nous sortîmes de l'allée, il me fit part de ce qu'il savait.

— Mes deux parents étaient en bas, ils essayaient de terminer une commande avant la fin de la journée et je leur ai proposé de m'occuper du repas. J'étais à l'étage en train de regarder par la fenêtre lorsque j'ai vu Joséphine arriver dans la boutique de mon père escortée par un homme. Il essayait de le dissimuler, mais de là-haut j'ai pu voir le pistolet qu'il tenait contre son dos. Dès qu'ils sont entrés dans la boutique, j'ai entendu du remue-ménage, comme des personnes que l'on plaque contre un mur, et la voix d'un homme qui criait. Mon frère n'est pas à la maison et je n'ai pas voulu descendre, car j'aurais seulement été capturé avec eux. J'ai éteint toutes les lumières, en pensant que cela donnerait un indice à quiconque sait que nous habitons au-dessus de la boutique, et j'ai descendu les marches de derrière aussi discrètement que possible. J'ai couru jusqu'au bureau du shérif, mais Lancaster n'était pas là. J'ai essayé d'aller voir au saloon, en me disant qu'il serait probablement là, mais je me suis rappelé qu'il était fermé parce que le pasteur Lind a fait pression pour qu'il ferme pour Noël. C'est une vraie ville fantôme ce soir. J'étais sur le point d'aller frapper chez les voisins quand je t'ai vu.

— Lord Barnes, les jumeaux et Harley sont en route. Je les ai appelés depuis le bureau. Fiona avait la clé…

Je devais mettre de l'ordre dans mes idées. Je pris une grande inspiration et expliquai aussi clairement et rapidement que possible à Isak ce que Fiona avait entendu.

— Je ne pense pas qu'il ait l'intention de leur faire du mal, il veut juste obtenir de l'argent de la part du père de Jo.

Isak hocha la tête.

— Avec le temps qu'il fait et tous les autres magasins fermés, je suppose qu'il prévoit de les garder à l'intérieur jusqu'à ce qu'il puisse obtenir ce qu'il veut.

— Quinn et les autres filles sont à la maison, elles attendent devant le téléphone au cas où il appellerait, dis-je. Où est Viktor ?

— Je n'en ai aucune idée. Il devrait être à la maison depuis au moins une heure. Il travaillait à la scierie aujourd'hui, et en général, Roy le dépose en rentrant chez lui.

Il retira sa casquette et passa sa main dans ses cheveux.

— Je n'ai jamais vu cet homme dans le coin. Pourtant, je connais tout le monde ici.

— Moi je le connais. Il était censé être mort. C'est Walter Green.

— Comment est-ce possible ?

— Il a réussi à s'échapper du champ de bataille et à partir en Suisse ou un truc comme ça. Pour être honnête, tout ça n'est pas très clair.

— Que fait-on ? On attend Lord Barnes ? demanda Isak.

Avant que je puisse lui répondre, un coup de feu résonna dans la nuit. Sans réfléchir, je me mis à courir dans l'allée pour atteindre la rue, vaguement conscient qu'Isak était derrière moi. Un autre coup de feu retentit. Lorsque j'atteignis la rue, je m'arrêtai brusquement.

Viktor, Joséphine dans les bras, sortit en titubant de la boutique de ses parents. Dans l'une de ses grandes mains, il tenait un pistolet qui émergeait de sous la jupe de Jo. L'avant de sa robe était couvert de sang. Un frisson glacial me traversa. *Je t'en prie, non. Pas ça. Dieu, pas ça, je t'en prie.*

J'arrivai enfin à leur niveau. À travers la porte ouverte, je pouvais voir l'intérieur de la boutique. Mme Olofsson était penchée au-dessus du corps ensanglanté de Walter Green. Celui-ci gisait sur le ventre. M. Olofsson sortit en courant et nous cria qu'il s'en allait chercher le médecin.

Viktor tomba à genoux en tenant toujours Joséphine dans ses bras. C'est alors que je compris que ce n'était pas ma Jo qui avait été blessée, mais Viktor. Il avait une plaie à l'épaule qui saignait abondamment. Son sang s'était répandu sur la robe de Jo.

Viktor déposa Joséphine sur le sol, puis se pencha en avant et s'allongea par terre comme s'il s'apprêtait à faire la sieste. Je pris Joséphine dans mes bras et la serrai très fort contre moi.

— Je vais bien, me dit-elle. Viktor nous a sauvés.

Isak s'agenouilla à côté de son frère.

— Que s'est-il passé ? Viktor, parle-moi. Est-ce que ça va ?

Joséphine s'assit à côté d'eux.

— Il a essayé de lui retirer son pistolet et le coup est parti. Il a pris une balle dans l'épaule. Mais il a tout de même réussi à arracher son arme à Walter. C'est alors qu'il lui a tiré en pleine poitrine.

De l'intérieur, la voix tremblante de Mme Olofsson nous parvint :

— Il est mort. L'homme est mort.

Elle sortit de la boutique en trébuchant et courut jusqu'à ses fils.

— Viktor, Viktor.

Elle leva un regard plein de larmes.

— Fais quelque chose, Isak.

Isak déchira la chemise de son frère. La plaie rouge saignait abondamment, mais le petit trou était propre. Je me mis à genoux et soulevai son épaule de ma main. Du bout des doigts, je cherchai à tâtons une plaie de l'autre côté. Je la trouvai, Dieu merci.

— La balle est ressortie de l'autre côté. C'est une bonne chose.

— Tu as fait preuve de tellement de courage, dit Joséphine en passant la main dans les cheveux de Viktor. Tu vas vite aller mieux. Ton père est parti chercher le médecin. Il sera bientôt là.

Viktor poussa un grognement, mais ses paupières s'ouvrirent.

— Suis-je blessé ?

— Un peu, mais ce n'est rien de grave, dis-je.

— Je ne sens rien, dit Viktor.

— Menteur, répliqua Isak.

— Mme Olofsson, pouvez-vous aller chercher des morceaux de coton ? dis-je. Quelque chose pour arrêter le saignement. Il m'en faut au moins deux.

Elle acquiesça et courut à l'intérieur.

Le visage de Viktor était blanc comme la neige.

— Je lui ai tiré dessus, Isak. Il pointait son arme sur eux. J'étais dans l'arrière-boutique mais il ne le savait pas, alors je me suis approché discrètement de lui.. Je l'ai pris par surprise et…

Sa voix s'éteignit et il ferma les yeux.

— Il est en état de choc, dis-je.

Mme Olofsson me tendit des bandes de tissu blanc. Je les pressai aussi doucement que possible de chaque côté de sa plaie. Le pauvre Viktor gémit.

— Nous devrions le transporter à l'intérieur, là où il sera au chaud, dis-je.

Isak et moi le soulevâmes chacun d'un côté pour le mettre sur pied. Viktor grogna de douleur.

— Je vais aller déplacer l'autre charogne.

Joséphine se précipita à l'intérieur. En l'attrapant par les deux chevilles, elle tira Walter à l'extérieur et le laissa sur le trottoir. Je ne pourrais dire où elle trouva la force de faire cela. Peut-être était-ce l'adrénaline du moment.

— Je ne veux pas qu'il reste à côté de Viktor, dit Jo. Il ne mérite rien d'autre que d'être laissé dans la rue.

— Venez, installez mon garçon sur la banquette devant la fenêtre, dit Mme Olofsson.

Le sang de Walter souillait la devanture habituellement immaculée de la boutique. Il était impossible de ne pas marcher dans la trace laissée par le corps que Joséphine avait traîné dehors. Nos bottes collaient au sol avec un son écœurant tandis que nous traversions la pièce.

Viktor gémit à nouveau lorsque nous l'allongeâmes sur la banquette. Ses jambes musclées étaient trop longues et pendaient au bout.

Mme Olofsson s'agenouilla à côté de son fils. Elle pleurait.

— Mon cher garçon, je t'en prie, reste avec nous.

Joséphine me remplaça pour tenir le tissu contre la plaie. Elle leva les yeux vers moi.

— Comment nous as-tu retrouvés ?

— Fiona avait tout entendu.

— Où est-elle ? me demanda Joséphine. Je ne voulais pas la laisser seule, mais je n'avais pas le choix.

— Elle est à l'abri dans le bureau de ton père. Elle va bien. Elle s'est montrée très courageuse.

À l'extérieur, on entendit les cloches et les hennissements des chevaux, nous annonçant l'arrivée de Lord Barnes. Je sortis pour l'accueillir. Il bondit du traîneau. À l'instant où il vit les traces de sang, la panique s'installa sur son visage.

— Phillip, est-elle blessée ?

— Non. C'est Viktor. Il a reçu une balle dans l'épaule. Il a tué Walter.

Je désignai le corps sur le trottoir.

Lord Barnes sembla vaciller. Je tendis la main pour le stabiliser.

— Le médecin est en route. Il est blessé à l'épaule, mais la balle est ressortie de l'autre côté. Quant à Walter, c'est Jo qui l'a traîné jusqu'à dehors. Je n'ai jamais vu une femme avec une telle force de toute ma vie.

Le Dr Neal arriva sur son cheval. Harley offrit de s'occuper de l'animal afin que le médecin puisse directement aller prendre soin du blessé. Lord Barnes se proposa de se rendre à son bureau pour appeler les pompes funèbres.

Je restai dehors avec Isak et Harley. Nous tapions tous les trois des pieds pour essayer de ne pas trop nous refroidir. Joséphine nous rejoignit. Elle se mit immédiatement à frissonner. Je retirai mon manteau pour le poser sur ses épaules et passai mon bras autour d'elle pour la serrer contre moi.

— Ça va ? demandai-je.

Elle posa la tête contre mon épaule.

— Maintenant, ça va. Je suis désolée pour tout ça. Isak, je ne voulais vraiment pas que qui que ce soit soit blessé à cause de mes mauvais choix. J'ai honte et je suis vraiment désolée.

— Ce n'est pas ta faute, répondit Isak gravement. Je suis content que Viktor ait été là et que les choses se terminent comme ça.

— Je n'ai jamais eu aussi peur de toute ma vie, dit Joséphine. Ta pauvre mère et moi étions serrées l'une contre l'autre, tremblantes comme des feuilles. Walter arpentait la pièce tout en pointant son revolver sur nous. Il se parlait continuellement à lui-même. Il ne savait pas quoi faire. Votre boutique était la seule encore allumée. Et tout à coup, Viktor est apparu derrière lui.

Joséphine nous adressa un faible sourire.

— Il a foncé sur Walter, sans la moindre hésitation. Comme un ours. Ils se sont battus pendant ce qui m'a paru être une éternité. Un coup est parti et a touché Viktor à l'épaule. Malgré cela, Viktor a eu la présence d'esprit de mordre la main de Walter. Walter a lâché le pistolet, et plus rapide que l'éclair, Viktor s'en est saisi. Il lui a immédiatement tiré dans la poitrine.

Elle pressa sa main contre sa bouche pendant quelques secondes avant de continuer.

— Je n'avais jamais vu quelqu'un mourir. Il a eu l'air surpris pendant un instant, puis il s'est effondré sur le sol. Ses yeux se sont éteints avant de devenir complètement vides.

— Oui, nous avons été témoins de cela, dit Isak.

— Bien trop souvent, dis-je en la serrant un peu plus fort contre moi. Je ne pourrais jamais assez remercier Viktor pour ce qu'il a fait.

— Moi je sais ce qu'il voudrait, dit Isak en souriant. Il est complètement fou de Cymbeline. Il parle d'elle en permanence.

— Vraiment ? demanda Jo.

Isak hocha la tête.

— C'est toujours Cymbeline par-ci, Cymbeline par-là, et n'est-elle pas formidable ? ce genre de trucs.

— Oh, c'est plutôt inquiétant, dit Joséphine en me jetant un coup d'œil.

— Pourquoi ? demanda Isak.

— Elle le considère comme son ennemi juré, expliqua Joséphine. Il l'énerve en réussissant si bien ce qu'elle aimerait savoir faire.

— Eh bien, vous savez ce qu'on dit à ce sujet ? demanda Isak en levant les sourcils. Un fort sentiment négatif peut cacher quelque chose de plus profond qu'elle n'est pas encore prête à admettre.

Lord Barnes revint, ce qui mit un terme à notre discussion. Quelques secondes plus tard, le docteur sortit pour nous demander de l'aider à mettre Viktor dans le traîneau pour le conduire à son cabinet.

— Je voudrais le garder sous surveillance cette nuit. Un jeune homme costaud comme lui sera sur pied en un rien de temps.

Dr Neal expliqua qu'il lui avait donné quelques gorgées de whisky contre la douleur et qu'il avait nettoyé et suturé sa plaie.

— Tout ira bien tant qu'il n'y a pas d'infection, ce qui a moins de chance d'arriver dans ma clinique.

Lorsque nous entrâmes, Viktor se tenait assis avec sa mère à ses côtés. Il avait retrouvé des couleurs et nous adressa un sourire taquin.

— Salut les gars ! Ne me regardez pas comme ça. Je vais bien. Le doc m'a filé du whisky et je n'ai pas mal du tout.

Il parlait en bredouillant un peu.

— Tu m'as vraiment fait peur, petit frère, dit Isak en l'aidant à se lever.

— T'inquiète, je suis trop bête et trop solide pour mourir, répondit Viktor.

M. et Mme Olofsson nous suivirent lorsque nous conduisîmes Viktor jusqu'à l'arrière du traîneau. Je plaçai des couvertures sur ses genoux.

— Tu restes avec moi ? demanda Viktor à Isak.

— Je ne te quitte pas d'une semelle, dit Isak en s'asseyant à côté de lui.

Le Dr Neal sortit et se dirigea vers le traîneau. Il leva la main pour nous montrer une balle.

— Je l'ai trouvée logée dans l'avant du comptoir. Elle a traversé l'épaule directement. Viktor, tu peux remercier le ciel.

Isak la lui prit des mains.

— Nous la garderons en souvenir du courage dont a fait preuve mon petit frère ce soir.

— Oui, oui, murmura Mme Olofsson en s'enveloppant avec ses bras.

— Maman, monte et va te reposer, je t'en prie, dit Viktor. Tu as eu assez d'émotions pour la soirée.

M. Olofsson prit la main de sa femme.

— Viens, montons à la maison. Je vais te préparer quelque chose de chaud à boire.

— Nous viendrons te voir demain matin, dit Mme Olofsson à Viktor.

— Si tout va bien, il pourra rentrer demain matin, expliqua le docteur Neal. Je veux seulement le surveiller par précaution.

Un petit traîneau conduit par Cymbeline arriva à notre hauteur. Elle fit stopper les chevaux et sauta à terre avant de serrer Joséphine dans ses bras.

— Jo, Dieu merci. J'ai eu tellement peur.

Elle relâcha son étreinte et poussa un petit cri en voyant le corps de Walter par terre.

— Est-il mort ?

— Je l'ai tué, cria joyeusement Viktor depuis son traîneau. J'ai sauvé ta sœur.

— Quoi ? Viktor ?

Cymbeline regarda avec surprise son supposé ennemi juré, puis se tourna vers sa sœur.

— Est-ce que c'est vrai ?

— C'est un héros, répondit Joséphine.

— Que fais-tu donc là, jeune fille ? demanda Lord Barnes.

Elle ne semblait pas avoir entendu son père. L'air hébété, elle se dirigea vers le traîneau de Viktor et y grimpa. Puis, sans que personne ne s'y attende, elle se pencha vers lui et l'embrassa sur la joue.

— Cymbeline, souffla Jo à voix basse. Qu'est-ce que tu fais ?

— Cymbeline Barnes, descends de là tout de suite ! s'exclama Lord Barnes.

Cymbeline l'ignora. Elle semblait n'avoir d'yeux que pour Viktor.

— Est-ce que tu as mal ?

— Non, pas pour le moment. Le doc m'a donné des médicaments et du whisky.

Il la regarda avec des yeux énamourés.

— Tu es très jolie ce soir.

— Merci, Viktor. Pas pour ce compliment sans intérêt, mais pour avoir sauvé ma sœur chérie. À partir de maintenant, je ne te considère plus comme mon ennemi juré.

— J'étais ton ennemi juré ?

Viktor se toucha la joue qu'elle avait embrassée.

— Bien sûr ! Tu n'étais pas au courant ?

Le front de Cymbeline se plissa de confusion.

— Nous nous détestons depuis la nuit des temps.

— C'est impossible, dit-il. Je ne t'ai jamais détestée.

— Qu'est-ce que tu racontes ? répliqua Cymbeline en colère.

Avait-elle déjà oublié sa promesse faite il y a quelques minutes ? Viktor lui adressa un sourire où transparaissait à la fois son amour et le fait qu'il avait bu.

— Je ne peux pas être ton ennemi. Je t'aime de tout mon cœur. Un jour, tu seras ma femme.

Cymbeline sauta hors du traîneau si vite, qu'on aurait dit que sa jupe avait pris feu. En quelques secondes, elle se dirigea vers son traîneau, fit faire demi-tour aux chevaux et se dirigea vers la maison.

— Qu'est-ce que j'ai dit ? demanda Viktor en la regardant partir.

Malgré tout ce que nous avions traversé ce soir-là, tout le monde éclata de rire. Même Lord Barnes.

24

JOSÉPHINE

La fête devait continuer, même après avoir été enlevée par mon ancien fiancé... Mon fiancé anciennement décédé. Chez nous, les dîners pendant toute la semaine de Noël étaient toujours grandioses et pleins de joie, et cette année ne serait pas différente. Lorsqu'arriva l'heure du dîner, j'avais eu le temps de me laver, de m'habiller et de me promettre que, pour ce soir au moins, je ne penserai pas une seule fois à Walter. C'était un moment magique pour mes petites sœurs, et je ne voulais pas tout gâcher.

Nous nous installâmes autour de la table de la salle à manger pour notre festin. Mes petites sœurs, assises l'une à ma droite et l'autre à ma gauche, étaient parfaitement adorables dans leurs robes rouges avec un ruban assorti dans les cheveux. Cymbeline et Fiona étaient étincelantes dans leurs robes faites du même tissu bleu foncé. Tous les hommes étaient en costume et nœud papillon. Maman portait une robe dorée ornée de petites perles qui scintillait à la lueur du lustre.

Je pris les mains de mes petites sœurs dans les miennes tandis que nous penchions tous la tête pour la prière prononcée par papa avant le repas.

— Merci, notre Père, pour l'abondance de bonnes choses que tu nous donnes. Et merci pour notre invité qui est avec nous ce soir, Phillip Baker. Merci d'avoir protégé ma Joséphine aujourd'hui et merci pour Viktor. Amen.

Sa voix se brisa en disant ces dernières paroles.

Après un concert de « Amen » autour de la table, Cymbeline et moi nous levâmes pour faire le service. Le personnel avait préparé le repas, mais ils mangeaient tous avec leur famille respective ce soir. Maman ne supportait pas l'idée qu'ils soient séparés de leurs proches pendant ce temps de fête. Elle se rappelait elle-même du temps où son père devait travailler le jour de Noël.

Après le dîner, ils allaient tous venir avec leurs enfants pour chanter des chants de Noël et partager du gâteau. La mère et la sœur de maman, Annabelle et son mari Clive, viendraient aussi. Papa distribuerait des cadeaux aux enfants et des enveloppes aux adultes. Je me réjouissais toujours de ces festivités, mais encore plus cette année grâce à la présence de Phillip.

Le premier plat était une soupe de courge accompagnée des petits pains de Lizzie. Je fis passer le plateau de pain tandis que Cymbeline servait la soupe. Je me rassis ensuite à ma place. Je jetai un coup d'œil à Phillip en face de moi, assis entre Cymbeline et Fiona. Il me sourit avec tant d'amour que ma gorge se serra. Je baissai le regard pour prendre ma cuillère et poussai un cri de surprise. Il y avait un petit sac en velours à l'endroit où aurait dû se trouver ma cuillère.

— Qu'est-ce que c'est ?

Je levai les yeux vers papa, persuadée que c'était un cadeau de sa part.

— Avons-nous tous reçu le même ?

Je regardai tout autour de la table. Mes frères affichaient une expression niaise. Fiona ne semblait pas tenir en place sur sa chaise. Cymbeline évitait de me regarder et maman me souriait, pleine de douceur.

— Non ma chérie, celui-là, ce n'est que pour toi, me répondit papa. Et ce n'est pas de ma part.

Phillip se leva de sa chaise et fit le tour de la table. Il s'arrêta derrière Addie. Comme si tout cela avait été préparé, ma sœur sauta de sa chaise pour s'asseoir avec Delphia. Phillip mit la chaise d'Addie de côté et ramassa le petit sac pour en sortir quelque chose et le poser dans la paume de sa main. Il mit un genou à terre. De surprise, je mis mes mains devant ma bouche. C'était le grand moment. Il allait faire sa demande, devant toute ma famille. Je me mis à trembler, non pas de peur ou de froid, comme quelques heures auparavant, mais de pure excitation.

Phillip me présenta une magnifique bague ornée d'une émeraude et de diamants. Où avait-il trouvé un tel bijou ?

— Joséphine, ton père a mis cette bague de côté pour toi. Elle vient de ta grande tante Joséphine et a été envoyée par ta famille pour que tu la reçoives le jour de tes fiançailles. Par la grâce de Dieu je suis celui qui a la chance de te l'offrir.

Mon regard se tourna immédiatement vers papa. Il hocha la tête en souriant.

— Joséphine, je t'aime depuis le premier instant où j'ai posé les yeux sur toi. Tu es tout ce que j'ai toujours voulu. Tu es la seule qui me donne l'impression d'être chez moi. Acceptes-tu de vivre avec moi pour toujours ? Acceptes-tu de devenir ma femme ?

Phillip marqua une pause et me sourit.

— Je t'en prie, dis-moi que tu acceptes.

— Oui, j'accepte de t'épouser.

Il glissa la bague à mon doigt tandis que ma famille éclatait en applaudissements et en cris de joie.

— Tu peux l'embrasser, maintenant que vous êtes officiellement fiancés, dit papa.

— Comme s'ils ne s'étaient jamais embrassés, dit Cymbeline.

— Cym, chut ! dit Fiona.

Phillip se pencha et posa délicatement ses lèvres contre les miennes.

— Merci de faire de moi l'homme le plus heureux au monde. Je ne te décevrai pas.

Je posai les mains sur son visage.

— J'en suis certaine. J'ai la plus complète confiance en toi. Tu es capable de tout.

Lorsqu'il se leva, Delphia annonça fièrement :

— Phillip, tu peux désormais t'asseoir à côté de Jo, puisque vous êtes fiancés.

Elle prit un air sérieux pour nous montrer à tous le sacrifice qu'elle faisait en laissant sa place, puis elle se glissa de sa chaise pour se rendre à la place précédemment occupée par Phillip.

Je regardai ma main en admirant la bague.

— Je ne l'avais jamais vue, papa. Je ne savais pas que tu gardais cette bague pour moi.

— C'était un secret, dit papa. Une surprise venue du passé et un rappel de la valeur que tu as aux yeux de cette famille. Tes sacrifices et le bon exemple que tu as toujours montré à tes petits frères et sœurs ne nous ont pas échappés. Ta mère et moi sommes très fiers de toi.

Je me mis à pleurer en entendant ces paroles.

— C'est facile d'être une bonne grande sœur avec une fratrie pareille.

— Pas si bonne, dit Cymbeline.

— Parle pour toi, répondit Fiona en lui souriant.

Maman leva son verre.

— Trinquons à nos deux amoureux.

Nous entrechoquâmes tous nos verres avant d'entamer notre soupe.

— Quand allez-vous vous marier ? demanda Addie.

— À quoi va ressembler ta robe ?

Les yeux de Fiona s'agrandirent encore plus que d'habitude.

— C'est tante Annabelle qui va la faire pour toi, n'est-ce pas maman ?

— Je ne pense pas qu'on pourrait l'en empêcher, même si on le voulait, dit maman en riant. Quand voudriez-vous vous marier ?

Le plus tôt possible, pensai-je.

— Qu'en penses-tu Phillip ? dis-je.

— Ce que ma fiancée veut, je le veux.

Je posai la main sur son genou.

— On pourrait organiser un magnifique mariage d'hiver ?

— Vous devriez attendre le printemps, dit Cymbeline. Comme ça vous pourriez vous marier dans le jardin et toutes les fleurs seraient écloses.

— J'aimerais te conduire jusqu'à l'autel à l'église, dit papa. La première de mes cinq filles.

— Oui, papa, j'aimerais aussi beaucoup ça.

— Est-ce que je pourrai jeter des pétales de fleurs devant vous ? demanda Delphia.

— Comment sais-tu que c'est quelque chose qui se fait ? demanda maman.

— Je l'ai vu dans un livre.

Delphia retourna ensuite à sa soupe comme si la réponse était si évidente que la question semblait inutile.

— Un mariage au printemps serait en effet très joli, dit maman. Et cela laisserait le temps à Annabelle de coudre ta robe. Elle a beaucoup de clients en ce moment.

Le printemps semble si loin.

— Et nous devrons commencer à construire votre maison immédiatement, dit papa. Ce sera notre cadeau de mariage pour vous.

— Mais papa, vous en avez déjà fait suffisamment pour nous, protestai-je.

— Lorsqu'une jeune femme se marie, il est normal que son

père donne une dot à son mari. Je me suis déjà mis d'accord avec Phillip pour que votre maison soit construite sur notre terrain.

— Alors on ne peut pas dire que tu t'en tires à bon compte, mon vieux, dit Flynn en riant. On va tous être sur votre dos en permanence.

— Je ne demande pas mieux, répondit Phillip. J'ai hâte que chacun d'entre vous se sente parfaitement libre de venir nous voir chez nous.

— Tu dis ça aujourd'hui, dit Cymbeline, sceptique, mais tu te rendras vite compte à quel point on peut être fatigants.

— Je pense qu'il le sait déjà, dit Théo.

Tout le monde éclata de rire tandis que nous finissions notre soupe. Mais j'y avais à peine touché, tellement je nageais dans le bonheur avec l'homme que j'aimais à mes côtés. Un mariage au printemps. Oui, ce serait parfait, même si j'aurais préféré que le printemps soit demain. Cela valait le coup d'attendre un peu si on pouvait alors organiser une cérémonie et une réception dont nous nous souviendrions toute notre vie. Et je ne pouvais tout de même pas décevoir ma mère et mes sœurs. Ni priver papa de me conduire jusqu'à l'autel. La Joséphine sensée et fiable allait devoir prendre le pas sur la Joséphine surexcitée et frivole.

Je regardai encore une fois tous ceux qui étaient autour de cette table, chaque précieux membre de ma famille. Nous avions tous traversé tant de choses ensemble, mais quand je regardais en arrière, je me rappelais des bons moments bien plus que des moments difficiles. Celui-ci venait de prendre sa place en haut de la liste.

25

JOSÉPHINE

Le matin de mon mariage, j'étais assise devant la fenêtre, dans la chambre que j'avais partagée avec mes sœurs toute ma vie. Les oiseaux gazouillaient et chantaient dans les arbres. Cymbeline et Fiona s'étaient levées avant moi et elles étaient déjà descendues. De loin, j'entendais Fiona jouer au piano, accompagnée par Li au violon. Ils s'entraînaient pour les festivités. Dehors, sur la pelouse, Jasper, Harley et mes frères disposaient des tables pour la réception. S'il y a une chose pour laquelle nous étions doués dans ma famille, c'était organiser des fêtes.

— Bonjour, ma chérie.

Je me retournai pour voir maman dans l'encadrement de la porte. Elle portait un plateau avec du café et du pain.

— Bonjour, maman. Pourquoi n'es-tu pas en bas pour le petit déjeuner ?

— Pour deux raisons. D'abord, j'avais besoin de pleurer un peu, et puis je voulais passer un petit moment avec toi avant qu'il ne soit temps de t'habiller.

— Pourquoi pleurais-tu, maman ? demandai-je, inquiète. Est-ce que grand-mère va bien ?

— Oh, oui, elle va très bien. Elle est ravie pour toi. Ma sœur aussi. Elle pense que ta robe est la plus jolie qu'elle ait jamais confectionnée.

— Alors pourquoi es-tu triste ?

— Je ne suis pas triste, je suis plutôt émue.

Elle posa son plateau sur la commode, se saisit de la cafetière en argent et versa du café dans une tasse. L'odeur enveloppante et riche envahit la pièce.

— Tu vas me manquer, c'est tout. Tu as toujours été une bonne amie pour moi.

— Maman, je ne serai qu'à quelques minutes d'ici. Tu pourras venir me voir quand tu veux.

Elle laissa échapper un soupir tout en agitant ses mains devant ses yeux humides.

— Je sais bien, mais c'est tout de même la fin d'une ère. Mon aînée quitte le nid.

— Oh, maman. Je ne m'envolerai jamais trop loin.

— Tu es adorable de supporter mes états d'âme. Allons, parlons d'autre chose. Je t'ai apporté le petit déjeuner. Lizzie craignait que tu sois trop stressée pour manger, alors elle t'a fait ton pain préféré avec un peu de beurre et des fraises fraîches. Elle était dans tous ses états le jour de son mariage, tu t'en souviens ?

— Je ne me sens pas nerveuse du tout.

Je souris en me rappelant la manière dont Lizzie parcourait cette même pièce de long en large, vêtue de sa robe de mariée, quelques instants avant de devoir partir à l'église.

— Je suis seulement profondément heureuse.

— C'est bien ce que je pensais. Moi non plus je n'étais pas nerveuse le jour de mon mariage. Si je me souviens bien, j'étais juste extrêmement impatiente d'épouser ton père, et de faire de vous tous ma famille officielle. Le plus tôt était le mieux. Tu veux un peu de café ? Je me rends compte que je t'ai servi une tasse sans te poser la question.

— Avec plaisir !

Je me levai pour prendre la tasse sur le plateau. Elle se servit une tasse pour elle et nous nous installâmes ensemble devant la fenêtre. Maman portait une chemise de nuit et une robe de chambre en soie blanche et une longue tresse lui tombait dans le dos. Elle avait encore l'air si jeune.

— Est-ce que tu as des questions à me poser ? Au sujet de la nuit de noces, je veux dire ? me demanda maman en regardant par la fenêtre.

Je vis ses joues rosir.

— Je ne crois pas.

J'avais grandi entourée d'animaux. J'avais une idée relativement claire de ce qui se passait entre un mâle et une femelle.

— J'ai passé pas mal de temps dans la grange.

Elle rit nerveusement, presque comme si elle avait le hoquet.

— En effet, je vois. Je suppose que cela t'aide à comprendre l'aspect technique… des choses. Cependant, je voulais juste que tu saches que la première fois n'est pas toujours des plus agréables, mais il faut persévérer. Tu auras peut-être mal, mais c'est normal lors d'une première relation. Ce sera bien mieux la deuxième fois.

Ce fut mon tour de rougir. J'avais eu beaucoup de temps ces derniers mois pour imaginer ce que ce serait de se retrouver enfin au lit avec Phillip. L'attente était insoutenable. Chaque fois qu'il m'embrassait, mon désir s'enflammait. Cependant, je ne savais pas que la première fois, ça pouvait être douloureux.

— Je ne le savais pas. Merci pour cette information.

— C'est pour ça que je t'en parle. Personne ne nous dit ces choses et lorsque ça arrive, les choses ont l'air pire lorsqu'on ne sait pas ce qui se passe. Je ne voulais pas que tu aies peur.

— Je suppose que ça doit tout de même finir par être agréable, sinon les femmes ne feraient pas autant d'enfants.

Elle rit de nouveau, plus librement cette fois.

— Absolument. Et je voulais aussi que tu saches qu'il n'y a aucune raison d'avoir honte de prendre du plaisir.

— Merci, maman.

Elle tapota mon genou.

— Très bien. Si tu n'as plus de questions, je vais te laisser tranquille.

— Rien d'autre ne me vient en tête.

Il y avait beaucoup de choses que j'avais envie de demander, mais je me retins. Est-ce que je saurai comment faire ? D'ailleurs la question était aussi valable pour lui. M'aimerait-il encore sans mes jolies robes pour couvrir mon corps ? Combien de temps devrais-je passer dans la salle de bain pour me changer avant notre nuit de noces ?

Elle me prit la main.

— Je vois bien dans ton regard que tu te poses plein de questions ma chérie. Mais je t'en prie, ne t'inquiète pas. Phillip et toi, vous trouverez le bon chemin ensemble. Lorsqu'on a l'amour que tu as pour Phillip, le corps sait comment réagir.

— Comment sais-tu à quoi je pensais ?

— Moi aussi, j'ai été une jeune mariée il n'y a pas si longtemps.

Les larmes me montèrent aux yeux tandis qu'une image de mes parents le jour de leur mariage il y a dix ans s'imposa devant moi.

— Tu nous as vraiment sauvés quand tu es venue ici, tu sais ?

— Non, c'est vous qui m'avez sauvée, dit maman. Tu n'imagines pas à quel point j'étais effrayée le jour où je suis descendue de ce train.

— Je me souviens très bien de ce jour, dis-je. Ça n'a pas pris longtemps pour que nous commencions à comploter pour que tu deviennes notre mère avec les petits.

Maman se tamponna les yeux avec son mouchoir en dentelle.

— Tous les cinq, avec votre père, vous avez fait de moi une

femme très heureuse. Même si je n'aurais jamais imaginé être mère de sept enfants.

— Tu nous as toujours donné l'impression que nous pouvions être nous-mêmes avec toi, dis-je. Nous nous sommes tous sentis aimés comme si tu nous avais donné naissance.

Ces doux yeux bruns brillaient tandis qu'elle me tendait la main.

— Tu es la meilleure grande sœur que n'importe qui puisse avoir. J'espère que cette grande famille bruyante ne t'a pas donné envie de rester sans enfant.

Je jetai un regard par la fenêtre. Addie et Delphia étaient en train de faire des galipettes entre les tables. Je ne peux pas dire qu'elles aidaient, mais au moins elles s'occupaient. Cymbeline était assise à une table avec un tas de roses devant elle dont elle retirait méticuleusement les feuilles pour les placer dans des vases. Mes frères et Phillip étaient en train d'installer une piste de danse faite de planches. Harley et Viktor déchargeaient le piano de l'église de l'arrière d'une charrette ; la solution trouvée par papa pour répondre à mon désir d'une réception en extérieur. Plus tard, Fiona et Li joueraient pour nous.

Je me retournai vers maman.

— J'aimerais devenir le cœur d'une famille, comme toi. Je ne vois pas de meilleure manière d'utiliser ma vie.

— Lorsque tu deviens mère, cela va bien plus loin que d'être *utile*. Il est vraiment impossible de décrire l'immensité de l'amour d'une mère, ou ce qu'elle serait capable de faire pour son enfant. Ton cœur est complètement liés à leurs joies et à leurs chagrins. Tu doutes sans arrêt de chacune de tes décisions. Tu envoies tes garçons à la guerre en priant chaque soir qu'ils te reviennent entiers. Tu passes ta nuit à veiller un enfant malade, essuyant la sueur de son front tandis que la fièvre le fait délirer. Tu ne peux qu'observer ta merveilleuse fille devenue adulte offrir son amour à la mauvaise personne. Tu t'inquiètes tout le temps. Seront-ils capables de survivre ? Seront-ils heureux ? Et puis un jour, comme aujourd'hui, ton cœur est rempli de joie en voyant cette même merveilleuse fille épouser l'homme parfait pour elle. Pendant une journée, au moins, tu te sens en paix. Jusqu'à la prochaine fois où tu te réveilleras en t'inquiétant pour l'un ou pour l'autre. Mais tout cela en vaut la peine, chaque minute de ce merveilleux voyage. Parce que personne ne t'aimera jamais comme ta mère, et avoir le privilège d'aimer un autre être humain plus que toi même est un des plus grands cadeaux que Dieu nous fait. C'est ce qui se rapproche le plus de ce qu'il ressent pour nous, vois-tu ?

Elle marqua une pause et prit une grande inspiration.

— Je suppose que c'est ce que j'essayais de dire, la raison pour laquelle je pleurais ce matin. Je suis fière de la femme que tu es devenue, bien au delà des mots que je pourrais exprimer.

À ce stade, moi aussi je pleurais. Elle me prit dans ses bras et je me laissai aller contre elle comme l'enfant que j'étais quand elle est arrivée chez nous. Comme alors, je m'émerveillais de voir à quel point une femme si petite pouvait se montrer si forte.

— Merci de m'avoir donné l'occasion de vivre mon enfance.

Maman se recula et plongea la main dans la poche de sa robe de chambre. Elle plaça une petite boîte rectangulaire dans ma main.

— C'est un cadeau de la part de ton père et moi. Il voulait que je te le donne avant la cérémonie. Ce sera ton « quelque chose de nouveau ».

Je pris la boîte et soulevai le couvercle pour découvrir un magnifique collier de perles.

— Elles sont tellement belles.

— Toutes les filles aujourd'hui veulent un collier de perles, n'est-ce pas ? Est-ce qu'il te plaît ? demanda-t-elle, une pointe d'anxiété dans la voix.

— Je l'adore. Je serai très fière de le porter aujourd'hui.

— C'est parfait. Bon, il va falloir s'activer.

Maman se leva tout en lissant le devant de sa robe de chambre de ses mains.

— Merry demande si elle peut t'aider à t'habiller aujourd'hui. En souvenir du bon vieux temps.

— C'est trop gentil de sa part. Dis-lui que je l'attendrai.

Elle désigna ma robe qui était accrochée contre la porte.

— La prochaine fois que je te verrai, tu seras dans cette robe. Mange donc un peu. Je ne voudrais pas que tu t'évanouisses au milieu de la cérémonie.

❄

La cérémonie sembla se terminer avant même d'avoir commencé. Papa insista pour nous ramener à la maison dans sa voiture à moteur, suivi par les autres invités dans leurs charrettes et voitures. Tout le monde klaxonnait et applaudissait tandis que nous paradions le long de la rue principale. Les badauds s'arrêtaient et nous faisaient signe de la main. Gênée par toute cette attention, mais aussi émue, je leur faisais signe en retour.

Mon mari me fit un grand sourire.

— Cet endroit est vraiment formidable !

Depuis le siège avant, maman acquiesça.

— N'est-ce pas ? Tous les habitants vous encouragent pour le début de votre vie commune.

Nous roulâmes le long d'un chemin de terre jusqu'à arriver devant l'entrée de notre propriété. Je laissai mon regard s'attarder sur ce qui serait notre première maison en tant que couple marié. Mes frères, Phillip et les frères Olofsson avaient utilisé tout leur temps libre depuis que la neige avait fondu pour nous la construire. Blanche, avec des volets noirs, et entourée d'un champ de fleurs sauvages, la maison semblait avoir toujours été là. Nous avions choisi le lieu de notre premier baiser pour y construire l'endroit dans lequel nous allions élever notre famille.

— J'ai tellement hâte, murmurai-je à Phillip.

Il déposa un baiser sur ma main gantée.

— Hâte de quoi, ma chérie ?

— De tout. J'ai hâte de commencer le reste de notre vie ensemble.

— Moi aussi.

❄

TOUTE NOTRE FAMILLE et nos amis nous accueillirent avec des cris de joie lorsque nous entrâmes dans le jardin de papa. Mes sœurs étaient à l'avant de la foule et coururent vers nous pour nous couvrir de baisers et nous prendre dans leurs bras, à l'exception d'Addie, qui resta en arrière en me regardant avec ses grands yeux. Je m'agenouillai prudemment, pour éviter de salir ma robe sur la pelouse.

— Qu'y a-t-il, ma petite chérie ? demandai-je.

Elle passa ses bras autour de mon cou et me chuchota à l'oreille :

— À part papa et maman, tu es la personne que j'aime le plus au monde. Est-ce que tu vas m'oublier maintenant que tu es mariée ?

— Jamais, lui répondis-je. Tu pourras venir me voir quand tu veux.

Son petit corps frémit dans mes bras.

— Merci Jo.

— Moi aussi je t'aime de tout mon cœur. Ne l'oublie jamais.

— Je ne l'oublierai pas.

Elle me serra une dernière fois, puis s'enfuit rejoindre le reste de mes sœurs.

Phillip me prit la main, tandis qu'un par un, les invités venaient nous féliciter. Le dernier de la file était Viktor. Son épaule s'était complètement remise depuis cette nuit d'hiver où il avait prouvé sa véritable valeur. Personne n'aurait pensé en regardant ce jeune homme bien bâti que seulement quelques mois auparavant il avait perdu tant de sang sur ma robe.

— Viktor, dis-je en lui prenant les deux mains. Tu as l'air en forme.

Il portait un costume d'été impeccable, taillé par son père. Sa cravate était assortie à ses yeux verts.

— Merci, Joséphine. J'espère sincèrement que ma présence ne te rappelle pas de mauvais moments.

— En aucun cas. Tu ne me rappelles que le meilleur.

Phillip lui serra vigoureusement la main.

— Je ne pourrai jamais te remercier suffisamment d'avoir sauvé ma Joséphine.

— Ne t'en fais pas. C'était un honneur pour moi.

Du coin de l'œil, je vis que Cymbeline nous observait. Depuis le soir où elle avait embrassé Viktor sur la joue, Flynn ne cessait de la taquiner. Plus Flynn lui demandait quand elle allait épouser ce charmant jeune homme, plus elle bouillait de colère, en répétant qu'elle n'avait agi que par soulagement en me voyant saine et sauve. Je savais qu'il n'en était rien, mais comme je connaissais aussi l'obstination de ma sœur, je ne disais rien. Plus on insisterait pour qu'elle avoue son amour pour Viktor, moins elle accepterait de l'admettre. Pour leur bien, j'avais décidé de ne pas m'en mêler.

Nous passâmes au repas. Lizzie avait préparé des montagnes de nourriture : du poulet frit, de la salade de pommes de terre, des fraises à la crème. Notre gâteau de mariage était recouvert de glaçage à la vanille et décoré des pétales des roses de notre jardin.

Mon père se leva pour porter un toast. Je retins ma respiration, faisant tout mon possible pour ne pas pleurer. Tout le monde se tut au moment où il leva son verre et se mit à parler.

— Ma Joséphine, ce serait plus qu'un euphémisme de dire que je suis fier de toi.

Sa voix se brisa. Il prit le temps de se reprendre.

— J'avais évidemment préparé un grand discours, mais l'émotion prend visiblement le dessus. Alors je dirai seulement cela : depuis l'instant où tu es née, tu as fait la joie et le bonheur de ton vieux papa. Phillip, prends bien soin de ma Joséphine et bienvenu dans la famille.

Nous levâmes tous notre verre. Je trinquai avec Phillip et pris un moment pour le regarder dans les yeux. L'avenir était là devant moi. Mon passé m'entourait. Je pensais à ma place de fille, de sœur, d'amie et même de bibliothécaire. Désormais, je serai également une épouse, et si Dieu le permettait, une mère.

Les applaudissements redoublèrent lorsque Cymbeline se leva.

— Papa a dit que je pouvais moi aussi faire un discours.

Sa voix tremblait légèrement.

— Jo, tu es la meilleure personne que je connaisse au monde et je suis désolée pour toutes les fois où j'ai testé ta patience. Tu me donnes envie de devenir meilleure. Honnêtement, je ne pensais pas qu'il existait un homme assez bien pour toi. Phillip, j'ai atteint ma conclusion, et je pense que tu es suffisamment bien pour ma Jo. Je suis contente de t'avoir pour frère. Tu n'auras plus jamais à te sentir seul, parce que maintenant tu fais partie de la famille. Voilà, c'est tout.

— Merci, Cymbeline.

Phillip passa les bras autour de mes épaules.

— Je suis heureux d'avoir enfin trouvé ma famille.

— Et tu as même réussi à gagner le cœur de Cymbeline, lui murmurai-je à l'oreille. Bien joué !

— Derrière son fort caractère, c'est une émotive, me répondit Phillip tout bas.

Après le repas, Fiona et Li se mirent à jouer de la musique pour nous faire danser. Plutôt que le style de musique classique

que Li avait appris à l'école, ils jouèrent des airs entraînants, typiques de l'ouest. Une musique pleine de rythme qui rappelait les terres sauvages qui étaient si chères à nos cœurs. Bien vite, notre piste de danse se remplit. Une légère brise faisait flotter dans l'air une odeur de lilas et d'herbe coupée.

Tandis que le crépuscule adoucissait peu à peu la lumière, la musique cessa.

— Je n'ai pas de discours à faire, mais j'ai une chanson pour vous, dit Fiona. Pour Jo et Phillip, que votre vie ensemble soit longue et douce.

Les couples se rapprochèrent au moment où Fiona entonnait les premières notes de l'Ave Maria.

Phillip me serra contre lui pendant que nous dansions. J'étais bouleversée par l'incroyable beauté de la voix de ma sœur, et la musique poignante qui s'échappait du violon de Li. Maman et papa dansaient au milieu de la piste. Addie et Delphia étaient assises dans l'herbe, elles se tenaient la main et regardaient Fiona, les yeux pleins d'adoration. À ma grande surprise, Cymbeline avait accepté de danser avec Viktor. Étant donné son sourire, elle semblait avoir oublié sa haine féroce pour lui, au moins pour ce soir. Flynn et Shannon dansaient dans un coin de la piste, visiblement perdus dans le regard l'un de l'autre. Ils fermèrent les yeux pour écouter la musique. Le pasteur Lind et sa femme Pamela étaient assis à une table et se tenaient la main. Théo et Poppy dansaient tous les deux comme des amis qui se connaissaient depuis toujours, tout comme Louisa et Isak. Les sœurs Johnson dansaient avec leurs maris respectifs. Harley et Merry tournaient comme ils pouvaient sur la piste, avec leurs petits garçons entre les jambes. Même Lizzie avait arrêté de se préoccuper de la nourriture pour tomber dans les bras de Jasper. Les autres personnes de notre groupe étaient réunies sur le gazon, mangeant et buvant, tandis que les enfants se couraient après sur la pelouse.

Les bras forts et solides de mon mari m'enveloppèrent . Je

me blottis contre lui, m'appuyant sans réserve sur lui. Je posai la tête contre sa poitrine. J'entendis son cœur battre contre ma joue, comme pour accompagner la musique.

Fiona prolongea la dernière note du chant et pendant un instant, le temps sembla s'arrêter. Oui, juste un petit instant, mais celui-ci contenait toute la beauté du monde. Comme les gouttelettes de rosée sur une fleur d'été ou l'odeur de la première pluie, le parfait vibrato sur la dernière note de l'Ave Maria était trop précieux pour durer toujours. Pourtant, ce moment se gravait dans notre cœur à jamais. Nous ne savions pas ce qui nous attendait, mais pour le moment, nous étions tous ensemble, dans la joie et la lumière du soleil couchant. Un torrent d'amour nous submergeait tous.

❄

Un petit mot de la part de Tess... ne manquez pas le tome 2, L'Érudit, dans lequel vous découvrirez l'histoire de Théo ! Téléchargez-le dès maintenant ici !

DU MÊME AUTEUR

HISTORIQUES DU PASS EMERSON

La Institutrice d'Emerson Pass

La Vieielle fille

L'Erudit

L'Enfant a problemes

La Semaine de Noel

La Musicienne

L'Ecrivaine

CONTEMPORAINS DU PASS EMERSON

La Reine des Gateaux

La Bienfaitrice

AUTONOMES

L'Affaire du pere Noel

SÉRIE CLIFFSIDE BAY

Bientôt disponible...

La Fugitive : Brody et Kara

La Disparue : Jackson et Maggie

À PROPOS DE L'AUTEUR

Tess Thompson, auteure à succès de *USA Today,* a publié près de quarante romans féminins contemporains et historiques, dont certains ont été primés. Lorsqu'on lui demandait de décrire ses livres, elle n'arrivait jamais à les résumer parfaitement, jusqu'à ce qu'elle tombe sur l'expression « Petites villes et Sentiments ».

Elle a épousé son prince, le Meilleur Mari du Monde, pour devenir la mère de leur famille composée de quatre enfants et cinq chats. Le Meilleur Mari du Monde a dix-sept mois de moins, ce qui fait de Tess une cougar, un titre qu'elle porte fièrement. Ses Fils Bonus sont de jeunes adultes avec de jolis cheveux et de gros cerveaux comme leur père. Ses filles, plus connues sous le nom de Princesse Première et Princesse Deux, sont des adolescentes qui font la fierté de leur maman grâce à leur gentillesse. Elles aussi sont intelligentes, mais une mère ne devrait pas se vanter.

Tess aime les après-midi paresseux à regarder le football, passer du temps sur le patio du jardin avec le Meilleur Mari du Monde, lire au lit, dévorer des séries télévisées, boire du vin rouge, du café fort et se promener lors des journées fraîches d'automne. Elle rit un peu trop fort, ne sait jamais quoi faire pour dîner, se rend ridicule en faisant du kickboxing pour tenter de combattre ses bourrelets et se plaint toujours de la pluie, même si elle a choisi de vivre à Seattle.

Elle est fière d'avoir grandi dans une petite ville comme celles de ses romans. Après avoir obtenu un diplôme de l'école d'art dramatique de l'université de Californie du Sud, elle espérait devenir actrice, mais a été appelée à écrire des romans. Elle est heureuse de pouvoir passer la plupart de ses journées dans son bureau à unir ses personnages pendant que son chat préféré Mittens (chut... ne le dites pas aux autres !) dort sur le bureau.

Elle adore recevoir des nouvelles de ses lecteurs, alors n'hésitez pas à lui dire bonjour à l'adresse tess@tthompsonwrites.com ou à vous inscrire à sa newsletter : http://tesswrites.com/. En récompense, vous recevrez l'ebook de sa nouvelle *L'affaire du père Noël.*

Printed in France by Amazon
Brétigny-sur-Orge, FR

25190521R00178